新潮文庫

夏の花・心願の国

原　民　喜著

目次

夏の花・心願の国

I

苦しく美しき夏

陽の光の圧迫が弱まってゆくのが柱に凭掛《よりかか》っている彼に、向側にいる妻の微《かす》かな安堵《あんど》を感じさせると、彼はふらりと立上って台所から下駄をつっかけて狭い裏の露次へ歩いて行ったが、何気なく隣境の空を見上げると高い樹木の梢《こずえ》に強烈な陽の光が帯のように纏《まつ》わりついていて、そこだけが赫《かっ》と燃えているようだった。てらてらとした葉をもつその樹木の梢は鏡のようにひっそりした空のなかで美しく燃え狂っている。と忽《たちま》ちそれは妻がみたいつかの夢の極致のように彼におもえた。熱い海岸の砂地の反射にぐったりとした妻は、陽の翳《かげ》ってゆく田舎路《いなかみち》を歩いて行く。ぐったりとした四肢の疲れのように田舎路は仄暗《ほのぐら》くなってゆくのだが、ふと眼を藁葺屋根《わらぶきやね》の上にやると、大きな榎《えのき》の梢が一ところ真昼のように明るい光線を湛《たた》えている。それは恐怖と憧憬《どうけい》のおののきに燃えてゆくようだ。いつのまにか妻は女学生の頃の感覚に喚《よ》び戻されている。苦しげな呻《うめ》き声《ごえ》から喚び起されて妻が語った夢は、彼には途轍《とてつ》もなく美しいもののようにおもえた。その夢の極致が今むこうの空に現れている……。彼にとっては一度妻の脳裏を掠《かす》めたイメージは絶えず何処《どこ》かの空間に実在しているようにおもえた。と同時にそれは彼自身の広漠として心をそそる遠い過去の生前の記憶とも重なり合っていた。あの何か鏡のようにひっそりとした空で美しく燃え狂っている光の帯は、もしかするとあの頂点の方に総《すべ》てはあって、それを見上げている彼自身は儚《はかな》い影ではなかろうか。……これを見せてやろう、ふと彼は妻の姿を求めて、露次の外の窓から家のなかを覗《のぞ》き込んだ。妻は縁側の静臥椅《せいがい》子《す》に横臥した儘《まま》、ぼんやりと向側の軒の方の空を眺めていた。それは衰えてゆく外の光線に、あたかも彼女自身の体温器をあてがっているような、祈りに似たものがある。ほんの些細《ささい》な刺戟《しげき》も彼女の容態に響くのだが、そうしていま彼女のいる地上はあまりにも無惨《むざん》に罅割《ひびわ》れているのだったが、それらを凝《じっ》と耐え忍んでゆくことが彼女の日課であった。

「外へ椅子を持出して休むといいよ」

彼は窓から声をかけてみた。だが、妻は彼の云う意味が判《わか》らないらしく、何とも応《こた》えなかった。その窓際《まどぎわ》を離れると、板壁に立掛けてあるデッキ・チェアーを地面に組み立てて、その上に彼は背を横《よこ》えた。そこからもさきほどの、あの梢の光線は眺められた。首筋にあたるチェアーの感触は固かったが、彼はまるで一日の静かな療養をはたした病人のように、深々と身を埋めていた。

それに横わると、殆《ほとん》どすべての抵抗がとれて、肉体の疵《きず》も魂の疼《うずき》も自《おのずか》ら少しずつ医《いや》されてゆく椅子——そのような椅子を彼は夢想するのだった。その純白なサナトリウムは灝気《こうき》に満ちた山の中腹に建っていて、空気は肺に沁《し》み入るように冷たいが、陽の光は柔かな愛撫《あいぶ》を投げかけてくれる。そこでは、すべての物の象がかっちりとして懐《なつか》しく人間の眼に映ってくる。どんな微細な症状もここでは隈《くま》なく照らし出されるのだが、そのかわり細胞の隅々《すみずみ》まで完膚なきまで治療されてゆく。厳格な規律と、行きとどいた設備、それから何よりも優しい心づかい、……そうしたものに取囲まれて、静かな月日が流れてゆく。人は恢復《かいふく》期の悦《よろこ》びに和らぐ眸《ひとみ》をどうしても向うに見える樹木の残映にふりむけたくなるのだ……。

今、あたりは奇妙に物静かだった。いつも近所合壁の寄合う場所になっている表の方の露次もひっそりとして人気《ひとけ》がなかった。それだけでも妻はたしかに一ときの安堵に恵まれているようだった。そして、彼もまたあの恢復期の人のように幻の椅子に凭りかかっていた。

彼等二人がはじめてその土地に居着いた年の夏……。その年の夏は狂気の追憶のように彼に刻まれている。居着いた借家——それは今も彼の棲《す》んでいる家だったが——は海の見える茫漠《ぼうばく》とした高台の一隅にあった。彼はその家のなかで傷ついた獣のように呻吟《しんぎん》していた。狭い庭にある二本の黐《もち》の樹の燃えたつ青葉が油のような青空を支えていて、朝のほど遠からぬところにある野づらや海のいきれがくらくらと彼の額に感じられた。

陽光がじりじりと縁側の端を照りつけているのを見ただけでも彼は堪《たま》らない気持をそそられる。すべては烈《はげ》しすぎて、すべては彼にとって強すぎたのだ。しーんとした真昼、彼は暑さに喘《あえ》ぎながら家のうちの涼しそうなところを求めていたが、風呂場の流板の上の小桶《こおけ》に水を満たすと、ものに憑《つ》かれたようにぼんやりと視入《みい》った。小さな器の水ながら、それは無限の水の姿に拡《ひろが》ってゆく。と彼の視野の底に肺を病んで死んで行った一人の友人の姿が浮ぶ。外部の圧迫に細り細りながら、やがて瀕死《ひんし》の眼に把《とら》えられたものは、このように静かな水の姿ではなかろうかと……。

奇怪な念想は絶えず彼につきまとっていた。午睡の覚めた眼に畳の目は水底の縞《しま》のように朧気《おぼろげ》に映る。と、黄色い水仙のようなものが、彼の眼の片隅にある。それは黄色いワン・ピースを着た妻であったが、恐水病患者の熱っぽい眼に映る幻のようでもあった。今にも息が杜《と》絶《だ》えそうな観念がぎりぎりと眼さきに詰寄せる。だが、妻はいつも彼の乱れがちの神経を穏かに揺り鎮《しず》め、内攻する心理を解きほぐそうとした。どうかすると妻の眼のなかには彼の神経の火がそのまま宿っているように想《おも》えることもある。彼は不思議そうにその眸に視入った。と忽ち、もっと無心なものが、もっと豊かなものが妻の眸のなかに笑いながら溢《あふ》れていた。無心なものは彼を誘って、もっと無邪気に生活の歓《よろこ》びに浸らせようとするのだった。彼等が移って来たその土地は茫漠とした泥海と田野につつまれていて、何の拠《よ》りどころも感じられなかったし、一歩でも閾《しきい》の外に出ることは妙に気おくれが伴なうのだったが、それでも陽が沈んで国道が薄鼠色に変ってゆく頃、彼は妻と一緒によく外に出た。平屋建の黝《くろず》んだ家屋が広いアスファルトの両側につづいて、海岸から街の方へ通じる国道は古い絵はがきの景色か何かのようにおもえた。（流竄《りゅうざん》。そういう言葉が彼にはすぐ浮ぶのだ。だが、彼は身と自らを人生から流謫《るたく》させたのではなかったか）

鍛冶《かじ》屋の薄暗い軒下で青年がヴァイオリンを練習していた。往来の雑音にその音は忽ち掻消《かきけ》されるのだが、ああして、あの男はあの場所にいることを疑わないもののようだ。低い軒の狭い家はすぐ往来から蚊帳《かや》の灯がじかに見透かされる。あのような場所に人は棲《す》んでいて、今、彼の眼に映ることが、それだけのことが彼には不思議そのものであり微かに嗟嘆《さたん》をともなった。だが、往来は彼の心象と何の関《かかわ》りもなく存在していたし、灯の賑《にぎ》わう街の方へ入ると、そこへよく買物に出掛ける妻は、勝手知った案内人のようにいそいそと歩いた。

彼はいつも外に出ると病後の散歩のような気持がした。海岸の方へ降る路で、ふと何だかわからないが、優しい雑草のにおいを感じると、幼年時代の爽《さわ》やかな記憶がすぐ甦《よみがえ》りそうになった。だが、どうかすると、彼にはこの地球全体が得態《えたい》の知れない病苦に満ち満ちた夢魔のようにおもえる。……幾日も雨の訪れない息苦しさがあるとき彼をぐったりさせていた。

「少し外へ出てみましょうか」

妻は夜更《よふけ》に彼を外に誘った。一歩家の外に出ると、白い埃《ほこり》をかむったトタン屋根の四五軒の平屋が、その屋根の上に乾ききった星空があった。家並が杜切《とぎ》れたところから、海岸へ降りる路が白く茫と浮んでいる。伸びきった空地の叢《くさむら》と白っぽい埃の路は星明りに悶《もだ》え魘《うな》されているようだった。

その茫とした白っぽい路は古い悲しい昔から存在していて、何処までも続いているのだろうか。その路の隈々には人間の白っぽい骨が陰々と横わっている。歪《ゆが》んだ掟《おきて》や陥穽《かんせい》のために、磔刑《たっけい》や打首にされた無数の怨恨《えんこん》が今も濛々《もうもう》と煙っている。無辜《むこ》の民を虐殺《ぎゃくさつ》して、その上に築かれてゆく血まみれの世界が……その世界のはてに今この白い路が横わっているのだろうか。

その年の春、その土地へ移る前のことだが、彼は妻と一緒に特高課に検挙された。三十時間あまりの留置ですぐ釈放はされたが、その時受けた印象は彼の神経の核心に灼《や》きつけられていた。得態の知れない陰惨なものが既に地上を覆《おお》おうとしているのだった。

息苦しさは、白い路を眺めている彼の眼のなかにあった。だが、暫《しばら》く妻と一緒にそこに佇《たたず》んでいると、やはり戸外の夜の空気が少しずつ彼を鎮めていた。再び家に戻って来ると、さきほどと違った、かすかな爽やかさが身につけ加えられていた。……こういう一寸《ちょっと》した気分の転換を彼の妻はよく心得ているのだ。それで、彼は母親にあやされる、あの子供の気持になっていることがよくある。

粗末な生垣《いけがき》で囲まれた二坪ほどの小庭には、彼が子供の頃見憶《みおぼ》えて久しく眼にしなかった草花が一めんに蔓《はびこ》っていた。露草、鳳仙花《ほうせんか》、酸漿《ほおずき》、白粉花《おしろいばな》、除虫菊……密集した小さな茎の根元や、くらくらと光線を吸集してうなだれている葉裏に、彼の眼はいつもそそがれる。とすさまじい勢で時が逆流する。子供の時そういうものを眺めた苦悩とも甘美とも分ちがたい感覚がすぐそこにあり、何か密画風の世界と、それをとりまく広漠たる夢魔が入り混っていた。それは彼の午睡のなかにも現れた。ぐったりと頭と肩は石のように無感覚になっていて、彼の睡《ねむ》っている斜横の方角に、庭の酸漿の実が見えてくる。ほおずきの根元が急に嶮《けわ》しく暗くなってゆくと、朱《あか》い実が一きわ赤く燃え立つのが、何か悪い予感がして、それを見ていると、無性に堪らなくなる。彼は子供の頃たしかにこれと同じような悪寒《おかん》に襲われていたのをぼんやり思い出す。と、その夢とはまた別個に、彼の睡っている眼に、膝《ひざ》こぶしの一部が巨大な山脈か何かのように茫と浮び上る。見ると、そこは確か先日から小さな腫物《はれもの》ができて、赤くはれ上っていたのだが、今そこが噴火山となって赤々と煙を噴き上げている。二つの夢が分裂したまま同時に進行してゆく状態が終ると、彼は虚脱者のように眼を見ひらいていた。陽はまだ庭さきにギラギラ照っていたが、畳の上には人心地《ひとごこち》を甦らすものがあって、そのなかに黄色のワン・ピースを着た妻の姿があった。彼は柱に凭掛って、暫く虚脱のあとを吟味していた。あのような奇怪な夢も、それを妻に語れば、殆ど彼等は両方でみた夢を語り合っていたので、彼女はすぐ分ってくれそうであった。だが、彼はふと、いつも錐《きつさき》のように彼に突立ってくるどうにもならぬ絶望感と、そこから跳ね上ろうとする憤怒《ふんぬ》が、今も身裡《みうち》に疼くのをおぼえた。殆ど祈るような眼つきで、彼は空間を視つめていた。と、遠い昔の川遊びの記憶がふと目さきにちらついて来る。故郷の澄みきった水と子供のあざやかな感覚が静かな音響をともないながら……。

「こんな小説はどう思う」彼は妻に話しかけた。

「子供がはじめて乗合馬車に乗せてもらって、川へ連れて行ってもらう。それから川で海老《えび》を獲《と》るのだが、瓶《びん》のなかから海老が跳ねて子供は泣きだす」

妻の眼は大きく見ひらかれた。それは無心なものに視入ったり憧《あこが》れたりするときの、一番懐しそうな眼だった。それから急に迸《ほとばし》るような悦びが顔一ぱいにひろがった。

「お書きなさい、それはきっといいものが書けます」

その祈るような眼は遥《はる》か遠くにあるものに対《むか》って、不思議な透視を働かせているようだった。彼もまた弾《はず》む心で殆ど妻の透視しているものを信じてもいいとおもえたのだが……。

彼の妻は結婚の最初のその日から、やがて彼のうちに発展するだろうものを信じていた。それまで彼の書いたものを二つ三つ読んだだけで、もう彼女は彼の文学を疑わなかった。それから熱狂がはじまった。さりげない会話や日常の振舞の一つ一つにも彼をその方向へ振向け、そこへ駆り立てようとするのが窺《うかが》われた。彼は若い女の心に転じられた夢の素直さに驚き、それからその親切に甘えた。だが、何の職業にも就けず、世間にも知られず、ひたすら自分ひとりで、ものを書いて行こうとする男には、身を斫《き》りさいなむばかりの不安と焦躁《しょうそう》が渦巻いていた。世の嘲笑《ちょうしょう》や批難に堪えてゆけるだけの確乎《かっこ》たるものはなかったが、どうかすると、彼はよく昂然《こうぜん》と、しかし、低く呟《つぶや》いた。

「たとえ全世界を喪《うしな》おうとも……」

たとえ全世界を喪おうとも……それはそれでよかった。だが、眼の前に一人の女が信じようとしている男、その男が遂《つい》に何ものでもなかったとしたら……。

彼にとって、文学への宿願は少年の頃から根ざしてはいた。が、非力で薄弱な彼には、まだ、この頃になっても殆ど何の世界も築くことができなかった。世界は彼にとっては恐怖と苦悶《くもん》に鎖《とざ》されていた。が、その向側に夢みる世界だけが甘く清らかに澄んでいた。妻は彼の向側にあるものを引き寄せようとしているのかもしれなかった。彼はそのような妻の顔をぼんやりと眺める。するとむしろ、妻の顔の向側に何か分らないが驚くべきものがあるようにおもえた。

その年の夏が終る頃から、作品は少しずつ書かれていた。外部の喧騒《けんそう》から遮断《しゃだん》されたところで読書と冥想《めいそう》に耽《ふけ》ることもできたが、彼はいつも神経を斫り刻むおもいで、難渋を重ねながらペンをとった。……このようにして年月は流れて行った。だが、外部の世界と殆ど何の接触もなく静かに月日を送っていることは、却《かえ》って鋭い不安を掻《か》きたてていた。天井の板が夜ことりと音をたてただけでも、彼の心臓をどきりとさせたし、雨戸の節穴から差してくる月の光さえも神経を青ざめさせた。

それからやがて、あの常に脅かされていたものが遂にやって来たのだ。戦争は、ある年の夏、既にはじまっていた。彼はただ頑《かたくな》な姿勢で暗い年月を堪えてゆこうとした。が、次第に彼は茫然として思い耽るばかりだった。幼年時代に見た空の青かったこと、水の澄んでいたこと、そのような生存感ばかりが疼くように美しかった。茫然としてもの思いに耽っている彼を、妻はよくこう云った。

「エゴのない作家は嫌《きら》いです。誰が何と云おうとも、たとえ全世界を捨てても……」

そういう妻の眼もギラギラと燃え光っていた。澱《よど》みやすい彼の気分を掻きまぜ沈む心をひき立てようとするのも彼女だった。それから妻は茶の湯の稽古《けいこ》などに通いだした。だが、その妻の挙動にも以前と違ういらだちが滲《にじ》んで来た。

「淋《さび》しい、淋しい、何かお話して頂戴《ちょうだい》」

真夜なかに妻は甘えた。二人だけの侘住居《わびずまい》を淋しがる彼女ではなかったのに、何かの異常なものの予感に堪えきれなくなったらしい。だが、それが何であるかは、彼にはまだ分らなかった。

　その悲壮がやって来たのは、もう二年後のことだった。夏の終り頃、彼は一人で山の宿へ二三泊の旅をしたが、殆ど何一つ目も心も娯《たの》しますもののないのに驚いた。山の湖水の桟橋に遊覧用のモーター・ボートが着く。青い軍服を着た海軍士官の一隊が――彼の眼には編笠《あみがさ》をかむって珠数《じゅず》繋《つな》ぎになっている囚人の姿に見えてくる。こうした憂鬱《ゆううつ》に沈みきって、悄然《しょうぜん》とむなしい旅から戻って来た。家へ戻ってからも彼は己れと己れの心に訝《いぶか》りながら佗しい旅の回想をしていた。

　そうした、ある朝、彼は寝床で、隣室にいる妻がふと哀《かな》しげな咳《せき》をつづけているのを聞いた。何か絶え入るばかりの心細さが、彼を寝床から跳ね起させた。はじめて視るその血塊は美しい色をしていた。それは眼のなかで燃えるようにおもえた。妻はぐったりしていたが、悲痛に堪えようとする顔が初々《ういうい》しく、うわずっていた。妻はむしろ気軽とも思える位の調子で入院の準備をしだした。悲痛に打ちのめされていたのは彼の方であったかもしれない。妻のいなくなった部屋で、彼はがくんと蹲《うずくま》り茫然としていた。世界は彼の頭上で裂けて割れたようだった。やがて裂けて割れたものに壮烈が突立っていた。病院に通う路上で、赤とんぼの群が無数に一方の空へ流れてゆくのを視て、彼はひとり地上に突離されているようにおもえた。

　燃えて行った夏、燃えて行った夏……彼は晩夏のうっとりとした光線にみとれて、口《くち》誦《ずさ》んだ。夏はまだいたるところに美しく燃えたぎっているようであった。病院の入口の庭ではカンナが赤く天をめざして咲いていた。病室のベッドのなかで、妻は赤らんだ顔をしていた。その額は大きな夏の奔騰《ほんとう》のように彼におもえた。やがて彼には周囲の殆どすべてのものが熱っぽく視えて来た。それは病苦と祈りを含んだ新しい日々のようであった。「どうなるのでしょう」と妻の眼はふるえる。彼も突離されたように、だが、その底で彼は却って烈しく美しいものを感じた。彼はとり縋《すが》るようにそれに視入っているのだった。

その後、妻が家に戻って来て、療養生活をつづけるようになってからも、烈しく突き離されたものと美しく灼きつけられたものが、いつも疼いていた。この時を覘《うかが》うように、殺気立った世の波は彼の家に襲って来た。家政婦は不意に来なくなり、それからその次に雇った女中は二日目にものを盗んで去った。彼はがくんと蹲り祈りと怒りにうち震えた。その次に通いでやって来るようになった女中は何事もなく漸《ようや》くこの家に馴《な》れて来そうだった。

それから少しずつ穏かな日がつづいた。いつも彼の皮膚は病妻の容態をすぐ側《そば》で感じた。些細な刺戟《しげき》も天候のちょっとした変動もすぐに妻の体に響くのだったが、脆弱《ひよわ》い体質の彼にはそれがそのまま自分の容態のようにおもえた。無限に纖細で微妙な器と、それを置くことの出来る一つの絶対境を彼は夢みた。静謐《せいひつ》が、心をかき乱されることのない安静が何よりも今は慕わしかった。……だが、ある夜、妻の夢では天上の星が悉《ことごと》く墜落して行った。

「県境へ行く道のあたりです。どうして、あの辺は茫々としているのでしょう」

妻はみた夢に脅《おび》え訝りながら彼に語った。その道は妻が健康だった頃、一緒に歩いたことのある道だった。山らしいものの一つも見えない空は冬でもかんかんと陽が照り亘《わた》り、干乾《ひか》らびた轍《わだち》の跡と茫々とした枯草が虚無のように拡っていた。殆ど彼も妻と同じ位、その夢に脅えながら悶えることができた。妖《あや》しげな天変地異の夢は何を意味し何の予感なのか、彼にはぼんやり解《わか》るようにおもえた。だが、彼は押黙ってそのことは妻に語らなかった。……寝つけない夜床の上で、彼はよく茫然と終末の日の予感におののいた。焚附《たきつけ》を作るために、彼は朽木に斧《おの》をあてたことがある。すると無数の羽根蟻《はねあり》が足許《あしもと》の地面を匐《は》い廻った。白い卵をかかえて、右往左往する昆虫はそのまま人間の群集の混乱の姿だった。都市が崩壊し暗黒になってしまっている図が時々彼の夢には現れるのだった。

妻はきびしい自制で深い不安と戦いながら身をいたわっていた。静かに少しずつ恢復へ向っているような兆《きざし》も見えた。柔かい陽ざしが竹の若葉にゆらぐ真昼、彼女は縁側に坐って女中に髪を梳《す》かせていた。すると彼には、そういう静かな時刻はそのまま宇宙の最高の系列のなかに停止してしまっているのではないかと思える。

気分のいい日には、妻は自然の恵みを一人で享《う》けとっているかのように静臥《せいが》椅子《いす》で沈黙していた。すべて過ぎて行った時間のうち最も美しいものが、すべて季節のうち最も優しいものだけが、それらが溶けあって、すぐ彼女のまわりに恍惚《こうこつ》と存在している。そういう時には彼も静臥椅子のほとりでぼんやりと、しかし熱烈に夢みた。たとえ現在の生活が何ものかによって無惨に引裂かれるとしても、こうした生存がやがて消滅するとしても、地上のいとなみの悉くが焼き失《う》せる日があるとしても……。

(昭和二十四年五・六月合併号『近代文学』)

秋日記

緑色の衝立《ついたて》が病室の内部を塞《ふさ》いでいたが、入口の壁際《かべぎわ》にある手洗の鏡に映る姿で、妻はベッドに寝たまま、彼のやって来るのを知るのだった。一号室の扉のところまで来ると、奥にいる妻の気配や、そちらへ近づいて行こうとする微《かす》かに改まった気分を意識しながら、衝立をめぐって、ベッドのところへ彼がやって来ると、妻はいたずらっぽい微笑で彼を迎える。するとに彼には一昨日ここを訪れた時からの隔りがたちまち消えてしまう。小さな卓の花瓶にコスモスの花が、紅《あか》い小さなポンポンダリアと一緒に挿《さ》してあるのが眼に留ると、彼は一昨日は見なかったダリアの花に、ささやかな変化を見出《みいだ》すのではあったが、午後の明るい光線と澄んだ空気は窓の外から、今もこちら側を覗《のぞ》いている。……

ベッドの脇《わき》の椅子《いす》に腰をおろした彼は、かえって病人のような気持がするのだった。午後になると微熱が出て、眼にうつる世界がかすかに消耗されてゆく、そうすると、彼には外界もそれを映すものも冴《さ》えて美しくなった。彼の棲《す》んでいる世界はいま奇妙な結晶体であった。彼はその限られた世界の中を滑り歩いていたし、そうして、妻の病室へやって来る時、その世界はいちばん透きとおっていた。

　白いカバアの掛った掛蒲団《かけぶとん》の上に、小豆色《あずきいろ》の派手な鹿子絞《かのこしぼり》の羽織がふわりと脱捨ててあるのが、雪の上の落葉のようにあざやかに眼にうつるが、枕《まくら》に顔を沈めている妻は、その顔には何か冴え冴えしたものがあった。二日まえのことだが、彼はこの部屋が薄暗くなり廊下の方がざわつく頃まで、じっと妻の言葉をきいていた。そして、結局しょんぼりと廊下の外へ出て行った。すると翌日、病院へ使いに行った女中が妻の手紙を持って戻り彼に手渡した。小さく折畳んだ便箋《びんせん》に鉛筆で細かに、こまかな心づかいが満たされていた。（あなたがしょんぼりと廊下の方へ出てゆかれた後姿を見送って、おもわず涙が浮びました。体の方は大丈夫なのでしょうね、余計な心配をかけて済みませんでした、……）努めて無表情に読過そうとしたが、彼は底の方で疼《うず》くようなものを感じた。

　こうした手紙をもらうようになったのか――それは彼にとっては、やはり新鮮なおどろきであった。妻は入院の費用にあてるため、郷里に置いてある箪笥《たんす》を本家で買いとってもらうことを相談した。彼がさびしく同意すると、妻は寝たままで、一頻《ひとしき》り彼の無能を云うのであった。十年前嫁入道具の一つとして郷里の土蔵に持込まれたまま、一度も使用されず、その箪笥がひと手に渡るのは彼にとっても身を削《そ》がれるような気持だった。だが、身の落目をとりかえすため奮然として闘うてだてが今あるのだろうか。彼は妻の言葉を聞きながら、薄暗くなってゆく窓の外をぼんやり眺めていた。おぼろな空のむこうに、遥《はる》かな暗い海のはてに、火を吐いて沈んでゆく艨艟《もうどう》や、熱い砂地に晒《さら》されている白骨の姿が、――それは、はっきりした映像としてではなく、何か凍《い》てついた暗雲のようにいつも心を翳《かげ》らせている。それから、何気ない日々のくらしも、彼の周囲はまだ穏かではあったが、見えない大きい力によって、刻々に壊されているのではないか。どうにもならない転落の中間に、ぽつんと放り出された二人ではないか。そうおもいながら、あのとき彼は妻にかえす言葉を喪《うしな》っていたのだが……。書斎の椅子にぐったりとして、彼は女中が持って帰った妻の手紙を、その小さな紙片をもとどおりに折畳んだ。悲壮がはじまっていた。そしてそれは、ひっそりとしているのであった。

その年の秋も、いらだたしい光線のなかに雨雲が引裂かれていた。そうした、ある落着かない気分の夕刻近く、彼は妻に附添ってその大きな病院の門をくぐった。二階の廊下をいく曲りして静かな廊下に出たところに一号室があった。その部屋の窓からは、遥かに稲田や人家が展望された。前にいた人が残して行ったらしい大きな古びた財布が片隅にあった。一わたり部屋を見まわすと、すぐに妻はベッドに臥《ふ》さった。はじめて落着く場所にかえったような安らかさと、これから始ろうとする試煉《しれん》にうち克《か》とうとする初々《ういうい》しさが、痩《や》せた妻の身振りのなかにぱっと呼吸《いき》づいていた。だが、彼はひとり置去りにされたように、とぼとぼと日が暮れて家に戻って来たのだった。

この時から、二つにたち割られた場所のなかで、彼の逍遥《しょうよう》がはじまった。隔日に学校へ通勤している彼は、休みの日を午後から病院へ出掛けて行くのだったが、どうかすると、学校の帰りをそのまま立寄ることもあった。巷《ちまた》で運よく見つけた電熱器を病室の片隅に取つけると、それで紅茶も沸かせた。ベッド脇に据えつけられている小さな戸棚には、林檎《りんご》やバタがあった。いつのまにか、そこは居心地《いごこち》のいい場所になっていたのだ。

いく日も雨が降りつづいた。粗末な学校の廊下も窓もびっしょりと湿り、稀《ま》れにしかやって来ない電車は、これも雨に痛めつけられていたし、電車の窓の外に見える野づらや海も茫《ぼう》として色彩を失っていた。だが、高台の上に立つ、大きな病院の建物は、牢固《ろうこ》な壁や整った窓が下界の雨をすっかり遮《さえぎ》っていた。

「あなたが学校まで歩いてゆく路《みち》と、家からこの病院まで来る道とどちらが遠いの」と妻はたずねた。「同じ位だね」と彼がこたえると「まあ、そんなに遠い路をこれまで歩いていたのですか」と妻は彼がこの二年間通っていた路の長さがはじめて分ったような顔つきであった。その路の話なら、これまで寝ている妻に何度も語っていたし、彼にとってはもう慣れていて左程苦痛ではなかった。妻はもっといろんなことを訊《たず》ねたいような顔つきで、留守にした家のこまごました事柄が絶えず眼さきにちらついているようであった。だが、彼はそうした妻の顔を眺めながら、つきつめた想《おも》いで、何かはてしないものを考えていた。いつも二人は相対したまま、相手のなかに把《とら》えどころのない解答を求めあっているのであった。そうして時間はすぐに過ぎて行った。夕ぐれが近づいて、立去る時刻が迫ると、彼は静かなざわめきに急《せ》き立てられるような気がした。窓の外に雨はまだ絶望的に降りつのっていた。

「バスでお帰りなさい、バスの時間表がここにあるから、も少し待っていればいいでしょう」と妻は雨に濡《ぬ》れて行こうとする彼をひき留めた。

停車場とその病院の間を往来するバスが、病院の玄関に横づけにされた。すると、折《おり》鞄《かばん》を抱えた若い医師が二人、彼の座席のすぐ側《そば》に乗込んで腰を下ろした。雨はバスの屋根を洗うように流れ、窓の隙間《すきま》からしぶきが吹込んだ。「よく降りますね、今年は雨の豊年でしょうか」と医師たちは身を縮めて話し合っていた。やがて、バスは揺れて、真暗な坂路を走って行った。

銀行の角でバスを降りると、彼はずぶ濡れの鋪道《ほどう》を電車駅の方へ歩いた。雨に痛めつけられた人々がホームにぼんやり立並んでいた。次の停留場で電車を降りると、袋路の方は真暗であった。彼はその真暗な奥の方へとっとと歩いて行った。

さきほどから、何か真暗な長いもののなかを潜《くぐ》り抜けて行くような気持が引続いていた。よく降りますね、今年は雨の豊年でしょうか、——そういう言葉がふと非力な人間の呟《つぶや》きとして甦《よみがえ》って来るのであった。そういえばバスや電車の席にぐったりと凭掛《よりかか》っている人間の姿も、何か空漠としたものに身を委《ゆだ》ねているようである。日々のいとなみや、動作まですべて、眼には見えない一本の糸によってあやつられているのであろうか。彼は書斎のスタンドを捻《ひね》り、椅子に凭掛ったまま、屋根の上を流れる雨の音をきいていた。病室の妻や、病院の姿が、真暗な雨のなかに点《とも》る懐《なつか》しい小さな灯のようにおもえた。

ながい間、書斎の壁に貼《は》りつけていた火口湖の写真が、いつ、どこへ仕舞込んでしまったものか、もう見あたらなかった。が彼はよく、その火口湖の姿をおもい浮べながら、過ぎ去った日のことを考えた。それは彼が妻とはじめてその湖水のほとりを訪れた時、何気なく購《か》い求めた写真であった。毎朝その写真の湖水のところに、窓から射《さ》し込む柔かな陽光が縺《もつ》れ、それをぼんやり甘えた気持で眺める彼であった。……彼は山の中ほどで、息が切なくなっていた。すると妻が彼の肩を軽く叩《たた》いてくれた。それから、ふと思いがけぬところに、バスの乗場があり、バスは滑らかに山霧のなかを走った。——それはまだ昨日の出来事のように鮮かであった。だが、二度目にひとりで、その同じ場所を訪れた時の記憶もヒリヒリと眼のまえに彷徨《さまよ》っていた。みじめな、孤独な、心呆《こころほう》け旅であった。優しいはずの湖水の眺めが、まっ暗な幻影で覆《おお》われていた。殆《ほとん》ど自殺未遂者のような顔つきで、彼はそのひとり旅から戻って来た。すると、間もなく彼の妻が喀血《かっけつ》したのだった。四年前の秋のことであった。妻の病気によって、あのとき、彼は自らの命を繋《つな》ぎとめたのかもしれなかった。

久し振りに爽《さわ》やかな光線が庭さきにちらついていたが、彼は重苦しい予想で、ぐったりとしていた。再検査の紙が彼のところにも送附されて来たのだった。それは、ただ医師の診断を受けて、書込んでもらえばよかったのだが、そういうものが舞込んで来ることに、彼は容易ならぬものを感じた。彼は昨日も訪れたばかりの妻のところへ、また出掛けて行きたくなった。

街は日の光でひどく眩《まぶ》しかった。それは忽《たちま》ち喘《あえ》ぐように彼を疲らせてしまった。だが、病院の玄関に辿《たど》り着くと、朝の廊下は水のように澄んでいた。ひっそりとした扉をあけて、彼が病室の方へ這入《はい》って行くと、妻は思いがけない時刻にやって来た彼の姿を珍しげに眺め、ひどく嬉《うれ》しそうにするのであった。その紙片を見せると、妻はしばらく黙って考えていた。

「診察なら、津軽先生にしてもらえばいいでしょう」と、妻はすぐにまた晴れやかな調子にかえった。

「お天気がいいので訪ねて来てくれたのかと思ったら、そんなことの相談でしたの」と妻は軽く諧謔《かいぎゃく》をまじえだした。「御飯を食べてお帰りなさい、久し振りに旦那《だんな》さんと一緒に御飯なりと頂きましょうよ」

妻は努めて、そして無造作に、いま重苦しい考を追払おうとしていた。……赤いジャケツを着た、はち切れそうな娘が、運搬車を押して昼食を持って来た。糖尿試験食の皿と普通の皿と、ベッド・テーブルの上に並べられると、御馳走《ごちそう》のある試験食の方の皿から、普通食の皿へ、妻は箸《はし》でとって彼に頒《わか》つのだった。

翌日、約束の時間に出掛けて行くと、妻のところに立寄った津軽先生は、軽く彼に会《え》釈《しゃく》して、廊下の外へ彼を伴なって行った。医局の前を通りすぎて、広い部屋に入ると、彼は上衣《うわぎ》のボタンをはずした。妻のひどく信頼している津軽先生は、指さきから、ものごしにいたるまで、静かにととのった気品があった。一度は軍医として出征したこともあるのだが、荒々しいものの、まるで感じられない人柄であった。その、いつも妻の体を調べている指さきが、いま彼の背を綿密に打診していた。すると、かすかに甘えたいような魔術が読みとられた。津軽先生はペンを執って、再検査の用紙の胸部疾患の欄に二三行書込んで行った。「脚気《かっけ》の気味もあるようですね」と先生は呟いた。

診察がすむと、彼はぐったりして、廊下の方へ出て行ったが、眼のまえの空間が茫と疼く疲労感で一杯になっていた。それから、妻の病室へ戻って来ると、パッと何か渦巻く色彩があった。いま妻のベッドの脇には、近所の細君が二人づれで見舞に来ていた。テーブルの上に菊の花が乱れた儘《まま》になっていた。いつもくすんだ身なりをしている隣組の女たちの、こうした、たまの盛装が、この部屋の空気を落着かなくしているのだろうか。……「ひどい南風ですね」と細君のひとりは窓の方を眺めながら云った。そういえば、リノリウムの廊下まで、べとべとと湿気ていたし、ガラス窓の外は茫と白くふくれ上って揺れかえしているのであった。見舞客が帰って行くと、妻はぐったりした顔つきで、枕に頭を沈めた。その頬はかすかに火照《ほて》っているようであった。

その南風が吹き募ると、海と空が茫と脹《ふく》らんで白く燃え上るようであった。どうかすると真夏よりも酷《きび》しい光線で野の緑が射とめられていた。落着のないクラスの生徒たちは、この風が吹きまくるとき、ことに騒々しかった。彼はときどき教壇の方から眼を運動場のはてにある遠い緑の塊りに対《む》けていた。舞上る砂埃《すなぼこり》に遮られて、それは森とも丘とも見わけのつかぬ茫漠とした眺めではあったが、あの混濁のなかに一つの清澄が棲《す》んでいて、それが頻りに向うから彼の魂を誘っているようだった。すぐ表の坂を轟々《ごうごう》と戦車が通りすぎて行った。すると、かぼそい彼の声は騒音と生徒の喚《わめ》きで、すっかり捥《も》ぎとられてしまうのであった。

その風が鎮《しず》まると、漸《ようや》く秋らしい青空が眺められた。澄んだ午後の光線は電車の中にも流れ込んでいた。痩せ細った老人が萎《しな》びたコスモスの花を持って、恐しい顔つきのまま座席に蹲《うずくま》っている。ある小駅につづく露次では、うず高くつみ重ねられた芋俵をめぐって、人が蟻《あり》のように動いていた。よじくれた榎《えのき》と叢《くさむら》のはてに、浅い海が白く光っていた。そうした眺めは、彼にとってはもう久しく見馴《みな》れている風景ではあったが、なぜか近頃、はっきりと輪郭をもって、小さな絵のように彼の眼の前にとまった。その絵を妻に頒ち与えたいような気持で、病院の方へ足を運んでいることがあった。

胸の奥に軽く生暖かい疼きを感じながら、彼は繊細なものの翳《かげ》や、甘美な聯想《れんそう》にとり縋《すが》るように、歩き廻っていた。家と病院と学校と、その三つの間を往《い》ったり来たりする靴が、溝《みぞ》に添う曲り角を歩いていた。そこから坂道を登って行けば病院だったが、その辺を歩いている時、ふと彼の時間は冷やかな秋の光で結晶し、永遠によって貫かれているような気がした。それから、病院の長い長い廊下や、(それは夢のなかの廊下ではなかったが)大概、彼が行くときか帰りかにきっと出逢《であ》う中風患者の姿、(冷たい雨の日も浴衣《ゆかた》がけで何やら大袈裟《おおげさ》な身振りで、可憐《かれん》に片手を震わせていた)合同病室の扉の方から喰《は》み出している痩せた女の黄色い顔、一つの角を曲ると忽ち轟然とひびいて来る庖《ほう》厨部《ちゅうぶ》の皿の音、――そうした病院の風景を家に帰って振返ってみると、彼には半分夢のなかの印象か、ひそかに愛読している書物のなかにある情景のようにおもえた。

だが、彼の妻が白い寝巻の上にパッと派手な羽織をひっかけ、「その辺まで見送ってあげましょう」と、外の廊下の曲り角まで一緒について来て、「ここでおわかれ」と云った時、彼はかすかに後髪を牽《ひ》かれるようなおもいがした。そこには、妻の振舞のあざやかさがひとり取残されていた。

ひとりで、附添も置かず、その部屋で暮している妻は、彼が訪れて行くたびに、何かパッと新鮮な閃《ひらめ》きをつたえた。

「熱はもうすっかり退《さ》がりました。津軽先生が、この薬とてもよく効くとおっしゃるの」そう云って黒い小粒の薬を彼に見せながら、「そのうち気胸《ききょう》もしてみようかとおっしゃるの、でも、糖尿の方があるので……」と、妻は仔細《しさい》そうな顔をする。「先生も尿の検査にはなかなか骨が折れるとおっしゃるの」

彼は妻の口振りから津軽先生の動作まで目に浮ぶようであった。……明るい窓辺で、静かにグラスの目盛を測っている津軽先生は、時々ペンを執って、何か紙片に書込んでいる。それは毎日、同じ時刻に同じ姿勢で確実に続けられて行く。と、ある日、どうしたことかグラスの尿はすべて青空に蒸発し、先生の眼前には露に揺らぐコスモスの花ばかりがある。先生はうれしげに笑う。妻はすっかり恢復《かいふく》しているのだった。

「わかったの、わかったのよ」

妻は彼が部屋に這入って行くと、待兼ねていたように口をきった。

「もうこれからは、独りで病気の加減を知ることが出来そうよ、どうすればいいかわかって」そう云って妻は大きな眼をみはった。

「尿を舐《な》めてみたの、すると、とてもあまかった。糖がすっかり出てしまうのね」

妻はさびしげに笑った。だが、笑う妻の顔には悲痛がピンと漲《みなぎ》っていた。この病院でも医者はつぎつぎに召集されていたし、津軽先生もいつまでも妻をみてくれるとは請合えなかった。三カ月の予定で糖尿の療法を身につけるため入院した妻は、毎日三度の試験食を丹念に手帳に書きとめているのだった。

ある午後、彼の眼の前には、透きとおった、美しい、少し冷やかな空気が真二つにはり裂け、その底にずしんと坐《すわ》っている妻の顔があった。

「この頃は、毎朝、お祈りをしているの、もう祈るよりほかないでしょう、つまらないこと考えないで一生懸命お祈りするの」

そう云って妻はいまもベッドの上に坐り直り、祈るような必死の顔つきであった。すると、白い壁や天井がかすかに眩暈《げんうん》を放ちだす、あの熱っぽいものが、彼のうちにも疼《うず》きだした。彼はそっと椅子《いす》を立上って窓の外に出る扉を押した。そのベランダへ出ると、明るい灝気《こうき》がじかに押しよせて来るようだった。すぐ近くに見おろせる精神科の棟《むね》や、石炭貯蔵所から、裏門の垣《かき》をへだてて、その向うは広漠とした田野であった。人家や径《みち》が色づいた野づらを匐《は》っていたが、遮るもののない空は大きな弧を描いて目の前に垂れさがっていた。

「こんどおいでのとき聖書を持って来て下さい」

……………………

妻はうち砕かれた花のような笑みを浮べていた。……家へ戻ってから、ふと古びた小型のバイブルをとり出してみて、彼はハッとするのだった。それは彼が少年の頃、亡《な》くなった姉から形見に貰《もら》ったものであった。二十年も前のことだが、死ぬ前、姉は県病院に入院していた。二度ばかり見舞に行って、それきり姉とは逢えなかったのだが、この姉の追憶はいつも彼を甘美な少年の魂に還《かえ》らせていた。そういえば、彼が妻の顔をぼんやり眺めながら、この頃何かしきりに考えていたのはそのことだったのだろうか。静かな病室のなかで、うっとりと、ふと何か口をついて、喋《しゃべ》りたくなりながら、口には出なかったのは、そのことだったのだろうか。


真昼の電車の窓から海岸の叢に白く光る薄《すすき》の穂が見えた。砂丘が杜切《とぎ》れて、窪地《くぼち》になっているところに投げ出されている叢だったが、春さきにはうらうらと陽炎《かげろう》が燃え、雲雀《ひばり》の声がきこえた。その小景にこころ惹《ひ》かれ、妻に話したのも、ついこのあいだのようだったが、そこのところが今、白い穂で揺れていた。薄は気がつくと、しかし沿線のいたるところにあった。電車の後方の窓から見ると、遥《はる》かにどこまでも遠ざかってゆく線路のまわりにチラチラと白いものが閃いた。ある朝、学校へ出掛けて行く彼は、電車の窓に迫って来る崖《がけ》の上に、さわさわと露に揺れる丈《たけ》高い草を刈り取っている女の姿を見た。崖下の叢もうっすらと色づいていた。それから間もなく、田のあちこちが黒いおもてを現して来た。刈あとの切株のほとりに、ふと大きな牛の胴を見ることもあった。時雨《しぐれ》に濡《ぬ》れて、ある駅から乗込んだ画家は、すぐまた次の駅で降りて行った。そうした情景を彼もまた画家のような気持で眺めるのだった。

それから、ある午後、彼が教室で授業していると、ふと窓の外の方があやしく気にかかった。リーダーを持ったまま、彼は硝子窓《ガラスまど》の方へ注意を対《む》けていた。ひょろひょろの銀杏《いちょう》の梢《こずえ》に黄金色の葉がヒラヒラしているのだ。あ、あれだろうか、……何とも名ざし出来ない、美しい透明な世界がすぐそこにあるようだし、それはひっそりととおりすぎてゆくのであった。

彼はそっと窓の方の扉をあけて、いつものベランダに出てみた。冷たい空気が頬にあたり、すぐ真下に見える鈴懸《すずかけ》の並木がはっと色づいていた。と、何かヒラヒラするものがうごき、無数の落葉が眼の奥で渦巻いた。いま建物の蔭《かげ》から、見習看護婦の群が現れると、つぎつぎに裏門の方へ消えて行くのだった。その宿舎へ帰って行くらしい少女たちの賑《にぎ》やかな足並は、次第にやさしい祈りを含んでいるようにおもえた。と、この大きな病院全体が、ふと彼には寺院の幻想となっていた。高台の上に建つこの大伽藍《だいがらん》は、はてしない天にむかって、じっと祈りを捧《ささ》げているのではないか。明るい空気のなかに、かすかな靄《もや》が顫《ふる》えながら立罩《たちこ》めてくるようだった。やがて彼は病室へ戻って来た。すると、妻はいままで閉じていた眼をパッと見ひらいた。「行ってみる時刻でしょう」と妻は愁《うれ》わしげに云う。その日、津軽先生から話があるというので、外来患者控室の前で逢うことになっていた。

彼は廊下の椅子に腰を下ろして待った。約束の時刻は来ていたが先生の姿は見えなかった。すぐ目の前を、医者や看護婦や医学生たちが、いく人もいく人も通りすぎて行った。やがて廊下はひっそりとして、冷え冷えして来た。めっきり暗くなった廊下で彼はいつまでも待った。よくない予感がしきりにしていたが、そうして待たされているうちに、もう彼は何も考えようとはしなかった。ただ、この世の一切から見離されて、極地のはてに、置きざりにされたような、暗い、冷たい、突き刺すような感覚があった。

「遅くなりました」ふと目の前に津軽先生の姿が現れた。

「召集がかかりましたので」先生は笑いながら穏やかな顔つきであった。急に彼は眼の前が真暗になり、置きざりにされている感覚がまたパッと大きく口を開いた。誰か女のつれが向うの廊下からちらとこちらを覗《のぞ》いたようであった。

「インシュリンのことでしたね、あの薬はあなたの方では手に這入《はい》りませんか」

「まるで、あてがないのです」

彼は歪《ゆが》んだ声で悲しそうに応《こた》えた。その大きな病院でも今は容易にそれが得られなかったが、その注射薬がなければ、妻の病は到底助からないのであった。

「そうですか、それでは僕が出て行ったあとも、引きつづいて、ここへ取寄せるように手筈《てはず》しておきましょう」

そういって先生はもう立去りそうな気配であった。彼はとり縋って、何かもっと訊《たず》ねたいことや、訴えたいものを感じながらも、押黙っていた。

「それでは失礼します、お大切に」先生は軽く頷《うなず》きながら静かな足どりで立去ってしまった。

日が短くなっていた。病院を出て家に戻って来るまでに、あたりは見る見るうちに薄暗くなってゆき、それが落魄《らくはく》のおもいをそそるのでもあった。薄暗い病院の廊下から表玄関へ出ると、パッと向うの空は明るかった。だが、そこの坂を下って、橋のところまで行くうちに、靄につつまれた街は刻々にうつろって行く。どこの店でも早くから戸を鎖《と》ざし、人々は黙々と家路に急いでいた。たまに灯をつけた書店があると、彼は立寄って書棚を眺めた。彼ははじめて、この街を訪れた漂泊者のような気持で、ひとりゆっくりと歩いていた。そうしているうちにも、何か急《せ》きたてるようなものがあたりにあった。日が暮れて路《みち》を見失った旅人の話、むかし彼が子供の頃よくきかされたお伽噺《とぎばなし》に出てくる夕暮、日没とともに忍びよる魔ものの姿、そうした、さまざまの脅《おび》え心地《ごこち》が、どこか遠くからじっと、この巷《ちまた》にも紛れ込んでくるのではあるまいか。

……弥生《やよひ》も末の七日《なぬか》明ほのゝ空朧々《ろうろう》として月は在明《ありあけ》にて光をさまれる物から不二《ふじ》の峯《みね》幽《かすか》にみえて上野《うへの》谷中《やなか》の花の梢《こずゑ》又いつかはと心ほそしむつましきかきりは宵《よひ》よりつとひて舟に乗て送る千しゆと云所《いふところ》にて船をあかれは前途三千里のおもひ胸にふさかりて幻のちまたに離別の泪《なみだ》をそゝく

彼は歩きながら『奥の細道』の一節を暗誦《あんしよう》していた。これは妻のかたわらで暗誦してきかせたこともあるのだが、弱い己れの心を支えようとする祈りでもあった。

……幻のちまたに離別の泪をそゝく

今も目の前を電車駅に通じる小路へ、人はぞろぞろと続いて行った。

（昭和二十二年四月号『四季』）

冬日記

真白い西洋紙を展《ひろ》げて、その上に落ちてくる午後の光線をぼんやり眺めていると、眼はその紙のなかに吸込まれて行くようで、心はかすかな光線のうつろいに悶《もだ》えているのであった。紙を展べた机は塵《ちり》一つない、清らかな、冷たい触感を湛《たた》えた儘《まま》、彼の前にあった。障子の硝子《ガラス》越《ご》しに、黐《もち》の樹が見え、その樹の上の空に青白い雲がただよっているらしいことが光線の具合で感じられる。冷え冷えとして、今にも時雨《しぐれ》が降りだしそうな時刻であった。廊下を隔てた隣室の方では、さきほどまで妻と女中の話声がしていたが、今はひっそりとしている。端近い近壁の家々も不思議に静かである。何か書きはじめるなら今だ。今なら深い文章の脈が浮上って来るであろう。だが、何故《なぜ》かすぐにペンを紙の上に走らすことは躊躇《ちゅうちょ》された。西洋紙は視《み》つめているほどに青味を帯びて来て、そのなかには数々の幻影が潜んでいそうだ。弱々しく神経を消耗させて滅びて行く男の話、ものに脅《おび》えものに憑《つ》かれて死んでゆく友の話、いずれも失敗者の姿ばかりが彼の心には浮ぶのであった。……時雨に濡《ぬ》れて枯野を行く昔の漂泊詩人の面影がふと浮んで来る、気がつくと恰度《ちょうど》ハラハラと降りだしたのである。そして今、露次の方に跫音《あしおと》がして、それが玄関の方へ近づいて来ると、彼はハッとして、きき慣れた跫音がその次にともなう動作をすぐ予想した。やがて玄関の戸がひらき、牛乳壜《ぎゅうにゅうびん》を置く音がする。かすかにかち合う壜の音と「こんちは」と呟《つぶや》く低い声がするのである。彼はずしんと、真空に投出されたような気持になる。微《かす》かにかち合う壜の音がまだ心の中で鳴りひびき、遠ざかって行く跫音が絶望的に耳に残る。それは毎日殆《ほとん》ど同じ時刻に同じ動作で現れ、それを同じ状態の下にきく彼であった。だが、このもの音を区切りにやがてあたりの状態は少しずつ変って行く。バタンと乱暴に戸の開く音がして、けたたましい声で前の家の主婦は喋《しゃべ》りだす。すると、もう何処《どこ》でも夕餉《ゆうげ》の仕度《したく》にとりかかる時刻らしかった。雨は歇《や》んだようだが、廊下の方に暮色がしのびよって来て、もう展げた紙の上にあった微妙な美しい青も消え失《う》せている。手を伸べて、スタンドのスイッチを捻《ひね》ればよさそうであったが、それさえ彼には躊躇された。薄暗くなる部屋に蹲《うずくま》ったまま、彼はじりじりともの狂おしい想《おも》いを堪《た》えた。ものを書こうとして、書こうとしては躊躇し、この二三年をいつのまにか空費してしまった彼は、今もその躊躇の跡をいぶかりながら吟味しているのであったが、――時にこの悶えは娯《たの》しくもあったが、更により悲痛でもあったのだ。「黄昏《たそがれ》は狂人たちを煽情《せんじょう》する」とボオドレエルの散文詩にある老人のように、失意のうちに年老いてじりじりと夕暮を迎えねばならぬとしたら、――彼はそれがもう他人事《ひとごと》ではないように思えた。「マルテの手記」にある痙攣《けいれん》する老人が彼の方に近づいて来そうであった。

『ベルリン――ロオマ行の急行列車が、ある中位な駅の構内に進み入ったのは、曇った薄暗い肌寒い時刻だった。幅の広い、粗天鵞絨《あらびろうど》の安楽椅子《いす》にレエスの覆《おお》いを掛けた一等の車室で、或《あ》る独り旅の客が身を起した――アルプレヒト・ファンクワアレンである。彼は眼を醒《さ》ましたのである』

夕食後、彼は妻の枕許《まくらもと》でトオマス・マンの「衣裳《いしょう》戸棚」の冒頭を暗誦《あんしょう》してきかせた。女中のたつは通いで夜は帰って行ったから、その部屋はいま二人きりの領分であった。病気の妻はギラギラと眼を輝かし、彼の言葉に耳傾けていたが「絶唱だね」と彼がつけ加えると、それが他人の作品だと分り多少あきたらない面持にかえったが、猶《なお》も彼の意中をさぐろうとするように、凝《じっ》と空間を見詰めている。長い間、彼は何も書こうとしないが、まだ書こうとする熱意を喪《うしな》ってはいないのだろうか――そう妻は無言のうちに訊《たず》ねているようであった。だが、それはそれとして、妻も「衣裳戸棚」の旅の話を知っていた。あのような奇怪な絶望のはての娯しい旅へ出られたら、――それはこの頃二人に共通する夢でもあった。じりじりと押迫って来る何か不吉なものが、今にもこの小さな生活を覆《くつがえ》しそうな秋であった。台所の硝子戸にドタンと風のあたる音がして、遠くの方にヒューッと唸《うな》る凩《こがらし》の音がする。電車が軋《きし》りながらすぐ近くの小駅に近づいて来る。不思議に外部のもの音が心に喰込《くいこ》んで来る。すると急に電灯のあかりが薄暗く感じられ、見慣れた部屋の壁の色がおそろしく冴《さ》えているのだ。ここには妻の一日の憂鬱《ゆううつ》がすっかり立籠《たちこも》っている。妻もまたこの二三年を病の床で暮し、来る日来る日をさびしく見送っているのだった。日によって、頬が火照《ほて》ったり、そうして、その後ではきっと熱が高かったが、些細《ささい》なことがらがひどく気に懸《かか》ることがある。かと思うと、ふと爽《さわ》やかな恢復《かいふく》期の兆《きざし》が見えたりして、病気は絶えず一進一退していた。寝たままで、女中のたつを口で使っていたが、おつかいから帰って来るたつは、変動してゆく外の空気をいつも妻に語りつたえた。そうして、妻の焦躁《しょうそう》は無言の時、一際《ひときわ》はっきりと彼の方へ反映して来るようであった。その高い額の押黙って電灯に晒《さら》されている姿が、今も何となく彼には堪えがたくなる。彼はふと思いついたように座を立って、毎日の習慣である冷水摩擦の用意にとりかかる。タオルを堅く洗面器の上で絞ると、シイツの上に両足を投出している妻の方へ持って行き、足さきの方から皮膚をこすって行くのであったが、膝《ひざ》から脇腹《わきばら》の方へ進むに随《したが》って、妻の下半身の表情がおもむろに現れて来る。彼はそれを愛撫《あいぶ》するというよりも、何か器具の光沢を磨いているような錯覚に陥りながら、やがて摩擦は上半身へ移って行く。すると、ここにはまるで少女のように細っそりした胸があり、背の方の筋肉は無表情の儘であるが、やがて首筋のあたりを撫《な》でて行くと、妻は頤《あご》を反らして、快げに眼を細めている。こうして、摩擦は完了する。この肉体的接触の後の爽やかさが、どうやらお互の気分をかすかに落着かすのではあったが……。

青黒い水の上を滑って行く汽船が、悲しい情緒に咽《むせ》びながら、港らしいところへ這入《はい》って行く。ぎっしりと詰った旅客たちの間に挿《はさ》まれ、彼も岸の方へ進んで行くのだが、彼の旅行鞄《かばん》には小さな袋に入れた糸瓜《へちま》の種が這入っていて、その白い種の姿がはっきりと目にちらついてならない。その上、その種はある神秘な力があって、彼の固疾にはなくてはならない良薬なのだし、それを今持運んでいるということが、かぎりない慰《なぐさめ》を与えてくれるとともに、何ともいえない不安な気持をそそる。狭い暗い桟橋を渡ったかと思うと更に心細げな路《みち》が横《よこた》わり、つづいてまた水の見える場所に来ている。そうして、暫《しばら》くすると、彼はまたはてしない汽船の旅をつづけているのであった。

——夏の頃、彼は窓の下にへちまの種を蒔《ま》いて、痩土《やせつち》に生長して行く植物の姿を、つくづくと、まるで憑かれたように眺めていた。繊《ほそ》い蔓《つる》の尖端《せんたん》が宙に浮んで、何かまきつくものをさがしている、そのかぼそいもののいとなみは見ているものの心をうっとりとさせるのであったが、どうかするとかすかな苦悩をともなって来るのでもあった。この二三年彼の顔の皮膚をほしいままに荒らしている湿疹《しっしん》も、微妙なるものの営みではあった。それは殆ど癒《い》えかけてはいたが、ちょっとした気温の変動でも直《す》ぐに応じて来た。たとえば、雨の近い夕方、息をしているのも不思議なような一刻、微かに皮膚の下側を匐《は》い廻るもののけはいがあって、それをじっと怺《こら》えていると、今にも神経は張裂けそうになるのであった。……固疾に絡《から》まる哀《かな》しい夢をみたので、彼の心は茫然《ぼうぜん》としていたが、くるんでいる毛布の妙に生暖かいのがまた雨の近い徴《しるし》のように想えた。暫くすると、また明け方の夢が現れた。

ぎっしりと人々の押込められた乗合自動車が緩い勾配《こうばい》をなした電車軌道の脇を異常な緊迫感で疾走している。そこは郷里の街の一部で、少し行くと河に出る道だということが先程から彼にはわかっている。が、そういうことを考えている暇もなく、いきなり烈《はげ》しいもの音の予感に戦《おのの》く。忽《たちま》ち轟音《ごうおん》とともに自動車が猛煙につつまれた。人々はことごとく木端微塵《こっぱみじん》になっている。それなのに、彼だけがひとり不思議に助かっている。おおらかな感銘の漾《ただよ》っているのも束《つか》の間《ま》で、やがて四辺は修羅《しゅら》場《ば》と化す。烈しい火焔《かえん》の下をくぐり抜け、叫び、彼は向側へつき抜けて行く。向側へ。この不思議な装置の重圧する機械はゆるゆると地下を匐い、それ故《ゆえ》、全身はさかしまに吊《つる》されながら暗黒の中を匐って行く。苦しい喘《あえ》ぎと身悶えの末、更に恐しい音響が破裂する。ここですべては消滅し、やがて再び気がつくと、彼はある老練な歯科医の椅子の上に辿《たど》り着いているのであった。

――その日、彼はそれらの夢を小さな手帳に書きとめておいた。その手帳は、日記の役割をしていたが、気象に関する記録と夢の採集のほかは、故意に世相への感想を避けていた。だが夢ははっきりとある感想を述べているのでもあった。誰しもが避け難い破滅を予感し、ひそかに救済を祈っているのではあるまいか。その夢の最後に現れて来る歯科医は妻も知っている人物であった。少しでも患者が痛そうな表情をすると手を休め、その癖、少しずつ確実に手術を為《な》し遂げてゆく巧みな医者であった。ふと、彼は妻にみた夢の内容を語りたい誘惑を覚えた。しかし、それを話せば、頭上に迫っている更に酷《きび》しいものの印象を強めるだけのことであった。

『そのとき天の方では、日の沈む側に雲が叢《むらが》っていた。その一つは凱旋門《がいせんもん》に似ていて、次のはライオンに、三番目のは鋏《はさみ》に似ている。……雲の後から幅のひろい緑色の光が射《さ》して、空の央《なか》ばまで達している。暫くするとこの光は紫色の光が来て並ぶ。その隣には金色のが、それから薔薇色《ばらいろ》のが。が空はやがて柔かな紫丁香色《ライラックいろ》になる。この魅するばかりの華麗な空を見て、はじめ大洋は顰《しか》め面《つら》をする。が、間もなく海面も、優しい、悦《よろこ》ばしい、情熱的な——とても人間の言葉では名指《なざ》すことの出来ぬ色合になる』

彼はとても人間の言葉では名指すことの出来ぬ情熱的な色合をしきりに想い浮べていた。すると目の前に、鱶《ふか》の餌食《えじき》と化するはかない人間の姿と、チェーホフの心の色合が海底のように見えて来るのだった。そして、三年前彼がはじめて「グーセフ」を読んだ時から残されている骨を刺すような冷やかなものと疼《うず》くような熱さがまた身裡《みうち》に甦《よみがえ》って来るのでもあった。奇妙なことに、それを読んだ三年前の季節の部屋の容子とその頃の心のありさままでこまごまと彼には回想されるのであったが、それは殆ど現在の彼と異っていないようでもあった。その頃、彼は一度東京へ出て知人を訪ねようと思っていた。

がたったそれだけのことが彼にとってはなかなか決行できなかった。電車で行けば一時間あまりのところにある地点が彼には無限のかなたにあるもののように想像されたし、もしかするとその都会は一夜のうちに消滅しているかもしれないと、妄想《もうそう》は更に飛躍して行った。もの音の杜絶《とぜつ》した夜半、泥海と茫漠《ぼうばく》たる野づらの涯《はて》しなくつづくそこの土地の妖《あや》しい空気をすぐ外に感じながら、ひとりでそんなことを考えていると、都会の兇悪《きょうあく》な相貌がぐるぐると胸裡《きょうり》を駆けめぐりそれは一瞬たりとも彼のようなものの拠《よ》りつけそうにない場所に変っていた。そこには今では、彼にとって全く無縁のものや、激しく彼を拒否しようとするもののみが満ち溢《あふ》れていた。それでなくても、顔の固疾や、脆弱《ぜいじゃく》な体質が出足を鈍らすのであったが、着つけない服をつけ、久し振りに靴を穿《は》いて出掛ける時には、まるで大旅行に出て行くように悲壮な気持がしたものであった。……鱶の泳ぎ廻る海底の姿と黙示録の幻影がいつまでも重たく彼の心にかさなり合っていた。

生涯《しょうがい》のある時期に於《お》いて、教師をするということは、僕にとって予定されていたことかも知れません、とにかく、やってみるつもりです。――彼はある朝、ひっそりとした時刻に、友人に対《むか》ってこんな手紙を書いた。そしてペンを擱《お》くと、障子の硝子《ガラス》の向うに見える空が、いまどこまでも白く寒々と無限に展《ひろ》がってゆくように想えた。あの寒々としした中に、以前からこの予言は誌《しる》されていたのであろうか――近く始ろうとする教師の姿をぼんやり考えてみた。殆ど何の自信も期待も持てなかったが、それでも、そこへ強いてゆくものが、たしかにあった。彼の安静な、そしてまた業苦多い、孤独の三昧境《さんまいきょう》は既にこの二三年前から内からも外からも少しずつ破壊されていた。ある時は猛然と立って、敵を防ごうとしたが、空白の中に行詰ってゆく心理は、死守しようとするものを自ら弱めて行っているのでもあった。（だが、彼の力の絶したところに、やはり死守すべきものがあることだけは疑えなかった）生計の不安や激変の世の姿が今怒濤《どとう》となって身辺にあれ狂っていた。絶えず忌避していた世間へ、一歩踏込んで行かねばならなかった。

「中学生を相手にするのは何だか怕《おそろ》しいようです」そう云う彼を先輩は憐《あわれ》むように眺め、「そんなことはありません、余程あなたは世間を怖《おそ》れているのですね、なあに、やってみるまでのことです」と励ましてくれるのであった。その人の家を辞して帰ってくる途中、家の近くの小駅のほとりで、中年の男が着流しで寒々と歩いている侘《わび》しい後姿を認めた。近所の男であった。ひどい酒癖がはじまると、隣近所に配給酒を乞《こ》うて歩くが、今も巷《ちまた》へ出て乏しい酒を漁《あさ》って帰るところらしかった。寒々とした夕空がかすかに明るかった。

……それから間もなく、あの恐しい朝（十二月八日）がやって来たのだった。気を滅《め》入《い》らす氷雨《ひさめ》が朝から音もなく降りつづいていて、開け放たれた窓の外まで、まるで夕暮のように惨澹《さんたん》としていたが、ふと近所のラジオのただならぬ調子が彼の耳朶《じだ》にピンと来た。スイッチを入れてみると、忽ち狂おしげな軍歌や興奮の声が轟々と室内を掻《か》き乱した。彼は惘然《もうぜん》として、息を潜め、それから氷のようなものが背筋を貫いて走るのを感じた。苛酷《かこく》な冬が来る、恐しい日は始ったのだ。――彼は身に降りかかるものに対して身構えるように、じっと頑《かたくな》な気持で畳の上に蹲っていた。日の暮れる前から何処《どこ》の家でも申合わせたように雨戸を立ててしまった。黒いカーテンを張りめぐらした部屋ではくつくつと鳥鍋《とりなべ》が煮えていた。「こんな大戦争が始ったというのに、鳥鍋がいただけるとは何と幸《しあわせ》なことでしょう」と若い女中のたつは全く浮々していた。が、妻は震駭《しんがい》のあとの発熱を怖れるように愁《うれ》い沈んでいた。

押入の奥から古びた英語の参考書を取出して、彼はぼんやり眺めていた。久しく忘れていた英語を憶《おも》い出そうとするように、あちこちの頁《ページ》をめくっていると、ふと昔の教室の姿が浮ぶ。円味《まるみ》を帯びた柔かな声で流暢《りゅうちょう》にリーダーを読み了《おわ》った先生は、黒い閻魔帳《えんまちょう》をひらいて、鉛筆でそっと名列の上をさぐっている。中学生の彼は息をのみ、自分があてられそうなのを心の中で一生懸命防ごうとしている。先生の鉛筆は宙を迷いなかなか指名は決まらない。やがて、先生は彼から二三番前の者にあてると、瞬間吻《ほっ》としたような顔つきになる。先生は彼の気持は知っているのだ。孤独で内気な、その中学生に読みをあてれば、どんなに彼が間誤《まご》つき、真赧《まっか》になるかをちゃんと呑込《のみこ》んでいたのだ。だから、どうしても指名しなければならない場合には、まるで長い躊躇《ちゅうちょ》の後の止《や》むを得ない結果のように、態《わざ》とぶっきら棒な調子で彼の名をあてる。あんな微妙な心づかいをする先生は、やはり孤独で内気な人間なのかもしれない。どうかすると、生徒たちの視線にも堪えられないような、壊れ易《やす》いものをそっと内に抱《いだ》いているようなところがあり、それでいて、粘り強い意志を研ぎ澄ましている人のようだった。……いつも周囲には獣のような生徒がいて、無意味なことを騒ぎ廻っていた。それでなくても、彼にはこの世の中に生れて来たことが不思議に堪えがたいもののようになっていたが、学校の厭《いや》な空気はともすれば、居たたまらないものになっていた。それだから、彼はよく学校を休んだ。それは大概冬の日のことであったが、家でひとり静かに休息をとり、久し振りに学校へ出て行くと、彼の魂も、肉体もそれから周囲の様子まで少し新鮮になっていた。黒い服を着て大きな眼鏡をした先生は、彼の欠席していたことについては何も訊《たず》ねようとしなかった。

――彼は久し振りに学校へ出掛けて行く中学生のようであったが、その昔の中学生がまだ根強く心の隅に蔓《はびこ》っているのであった。就職が決まりそうになると、女中のたつは、この生活の変化にひどく弾みをもち、靴下や手袋を新しく買いととのえて来てくれた。弁当箱も、それはこの頃既に巷から影を潜めていたが、どうやら手に入れることが出来た。

とらえどころのない空がどこまでも続いており、単調な坂路がはるかに展がっている。その風景は寒くて凍《い》てついていたが、どこかにまだギラギラと燃える海や青野の悶《もだ》えを潜めているようで、ふと眩《まぶ》しく強烈なものが、すぐ足もとにも感じられた。空漠としたなかにあって、荒れ狂うものに攫《さら》われまいとしているし、径《みち》や枯木も鋭い抵抗の表情をもっていた。だが、すべてはさり気なく、冬の朝日に洗われて静まっている。

坂の中ほどまでやって来ると、視野が改まり、向うに中学の色褪《あ》せた校舎が見えたが、彼の脚はひだるく熱っぽかった。家を出て電車で二十分、ここまで来ただけで、もうそんなに疲労するのだったが（荒天悪路だ、この坂を往かねばならぬのだ）と、彼は使い慣れぬ筋肉を酷使するように、速い足どりで歩いた。その癖、自分の魂は壊れもののようにおずおずと運んでいるのでもあった。彼には今の家に置いて来たもう一つの姿が頻《しき》りに気に懸《かか》った。それは今もじっと書斎の机に凭《よ》り、――彼方《かなた》から彼の心の隅を射抜こうとしている。戸惑った表情の儘《まま》、前屈《まえかが》みの姿勢でせかせかと歩いている姿は、かえって何か影のように稀薄《きはく》なものに想われて来る。彼は背後に、附纏《つきまと》う書斎からの視線を避《のが》れるように急いで中学の門へ這入って行く。そうして、その小さな門を潜《くぐ》った瞬間から、ともかくあの書斎からつき纏って来たものと別れることが出来た。だが、そのかわり今度は更に錯綜《さくそう》した視線の下に彼は剝出《むきだ》しで晒《さら》されるのであった。

——その夜、睡《ねむ》ろうとすると、鼻腔《びこう》にものの臭《にお》いがまだしつこく残っているのを彼は感じたが、たしかそれは今日の昼間、小使室で弁当を食べた時嗅《か》いだものに他《ほか》ならなかった。その日、はじめて彼も教員室へ入ったが、そこにはいろんな年輩のさまざまの容貌《ようぼう》をした教師たちが絶えず出入していた。弁当の時間になると、日南の狭い小使室に皆はぞろぞろと集っていた。彼はその部屋の片隅で、佗しいものの臭い——それは毛糸か何かが煉炭《れんたん》で焦《こ》げるような臭いであった——を感じた。家へ戻ると早速、彼はその臭いの佗しさを病妻に語った。妻は頰笑《ほほえ》みながら「そんなに佗しいのなら、勤めなきゃいいでしょう」と労《いた》わるように云った。長い間、人なかに出たことのない彼にとっては、人間の臭いの生々しさが、まず神経を搔き乱すのであった。……ふと、昼間の光景が睡《ね》つけない闇《やみ》の中に描かれた。階段を昇って、ザラザラの廊下を行くと、黄色く汚れた窓の中に少年たちのいきれが立こもっていた。そっと、教室の後の方の入口から這入って行ったのに、忽《たちま》ち四十あまりの顔と眼鼻が一斉に振返って彼の方へ注がれた。その視線のなかには、火のように嶮《けわ》しいものも混っていた。彼はかすかに青ざめてゆく自分を意識した。睡つけない闇のなかには、いつまでも何かはっきりしないものの像が揺れかえっていた。彼等はどうした貌《かお》なのだろう、なにを感じなにに為《な》ろうとする姿なのだろう。

それはひどい雪の降っている朝のことだった。彼は電車の中で昂然《こうぜん》とした姿勢の軍人の顔をつくづく眺めていた。人々は強いて昂然としているらしかったが、雪に鎖《とざ》された窓の外の景色は、混濁した海を控えていて、ひそかに暗い愁《うれい》を湛《たた》えているのだった。道すがら雪は容赦なく靴のやぶれから彼の足にしみていたが、泥濘《でいねい》の中をリヤカーで病人を運んで来る百姓の姿も――更に悲惨な日の前触のように、彼の心を衝《つ》くのだった。坂路のあちこちには、ペタペタと汚れた紙片が貼《は》ってあって、それには烈しい、そして空虚な文字が誌されていた。……寒さと慣れない仕事にうち克《か》つためには、彼は絶えず背中をピンと張りつめていなければならなかった。教員室には、普通の家庭で使用する煉炭火鉢が一つ置いてあった。その貧弱な火をとり囲んで教師達は頻りにガヤガヤと談じ合った。そういう佗しいなかに交っていると、彼はふと、家に置忘れて来た自分の姿を振返ることがあった。長い間かかって、人生の隠微なるものの姿を把《とら》えようとしていたのに、それらはもうあのままに放置されてあった。学校から帰って来る彼の姿には外の新鮮な空気が附着しているのであろうか、妻は珍しげに彼を眺め、病んでいる彼女の顔にも前には見られなかった明るみが添った。行列に加わってものを買って帰ると、妻の喜びは一層大きかった。

ある朝、一羽の大きな鳥が運動場の枯木に来てとまった。あたりは今、妙にひっそりしていたが、枯木にいる鳥はゆっくりと孤独を娯《たの》しんでいるように枝から枝へと移り歩いている。その落着はらった動作は見ているうちに羨《うらやま》しくなるのであった。こういう静かな時刻というのも、あるにはあったのか。彼はその孤独な鳥の姿がしみじみと眼に沁《し》みるのだった。……この運動場の砂は絶えず吹き荒《す》さぶ風のために、一尺から窪《くぼ》んでしまったのです、とある教師が語ったことがある。絶えず吹き荒さぶものは風ばかりではなかった。無慙《むざん》な季節に煽《あお》られて、生徒達はひどく騒々しく殺伐になっていた。旗行列の準備で学校中が沸騰《ふっとう》している時も、彼はひとり職員室に残りぼんやりと異端者の位置にいた。もしも、こういう時代に自分が中学生だったら……と、彼はいつもそれを思うとぞっとする。そうして、生徒たちにものを教えていながらも、ふと向うの席に紛れている己れの中学生姿を見ることがあった。異端者の言葉がすぐ、口もとまで出かかっているのであった。

（昭和二十一年九月号『文明』）

美しき死の岸に

何かうっとりさせるような生温かい底に不思議に冷気を含んだ空気が、彼の頬に触れては動いてゆくようだった。図書館の窓からこちらへ流れてくる気流なのだが、凝《じっ》と頬をその風にあてていると、魂は魅せられたように彼は何を考えるともなく思い耽《ふけ》っているのだった。一秒、一秒の静かな光線の足どりがここに立ちどまって、一秒、一秒のひそやかな空気がむこうから流れてくる。世界は澄みきっているのではあるまいか。それにしても、この澄みきった時刻がこんなにかなしく心に沁《し》みるのはどうしたわけなのだろう……。

ふと、視線を窓の外の家屋の屋根にとめると、彼にはこの街から少し離れたところにある自分の家の姿がすぐ眼に浮んできた。その家のなかでは容態のおもわしくない妻が今も寝床にいる。妻も今の今、何かうっとりと魅せられた世界のなかに呼吸《いき》づいているのだろうか。容態のおもわしくない妻は、もう長い間の病床生活の慣《なら》わしから、澄みきった世界のなかに呼吸《いき》づくことも身につけているようだった。だが、荒々しいものや、暴れ狂うものは、日毎《ひごと》その家の塀の外まで押し寄せていた。塀の内の小さな庭には、小さな防空壕《ぼうくうごう》のまわりに繁《しげ》るままに繁った雑草や、朱《あか》く色づいた酸漿《ほおずき》や、萩《はぎ》の枝についた小粒の花が、――それはその年も季節があって夏の終ろうとすることを示していたが、――ひっそりと内側の世界のように静まっていた。それから、障子の内側には妻の病床をとりかこんで、見なれた調度や、小さな装飾品が、病人の神経を鎮《しず》めるような表情をもって静かに呼吸《いき》づいているのだ。――そうして、妻が病床にいるということだけが、現在彼の生きている世界のなかに、とにかく拠《よ》りどころを与えているようだった。

彼の呼吸づいている外側の世界は、ぼんやりと魔ものの影に覆《おお》われてもの悲しく廻転しているのだった。週に一度、電車に乗って彼は東京まで出掛けて行くのだが、人々の服装も表情も重苦しいものに満たされていた。その文化映画社に入社してまだ間もない彼には、そこの運転は漠然としかわからなかったが、ここでも何かもう追い詰められてゆくものの影があった。試写が終ると、演出課のルームで、だらだらと合評会がつづけられる。どの椅子《いす》からも、さまざまの言いまわしで何ごとかが論じられている。だが、それらは彼にとって、殆《ほとん》ど何のかかわりもないことのようだった。殆ど何のかかわりもない男が黙りこくって椅子に掛けている。その男の脳裏には、家に残した病妻と、それから、眼には見えないが、刻々に迫ってくる巨大な機械力の流れが描かれていた。すると、ある日その演出課のルームでは何か浮々と話が弾んでいた。フランスではじまったマキ匪《ひ》団《だん》の抵抗が一しきり華やかな話題となっていたのだ。――彼はその映画会社の瀟《しょう》洒《しゃ》な建物を出て、さびれた鋤道《すきみち》を歩いていると、日まわりの花が咲誇っていて、半裸体で遊んでいる子供の姿が目にとまる。まだ、日まわりの花はあって、子供もいる、と彼は目にとめて眺めた。都会の上に展《ひろ》がる夏空は嘘《うそ》のように明るい光線だった。虚妄《きょもう》の世界は彼が歩いて行くあちこちにあった。黒い迷彩を施されてネオンの取除かれた劇場街の狭い路《みち》を人々はぞろぞろ歩いている。

「大変なことになるだろうね、今に……」

彼と一緒に歩いている友は低い声で呟《つぶや》いた。と、それは無限の嘆きと恐怖のこもった声となって彼の耳に残った。

混みあう階段や混濁したホームをくぐり抜けて、彼を乗せた電車が青々とした野づらに出ると、窓から吹込んでくる風も吻《ほっ》と爽《さわ》やかになる。だが、混濁した虚妄の世界は、やはり彼の脳裏にまつわりついていた。入社して彼に与えられた仕事は差当って書物を読み漁《あさ》ることだけだった。が、遽《にわ》か仕込《じこ》みに集積される朧気《おぼろげ》な知識は焦点のない空白をさまよっていた。紙の上で学んだ機械の構造が、工場の組織が、技術の流れが……彼にはただ悪夢か何かのようにおもわれる。空白のなかを押進んでゆく機械力の流れ——それはやがて刻々に破滅にむかって突入している——その流れが、動揺する電車の床にも、彼の靴さきにも、ひびいてくるようだ。だが、電車を降りて彼の家の方へその露次を這《は》入《い》って行くと、疲労感とともに吻と何か甦《よみがえ》る別のものがある。それが何であるかは彼には分りすぎるぐらい分っていた。

家を一歩外にすれば、彼には殆ど絶え間なしに、どこかの片隅で妻の神経が働きかけ追かけてくるような気がした。寝たままで動けない姿勢の彼女が何を考え、何を感じているのか、頻《しき》りと何かに祈っているらしい気配が、それがいつも彼の方へ伝わってくる。どうかすると、彼は生の圧迫に堪《た》えかねて、静かに死の岸に招かれたくなる。だが、そうした弱々しい神経の彼に、絶えず気をくばり励まそうとしているのは、寝たまま動けない妻であった。起きて動きまわっている彼の方がむしろ病人の心に似ていた。妻は彼が家の外の世界から身につけて戻って来る空気をすっかり吸集するのではないかとおもわれた。それから、彼が枕頭《ちんとう》で語る言葉から、彼の読み漁っている本のなかの知識の輪郭まで感じとっているような気もした。

昨日も彼はリュックを肩にして、ある知りあいの農家のところまで茫々《ぼうぼう》とした野らを歩いていた。茫々とした草原に細い白い路が走っていて、真昼の静謐《せいひつ》はあたりの空気を麻痺《まひ》させているようだった。が、ふと彼の眼の四五 米彼方《メートルかなた》で、杉の木が小さく揺らいだかとおもうと、そのまま根元からパタリと倒れた。気がつくと誰かがそれを鋸《のこぎり》で切倒していたのだが、今、青空を背景に斜に倒れてゆく静かな樹木の一瞬の姿は、フィルムの一齣《こま》ではないかとおもわれた。こんな、ひっそりとした死……それは一瞬そのまま鮮かに彼の感覚に残ったが、その一齣はそのまま家にいる妻の方に伝わっているのではないかとおもえた。……農家から頒《わ》けてもらったトマトは庭の防空壕の底に籠《かご》に入れて貯《たくわ》えられた。冷やりとする仄暗《ほのぐら》い地下におかれたトマトの赤い皮が、上から斜に洩《も》れてくる陽の光のため彼の眼に沁みるようだった。すると、彼には寝床にいる妻にこの仄暗い場所の情景が透視できるのではないかしらとおもえた。

……生暖かい底に不思議な冷気を含んだ風がうっとりと何か現在を追憶させていた。

彼はその街にある小さな図書館に入って、ぼんやりと憩《いこ》うことが近頃の習慣となっていたのだ。

　書物を閉じると、彼は窓際《まどぎわ》の椅子を離れて、受附のところへ歩いて行った。と、さきほどまで彼の頬に吹寄せていた生温かいが不思議に冷気を含んだ風の感触は消えていた。だが、何かわからないが彼のなかを貫いて行ったものは消えようとしなかった。閲覧室を出て、階段を下りて行きながらも、さきほどの風の感覚が彼のなかに残っていた。

　それは沖から吹きよせてくる季節の信号なのだろうか。夏から秋へ移るひそかな兆《きざし》なら彼は毎年見て知っていた。だが、さきほどの風は、まるでこの地球より、もっと遥《はる》かなところから流れて来て、遥かなところへ流れてゆくもののようだった。その中に身を置いておれば、何の不安も苦悩もなく、静かに宇宙のなかに溶け去ることもできそうだ。だが、それにしても何かかなしく心に沁みるものがあるのはどうしたわけなのだろう。（人間の心に爽やかなものが立ちかえってくるのだろうか。）もしかすると何か全く新しいものの訪れの前ぶれなのだろうか。……彼はまだ、さきほどの風の感触に思い惑いながら往来に出て行った。人通りの少ない、こぢんまりした路は静かな光線のなかにあった。煉瓦塀《れんがべい》や小さな溝川《みぞがわ》や楓《かえで》の樹などが落着いた陰翳《いんえい》をもって、それは彼の記憶に残っている昔の郷里の街と似かよってきた。

ほとんど総《すべ》ての物から　感受への合図が来る。
向きを変える毎に　追憶を吹き起す風が来る。
何気なく見逃がして過ぎた一日が
やがて自分へのはっきりとした贈りものに成って蘇《よみがえ》る。

いつも頭に浮ぶリルケの詩の一節を繰返していた。

その春、その街の大学病院を退院して以来、自宅で養生をつづけるようになってからも、妻の容態はおもわしくなかった。夜ひどい咳《せき》の発作におそわれたり、衰弱は目に見えて著しかった。だが、彼の目には妻の「死」がどうしても、はっきりと目に見えて迫っては来なかった。その部屋一杯にこもっている病人の雰囲気《ふんいき》も、どうかすると彼には馴《な》れて安らかな空気のようにおもえた。と、夏が急に衰えて、秋の気配のただよう日がやって来た。その日、彼女の母親は東京へ用足しに出掛けて行ったので、家の中は久しぶりに彼と妻の二人きりになっていた。

寝たままで動けない姿勢で、妻は彼の方を見上げた。と、彼もまた寝たままで動けない姿勢で、何ものかを見上げているような心持がするのだったが……。

「死んで行ってしまった方がいいのでしょう。こんなに長わずらいをしているよりか」

それは弱々しい冗談の調子を含みながら、彼の返事を待ちうけている真面目《まじめ》な顔つきであった。だが、彼には死んでゆく妻というものが、まだ容易に考えられなかった。四年前の発病以来、寝たり起きたりの療養をつづけているその姿は、彼にとってはもう不変のもののようにさえ思えていたのだ。

「もとどおりの健康には戻れないかもしれないが、だが寝たり起きたり位の状態で、とにかく生きつづけていてもらいたいね」

それは彼にとって淡い慰めの言葉ではなかった。と妻の眼には吻と安心らしい翳《かげ》りが拡《ひろが》った。

「お母さんもそれと同じことを云っていました」

今、家のうちはひっそりとして、庭さきには秋めいた陽光がチラついていた。そういう穏かな時刻なら、彼は昔から何度も巡りあっていた。だから、この屋根の下の暮しが、いつかぷつりと截《た》ち切られる時のことは、それに脅《おびや》かされながらも、どう想像していいのかわからなかった。

どうかすると妻の衰えた顔には微《かす》かながら活々《いきいき》とした閃《ひらめ》きが現れ、弱々しい声のなかに一つの弾みが含まれている。すると、彼は昔のあふれるばかりのものが蘇ってくるのを夢みるのだった。まだ元気だった頃、一緒に旅をしたことがある、あの旅に出かける前の快活な身のこなしが、どこかに潜んでいるようにおもえた。綺麗《きれいず》好きの妻のまわりには、自然にこまごましたものが居心地《いごこち》よく整えられていたし、夜具もシイツも清潔な色を湛《たた》えていた。それらには長い病苦に耐えた時間の祈りがこもっているようだった。壁に掛けた小さな額縁には、蔦《つた》の絡《から》んだバルコニーの上にくっきりと碧《あお》い空が覗《のぞ》いていた。それはいつか旅で見上げた碧空のように美しかった。

今にも降りだしそうな冷え冷えしたものが朝から空気のなかに顫《ふる》えていた。電車の窓から見える泥海や野づらの調子が、ふと彼に昨年の秋を回想させるのだった。……一年前の秋、彼と妻の生活は二つに切離されていた。糖尿病を併発した妻は大学病院に入院したが、これからはじまる新しい療養生活に悲壮な決意の姿をしていた。その時から孤独のきびしい世界が二人の眼の前に見えて来たようだった。彼は追詰められた気分のなかにも何か新しく心が研がれて澄んでゆくようだった。それは多少の甘え心地を含んだ世界ではあったが、ぼんやりと夢のような救いがどこかに佇《たたず》んでいるのではないかと思えた。……熱にうるんだ妻の眼はベッドのなかでふるえていた。

「こないだ、三階から身投げした女がいるのです。あなたの病気は死ななきゃ治らないと云われて……」

冷え冷えとした内庭に面した病室の窓から向側の棟《むね》をのぞむと、夕ぐれ近い乳白色の空気が硬い建物のまわりにおりて来て、内庭の柱の鈴蘭灯《すずらんとう》に、ほっと吐息のような灯がついていた。あのもの云わぬ灯の色は今でも彼の眼に残っているのだったが……。

だが、彼はつい先日その大学病院を訪ねて行って大先生に来診を求めたときの情景がまざまざと甦ってくる。看護婦が持って来た四五枚のレントゲン写真を手にして眺め入ったまま、大先生は暫《しばら》く何も語らない。それから妻の入院中の診断書類を早目に一読していたが、

「それでは今日の夕方お伺いしましょう」と彼に来診を約束した。それから、大先生が来るということは彼の妻にとっては大変な期待となった。妻はわざわざ新しい寝巻に着替えて約束の時刻を待っている。彼は家の外に出て俥《くるま》の姿を待った。冷えて降りだしそうな暗い空に五位鷺《ごいさぎ》が叫んでとおりすぎる。そうして待ち侘《わ》びていると、ふと彼は遠い頼りない子供の心に陥落されていた。俥がやって来たのは彼が待ち侘びて家に戻って来た後だった。大先生は妻の枕頭に坐《すわ》って、丁寧に診察をつづける。羽毛をとりだして病人の足の裏を撫《な》でてみたり、ものなれた慎重な身振りだったが、鞄《かばん》から紙片をとり出す

と、すらすらと処方箋《しょほうせん》を書いた。

「二週間分の処方をしておきますから、当分これを飲みつづけて下さい」

そうして、大先生は黙々と忙しそうに立上る。彼が後を追って家の外に出ると、既に俥は走りだしている。それは何か熱いものが通過した後のようにぐったりした心地だった。さきほどまで気の張りつめていたらしい妻も、ひどく悲しく疲れ顔で押し黙っている。さきほど用意したまま出しそびれていた蜜柑《みかん》の罐詰《かんづめ》が彼の目にとまった。それを皿に盛って妻の枕頭に置くと、

「ああ、おいしい」妻は寝たまま、まるで心の渇きまで医《いや》されるように、それを素直にうけとる。佗しく暗い気分のなかに、ふと蜜柑の色だけが吻と明るく浮んでいるのだった。……だが、その翌日彼が街に出て処方箋どおり求めて来た散薬は、もう妻の口にまるで喜びを与えなかった。何かはっきりしないが、眼に見えて衰えてゆくものがあった。気疎《けうと》そうな顔つきで、妻はぼんやりと焦点のさだまらぬ眼つきをしている。あの弱々しい眼のなかから、パッと一つの明るいものが浮びあがったら……彼は電車の片隅でぼんやりと思い耽《ふけ》っていた。

今にも降りだしそうな冷え冷えしたものは、そのまま持ちつづいて、街も人も影のように薄暗かった。家を出てから続いている時間が今でも彼には不安な容態そのもののようにおもえた。映画会社の廊下を廻り演出課のルームに入っても、彼は影のように壁際

に佇んでいた。

「奥さんの病気はどうかね」と友人が話しかけて来た。

「よくない」彼はぽつんと答えた。こんな会話をするようになったのかと、ふと彼には重苦しく愁《うれ》わしいものがつけ加えられるようだった。

冷え冷えとしたものは絶えずみうちに顫《ふる》えてくるようだったが、試写室に入ると、いつものように巨大な機械力の流れが眼の前にあった。フィルムの放つ銀色の影も速度も音響もその構成する意味も、彼にはただ、やがて破滅の世界にむかって突入している奔流のように無気味におもえた。だが、無数の無表情のなかに、ふと心惹《ひ》かれる悲しげな顔が見えてくることもある。ふと、その時、試写室の扉が開いて廊下の方から誰か呼出しの声がした。瞬間、彼はハッと自分の名が呼ばれたのではないかと惑った。……試写が終ってドカドカと明るい廊下の方へ人々が散じると、重苦しい魔ものの影の姿も移動する。狭い演出課のルームの椅子は一杯になり議論が始るのだった。だが、こうして、こんな場所に彼が今生きていることは、まるで何かの間違いのようにおもえてくる。今は魘《うな》されるような感覚ばかりが彼をとりまいているのだった。刻々にふるえる佗しいものが会社を出て鋪道《ほどう》を歩きながらも、彼に附きまとっていた。だが、電車が広漠とした野を走りつづけ、見馴れた芋畑や崖《がけ》の叢《くさむら》が窓の外に見えて来たとき、外はしきりに雨が降りつづいていた。まるで、それは堪えかねて、ついに泣き崩れてしまったものの姿だ。こんなにも悲しい、こんなにも悲しいのか、……何が？　冷え冷えとした真暗な底に突落されてゆく感覚が彼の身うちに喰込《くいこ》んで来る。こんなにも悲しい、こんなにも悲しいのか、何が……？　この訳のわからぬ感傷は今かぎりのものなのだろうか、やがて別の日が訪れてくれれば消え失《う》せてしまうのだろうか……ぼんやりと彼がおもい惑っていると、ぽっと電灯がついて車内は明るくなった。と、灯のついている彼の家の姿が、びしょ濡《ぬ》れの闇《やみ》のなかにもすぐ描かれた。

「お母さん、お母さん」

今、目ざめたばかりの彼はふと隣室で妻のかすかな声をきくと、寝床を出て台所の方にいる母親に声をかけた。それから、その弱々しいなかにも何か訴えを含んでいる声にひきつけられて、彼は妻の枕頭《ちんとう》にそっと近寄ってみた。妻の顔は昨夜からひきつづいている不機嫌《ふきげん》な苛々《いらいら》したものを湛えていた。だが、それは故意にそうしている顔ではなく、何かもう外界の空気に堪《た》えられなくなり、外界から拒否されたものの姿らしかった。瞼《まぶた》はだるそうに窄《すぼ》められ、そこから細く覗いている眸《ひとみ》はぼんやりと力なく何ものかを怨《えん》じていた。

……一週間前に、妻は小さな手帳に鉛筆で遺書を認《したた》めていた。枕頭に置かれていたので彼も読んでそれは知っていた。けれども、それを認めた妻も読んだ彼も、ほんとうに別離が切迫したものとはまだ信じきれないようだったのだ。

昨日の夕方、電車を降りて彼が暗い雨のなかを急込《せきこ》んで戻ってくると、家には灯のついた病室が待っていた。彼は妻の枕頭に屈《かが》んで「どうだったか」と訊《たず》ねた。

「今日は気分も軽かったのに、お母さんがひとりでおろおろされるので何か苛々しました」

枕頭に食べさしの林檎《りんご》が置いてあった。林檎が届いたら、と長い間待ち望んでいたのだが、注文の荷が届いたときには、これはもう彼女の口にあわなくなっていたのだ。ふと、妻は指の爪《つめ》で唇《くちびる》の薄皮をむしりとろうとした。

「どうしてそんなことをするのだ」

「…………」妻は無言で唇の皮を引裂いた。

……今、朝の光線で見ると、昨夜傷《きずつ》けた唇はひどく痛々しそうだった。やがて、母親が食膳《しょくぜん》を運んでくると妻は普段のように箸《はし》をとった。だが、忽《たちま》ち悲しげに顔を顰《しか》めた。それから、つらそうに無理《むり》強《じ》いに食事をつづけようとした。殆《ほとん》ど何かにとり縋《すが》るようにしながら悶《もだ》え苦しんで食事を摂《と》ろうとする姿は見るに堪えなかった。これははじめて見る異様な姿だった。それから重苦しい時間が過ぎて行った。昼の食事は母親がいくらすすめても遂《つい》に摂ろうとしなかった。日が暮れるに随《したが》って、時間は小刻みに顫えながら過ぎて行った。

夕食の用意が出来て枕頭に置かれた。が、妻は母親のすすめる食事を厭《いと》うように、わずかに二箸ばかり手をつけるだけだった。電灯のあかりの下に、すべてが薄暗くふるえていた。食後の散薬を呑《の》んだかとおもうと、間もなく妻は吐気を催して苦しみだした。今、目には見えないが針のようなものがこの部屋のなかに降りそそいでくるようだった。……ずっと以前から彼も妻も「死」についてはお互によく不思議そうな嘆きをもって話しあっていた。人間の最後の意識が杜絶《とだ》える瞬間のことを殆ど目の前に見るように想像さえしていた。少女の頃、一度危篤《きとく》に瀕《ひん》したことのある妻は、その時見た数限りない花の幻の美しかったことをよく話した。それから妻は入院中の体験から死んでゆく人のうめき声も知っていた。それは、まるで可哀相《かわいそう》な動物が夢でうなされているような声だ、と妻は云っていた。彼も「死」の幻影には絶えず脅かされていた。が、今の今、眼の前に苦しみだしている妻が死に吹き攫《さら》われてゆくのかどうか、彼にはまだわからなかった。「死」が彼よりさきに妻のなかを通過してゆくとは、昔から殆ど信じられないことだったのだ。だが、たとえ今「死」が妻に訪れて来たとしても、眼の前にある苦しみの彼方《かなた》に妻はもう一つ別の美しい死を招きよせるかもしれない。それは日頃から彼女の底にうっすらと感じられるものだった。彼も今、最も美しいものの訪れを烈《はげ》しく祈った。

…………

胃にはもう何も残っていそうもないのに、妻はまだ苦しみつづけた。これはまるで訳のわからぬことだった。

「よく腹を立てるから腹にしこりが出来たのかな」彼はふと冗談を云っていた。

「この頃ちょっとも腹は立てなかったのに」と妻は真面目《まじめ》そうに応《こた》えた。そのうちに、妻は口の渇きを訴えて、氷を欲しがった。隣室で母親は彼に小声で云った。

「もう唾液《だえき》がなくなったのでしょう」

それから母親は近所で氷の塊りを頒《わ》けてもらって来た。氷があったので彼は吻《ほっ》と救われたような気がした。氷は硝子《ガラス》の器から妻の唇を潤《うる》おした。うとうと眼を閉じたまま妻の痛みはいくらか落着いてくるようだった。

夜はもう更《ふ》けていた。彼は別室に退いて横臥《おうが》していた。が、暫くすると母親に声をかけられた。

「お腹《なか》を撫でてやって下さい。あなたに撫でてもらいたいと云っています」

彼は妻の体に指さきで触れながら、苦しみに揉《も》まれてゆくような気がした。妻の苦しみは少し鎮《しず》まっては、また新しく始って行った。彼は茫《ぼう》とした心のなかに、熱い熱い疼《うず》きがあった。これが最後なのだろうか。それなら……。だが、今となってはもう妻にむかって改めてこの世の別れの言葉は切りだせそうもなかった。言い残すかもしれない無数のおもいは彼のなかに脈打っていた。妻はまた氷を欲しがった。それからまた吐き気を催し、ぐったりとしていた。

「もう少しすれば夜が明けるよ」

かたわらに横臥して、そんなさりげないことを話しかけると、妻は静かに頷《うなず》く。そうしていると、まだ妻に救いが訪れてくるようで、もう長い長い間、二人はそんな救いを待ちつづけていたような気もした。そして、これは彼等の穏やかな日常生活の一ときに還《かえ》ってゆくようでさえあった。だが、ふと吃驚《びっくり》したように妻は胸のあたりの苦しみを訴えだした。その声は今迄《まで》の声とひどく異っていた。それは魔にうなされたように、哀切な声になってゆく。愕然《がくぜん》として、彼も今その声にうなされているようだった。病苦が今この家全体を襲いゆさぶっているのだ。

彼が玄関を出ると、外は仄暗《ほのぐら》い夜明だった。どこの家もまだ戸を鎖《とざ》していたが、町医のベルを押すと、灯がついて戸は開いた。医者は後からすぐ行くことを約束した。

家に戻って来ると、妻の苦悶《くもん》はまだ続いていた。「つらいわ、つらいわ」と、とぎれとぎれに声は波打つようだった。彼はその脇《わき》に横臥するようにして声をかけた。

「外はまだ薄暗かったよ。医者はすぐ来ると云っていた」

妻は苦しみながらも頷いていた。妻が幼かったとき一度危篤に陥って、幻にみたという美しい花々のことがふと彼の念頭に浮んだ。

「しっかりしてくれ。すぐ医者はやってくるよ。ね、今度もう一度君の郷里へ行ってみよう」

妻はぼんやり頷いた。玄関の戸が開いて医者がやって来た。医者の来たことを知ると、妻は更に辛《つ》らそうに喘《あえ》いで訴えた。

「先生、助けて、助けて下さい」

医者は静かに聴診器を置くと、注射の用意をした。その注射が済むと、医者は彼を玄関の外に誘った。

「危篤です。知らすところへ電報を打ったらどうです」

医者はとっとと立去った。彼は妻の枕頭に引返した。妻はまだ苦悶をつづけていた。

「どうだ、少しは楽になったか」

妻は眼を閉じて嬰児《えいじ》のように頭を左右に振っていた。暫くすると、さきほどから続いていた声の調子がふと変って来た。

「あ、迅《はや》い、迅い、星……」

少女のような声はただそれきりで杜切《とぎ》れた。それから昏睡《こんすい》状態とうめき声がつづいた。もう何を云いかけても妻は応えないのであった。

彼は急いで街へ出て、郷里の方へ電報を打っておいた。急いで家に戻って来ると、玄関のところで、まだ妻のうめき声がつづいているのを耳にした。その瞬間、今はそのうめき声がつづいていることだけが彼の唯一《ゆいいつ》のたよりのようにおもえた。

彼は妻の枕頭に坐ったまま、いつまでも凝《じっ》としていた。時間は過ぎて行き、庭の方に朝の陽が射《さ》して来た。あたりの家々からも物音や人声がして、その日も外界はいつもと変りない姿であった。昏睡のままうめき声をつづけている妻に「死」が通過しているのだろうか。いつかは、妻とそのことについてお互に話しあえそうな気もした。だが、妻のうめき声はだんだん衰えて行った。やがて、その声は一うねり高まったかと思うと、息は杜絶えていた。

（昭和二十五年四月号『群像』）

死のなかの風景

妻が息をひきとったとき、彼は時計を見て時刻をたしかめた。妻の母は、念仏を唱えながら、隣室から、小さな仏壇を抱《かか》えて来ると、妻の枕許《まくらもと》の床の間にそっと置いた。すると、何か風のようなものが彼の背後で揺れた。と、彼ははじめて悲しみがこみあげて来た。彼はこれまでに、父や母の死に遭遇していたので、人間の死がどのように取扱われるかは既によく知っていた。仏壇を見たとき、それがどっと彼の心にあふれた。それよりほかに扱われようはない死がそこにあった。苦しみの去った妻はなされるがままに床のなかに横《よこた》わっているのだ。その細い手はまだ冷えきってはいなかったが、はじめて彼はこの世に置き去りにされている自分に気づいた。今は彼もなされるがままに生きている気持だった。

「僕は茫《ぼう》としてしまっているから、よろしく頼みます」

葬《とむら》いのことや焼場のことで手続に出掛けて行ってくれる義弟を顧みて、彼はそう云った。昨夜からの疲労と興奮が彼の意識を朧《おぼろ》にしていた。妻のいる部屋では、今朝ほど臨終にかけつけたのに意識のあるうちには間にあわなかった神戸の義姉がいた。彼はひとり隣室に入って、煙草を吸った。障子一重隔てて、台所では義母が昼餉《ひるげ》の仕度《したく》をしていた。（そうだったのか、これからもやはり食事が毎日ここで行われるのか）と彼はぼんやりそんなことを考えていた。……心のなかで何かが音もなく頻《しき》りに崩れ墜《お》ちるようだった。ふと机の上にある四五冊の書籍が彼の眼にとまった。それはみな仏教の書物だった。その年の夏に文化映画社に入社して以来、機械や技術の本ばかり読まされていた彼は、ふと仏教の世界が探求してみたくなった。それは今現に無慙《むざん》な戦争がこの地上を息苦しくしている時に、嘗《かつ》ての人類はどのような諦感《ていかん》で生きつづけたのか、そのことが知りたかったからだ。だが、病妻の側《そば》で読んだ書物からは知識の外形ばかりが堆積《たいせき》されていたのだろう。それが今、音もなく崩れ墜ちてゆくようだった。彼はぼんやりと畳の上に蹲《うずくま》っていた。

それは樹木がさかさまに突立ち、石が割れて叫びだすというような風景ではなかった。いつのまにか日が暮れて灯のついた六畳には、人々が集って親しそうに話しあっていた。……東京からやって来た映画会社の友人は、彼のすぐ横に坐《すわ》っていた。ことさら悔みを云ってくれるのではなかったが、彼にはその友人が側に居てくれるというだけで気が鎮《しず》められた。床の間に置かれた小さな仏壇のまわりには、いつのまにか花が飾られて、蠟《ろう》燭《そく》の灯が揺れていた。開放たれた縁側から見ると、小さな防空壕《ぼうくうごう》のある二坪の庭は真暗な塊りとなって蹲っていた。その闇《やみ》のなかには、悲しい季節の符号がある。彼が七年前に母と死別れたのも、この季節だった。三日前に、「きょうはお母さんの命日ね」と妻は病床で何気なく呟《つぶや》いていたのだが。……母を喪《うしな》った時も、暗い影はぞくぞくと彼のなかに流れ込んで来た。だが、それは息子としてまだ悲しみに甘えることも出来たのだ。だが今度は、彼はこれからさきのことを思うと、ただ茫として遠いところに慟哭《どうこく》をきいているような気がした。

妻の寝床は部屋の片隅に移されて、顔は白い布で覆《おお》われていた。そこの部屋のその位置が、前から一番よく妻の寝床の敷かれた場所だった。彼女は今も何ごともなく静かに睡《ねむ》りつづけているようだった。だが、四年前に拵《こしら》えたまま、まだ一度も手をとおさなかった訪問着が夜具の上にそっと置かれていた。電灯の明りに照らされてその緑色の裾模《すそも》様《よう》は冴《さ》えて疼《うず》くようだった。ふと外の闇から明りを求めて飛込んで来た大きな蟷螂《かまきり》が、部屋の中を飛び廻って、その着物の裾のところに来てとまった。やはり死者の気配はこの部屋に満ちているのだった。読経《どきょう》がおわって、近所の人たちが去ると、部屋はしーんと冴え静まっていた。彼は妻の枕許に近より、顔の白布をめくってみた。あれから何時間たったのだろう。顔に誌《しる》されている死の表情は、苦悶《くもん》のはての静けさに戻っている。(いつかもう一度、このことについてお互に語りあえないのだろうか)だが、妻の顔は何ごとも応《こた》えなかった。義母が持って来たアルコールを脱脂綿に浸して、彼は妻の体を拭《ふ》いて行った。義母はまだ看護のつづきのように、しみじみと死体に指を触れていた。

それは彼にとって知りすぎている体だった。だが硬直した皮膚や筋肉に今はじめて見る陰翳《いんえい》があった。

その夜も明けて、次の朝がやって来た。棺に入れる花を買いに彼は友人と一緒に千葉の街へ出かけて行った。家を出てから、ずっと黙っていた友は、国道のアスファルトの路《みち》へ出ると、

「元気を出すんだな、挫《くじ》けてはいかんよ」

と呟いた。

「うん、しかし……」と彼は応えた。しかし、と云ったまま、それからさきは言葉にはならなかった。佗《わび》しい単調な田舎街の眺めが眼の前にあった。(これからさき、これからさきは、悲しいことばかりがつづくだろう)ふと、そういう念想が眼の前を横切った。……寝棺に納められた妻の白い衣に、彼は薄荷《はっか》の液体をふりかけておいた。顔のまわりに、髪の上に、胸の上に合掌した手のまわりに、花は少しずつ置かれて行った。彼はよく死者の幻想風な作品をこれまでも書いていたのだが、だが今眼の前で行われていることは幻ではなかった。郷里から妻の兄がその日の夕刻家に到着していた。そうした眼の前の一つ一つの出来事が、いつかまた妻と話しあえそうな気が、ぼんやりと彼のなかに宿りはじめた。

霊柩車《れいきゅうしゃ》が市営火葬場の入口で停ると、彼は植込みの径《みち》を歩いて行った。花をつけた

百日紅《さるすべり》やカンナの紅が、てらてらした緑のなかに燃えていた。その街に久しく住み馴《な》れていたのだが、彼はこんな場所に火葬場があるのを今日まで知らなかったのだ。妻も恐らくここは知らなかったにちがいない。柩《ひつぎ》は竈《かまど》の方へあずけられて、彼は皆と一緒に小さな控室で時間を待っていた。何気なく雑談をかわしながら待っている間、彼はあの柩の真上にあたる青空が描かれた。妻の肉体は今最後の解体を遂げているのだろう。(わたしが、さきにあの世に行ったら、あなたも救ってあげる)いつだったか、そんなことを云った彼女の顔つきが憶《おも》いだされた。それは冗談らしかったが、ひどく真顔のようでもあった。……しばらく待っているうちに火葬はすっかり終っていた。竈のところへ行ってみると焦《こ》げた木片や藁灰《わらばい》が白い骨と入混っていた。義母はしげしげとそれを眺めながら骨を撰《え》り分けた。彼もぼんやり側に屈《かが》んで拾いとっていたが、骨壺《こつつぼ》はすぐに一杯になってしまった。風呂敷に包んだ骨壺を抱えて、彼は植込の径を歩いて行った。すると遽《にわ》かに頭上の葉がざわざわ揺れて、さきほどまで静まっていた空気のなかにどす黒い翳《かげ》りが差すと、陽の光が苛立《いらだ》って見えた。それはまた天気の崩れはじめる兆《きざし》だった。こういう気圧や陽の光はいつも病妻の感じやすい皮膚や彼の弱い神経を苦しめていたものだ。(地上には風も光ももとのまま)そう呟くと、急に地上の眺めが彼には追憶のように不思議におもえた。

持って戻った骨壺は床の間の仏壇の脇《わき》に置かれた。さきほどまで床の間にはまだ明るい光線が流れていたのだが、いつの間にかそのあたりも仄暗《ほのぐら》くなっていた。外では雨が降りしきっていた。湿気の多い、悲しげな空気は縁側から匐《は》い上って畳の上に流れた。時折、風をともなって、雨はザアッと防空壕の上の木の葉を揺すった。庭は真暗に濡《ぬ》れて号泣しているようなのだ。こうした時刻は、しかし彼には前にもどこかで経験したことがあるようにおもえた。郷里から次兄と嫂《あによめ》がやって来たので、狭い家のうちは人の気配で賑《にぎわ》っていた。その家の外側を雨は狂ったように降りしきっていた。

二日つづいた雨があがると、郷里の客はそれぞれ帰って行った。義姉だけはまだ逗留《とうりゅう》していたが、家のうちは急に静かになった。床の間の骨壺のまわりには菊の花がひっそりと匂《にお》っている。彼は近いうちに、あの骨壺を持って、汽車に乗り郷里の広島まで行ってくるつもりだった。が、ともかく今はしばらく心を落着けたかった。久し振りに机の前に坐って、書物をひらいてみた。茫然《ぼうぜん》とした頭に、まだ他人の書いた文章を理解する力が残っているかどうか、それを試してみるつもりだった。眼の前に展《ひろ》げているのは、アナトール・フランスの短篇集だった。読んで意味のわからない筈《はず》はなかった。だが意味は読むかたわらに消えて行って、それは心のなかに這入《はい》って来なかった。今、彼は自分の世界がおそろしく空洞になっているのに気づいた。

久し振りに彼は電車に乗って、東京へ出掛けて行くと、家を出た時から、彼をとりまく世界はぼんやりと魔の影につつまれて回転していた。それは妻を喪う前から、彼の外をとりまいて続いている暗いもの悲しい、破滅の予感にちがいなかった。今も電車のなかには、どす黒い服装の人々で一杯だった。ホームの人混みのなかには、遺骨の白い包みをもった人がチラついていた。久し振りに映画会社に行くと、彼は演出課のルームの片隅にぼんやり腰を下ろした。間もなく、試写が始って、彼も人々について試写室の方へ入った。と、魔の影はフィルムのなかに溶け込んで、彼の眼の前を流れて行った。大陸の暗い炭坑のなかで犇《ひし》めいている人の顔や、熱帯の眩《まぶ》しい白い雲が、騒然と音響をともないながら挽歌《ばんか》のように流れて行った。映画会社の階段を降りて、道路の方へ出ると、一瞬、彼のまわりは、しーんと静まっていた。秋の青空が街の上につづいていた。ふと、その青空から現れて来たように、向うの鋪道《ほどう》に友人が立っていた。先日、彼の家に駈《か》けつけてくれた、その友人は、一瞥《べつ》で彼のなかのすべてを見てとったようだった。そして、彼もその友人に見てとられている自分が、まるで精魂の尽きた影のように思えた。

「おい、なんだ、しっかりし給《たま》え」

「駄目なんだ」と彼は力なく笑った。だが、笑うと今迄《まで》彼のなかに張りつめていたものが微《かす》かにほぐされた。だが、ほぐされたものは忽《たちま》ち彼から滑り墜ちていた。彼はふらふらの気分で、しかしまっすぐ歩ける自分を訝《いぶか》りながら鋪道を歩いていた。友人と別れた後の鋪道にはまたぼんやりと魔の影が漾《ただよ》っていた。

週に一度の出勤なのに、東京から戻って来ると、翌日はがっかりしたように部屋に蹲っていた。妻が生きていた日まで、この家はともかく、外の魔の姿からは遮《さえぎ》られていた。妻のいなくなった今も、まだ外の世界がいきなりここへ侵入して来たのではなかった。だが、どこからか忍びよってくる魔の影は日毎《ひごと》に濃くなって行くようだった。彼は、ある画集で見た「死の勝利」という壁画の印象が忘れられなかった。オルカーニアの作と伝えられる一つの絵は、死者の群のまんなかに大きな魔ものが、どっしりと坐っていた。それからもう一つの絵は、画面のあちこちに黒い翼をした怪物が飛び廻っていた。その写真版からは、人間の頭脳を横切る魔ものの影がぞくぞくと伝わってくるようなのだった。人間の想像力で描き得る破滅の図というものは、いくぶん図案的なものかもしれない。やがて来る破滅の日の図案も、もう何処《どこ》かの空間に静かに潜められているのだろうか。

暫《しばら》く滞在していた義姉が神戸の家に帰ることになった。義姉の家には挺身隊《ていしんたい》の無理から肺を犯されて寝ている娘がいた。その姪《めい》のために彼は妻のかたみの着物を譲ることにした。簞笥《たんす》から取出した衣裳《いしょう》を義母と義姉はつぎつぎと畳の上にくりひろげて眺めた。妻はもっている着物を大切にして、ごく少ししか普段着ていなかったので、殆《ほとん》どがまだ新しかった。義母は愛着のこもった手つきで、見憶《みおぼ》えのある着物の裾をひるがえして眺めている。彼には妻の母親が悲歎《ひたん》のなかにも静かな諦感をもって、娘の死を素直に受けとめている姿が羨《うらやま》しかった。ある日こういうことになる日が訪れて来たのか、と彼は着物の賑《にぎ》やかな色彩を眺めながら、ぼんやり考えた。

広島までの切符が手に入ったので、彼は骨壺を持って郷里の兄の家に行くことにした。夕方家を出て電車に乗ると、電車はぎっしり満員だった。夜の混濁した空気のなかで、彼は風呂敷に包んだ骨壺と旅行カバンを両脇にかかえて、人の列に挟まれていた。無事にこの骨壺を持って行けるだろうか、押しあうカーキ色の群衆のなかで彼はひどく不安だった。駅のホームに来てみると列車は満員で、座席はとれなかった。網棚の片隅に置いた骨壺が、絶えず彼の意識から離れなかった。荒涼とした夜汽車の旅だったが、混濁と疲労の底から、何か一すじ清冽《せいれつ》なものが働きかけてくるような気持もした。

その清冽なものは、彼がそれから二日後、骨壺を抱えて郷里の墓地の前に立ったときも、附纏《つきまと》ってくるようだった。納骨のために墓の石も取除かれたが、彼の持っている骨壺は大きすぎて、その墓の奥に納まらなかった。骨は改めて、別の小さな壺に移されることになった。改めて彼は再び妻の骨を箸《はし》で撰《え》りわけた。火葬場で見た時とちがって、今は明るい光線の下に細々とした骨が眼に沁《し》みるようだった。壺に納まった骨は静かに墓の底に据えられ、余りの骨は穴のなかにばら撒《ま》かれた。この時、彼の後に立っている僧がゆるやかな優しい声で読経をあげた。それは誰かを静かにゆさぶり、慰め、あやしているような調子だった。彼は眼をあげて、高いところを見ようとした。眼の少し前には、ひょろひょろの樹木が一本、その後には寺の外にある二階建の屋根が、それらはすべてありふれた手ごたえのない眺めだった。が、陽の光ばかりは遥《はる》かに清列なものを湛《たた》えていた。

埋葬に列《つら》なった人々は、それから兄の家に引かえして座敷に集った。「波状攻撃……」と誰かが沖縄の空襲のことを話していた。その酒席に暫く坐っているうちに、彼はふと居耐《いたたま》らなくなった。何かわからないが怒りに似たものが身に突立ってきた。彼はひとり二階に引籠《ひきこも》ってしまった。葬儀の翌日から雨が降りだした。彼は二階の雨戸を一枚あけたまま薄暗い部屋で、昼間から寝床の上でうつうつと考え耽《ふけ》った。その部屋は彼が中学生の頃の勉強部屋だったし、彼が結婚式をあげてはじめて妻を迎えたのも、その部屋だった。ほのぼのとした生の感覚や、少年の日の夢想が、まだその部屋には残っているような心地《ここち》もした。だが彼は悶絶《もんぜつ》するばかりに身を硬《こわ》ばらせて考えつづけた。彼にとって、一つの生涯《しょうがい》は既に終ったといってよかった。妻の臨終を見た彼には自分の臨終も同時に見とどけたようなものだった。たとえこれからさき、長生したとしても、地上の時間がいくばくのことがあろう。生きて来たということは、悔恨にすぎなかったのか、生きて行くということも悔恨の繰返しなのだろうか。彼は妻の骨を空間に描いてみた。彼の死後の骨とても恐らくはあの骨と似かよっているだろう。そうして、あの暗がりのなかに、いずれは彼の骨も収まるにちがいない。そう思うと、微かに、やすらかな気持になれるのだった。だが、たとえ彼の骨が同じ墓地に埋められるとしても、人間の形では、もはや妻とめぐりあうことはないであろう。

三日ばかり部屋に閉籠って憂悶を凝視していると、眼は酸性の悲しみで満たされていた。雨があがると、彼は家を出て郷里の街をぶらぶら歩いてみた。足はひとりでに、墓地の方へ向った。彼は墓の前に暫く佇《たたず》んでいたが、寺を出ると、橋を渡って川添の公園の方へ向った。秋晴れの微風が彼の心を軽くするようだった。何もかも洗い清められた空気のなかに溶け込んでゆくようで天空のかなたにひらひらと舞いのぼる転身の幻を描きつづけた。

一週間目に彼は妻の位牌《いはい》を持って、千葉の家に戻って来た。つくづくと戻って来たという感じがした。家に妻のいないことは分っていても、彼にはやはり住み馴れた場所だった。彼は書斎に坐ると、今度の旅のことをこまごまと亡妻に話しかけるような気分に浸れるのだった。だが、ある日、映画会社の帰りを友人と一緒に銀座に出て、そこで夕食をとったとき、彼にはあの魔ものの姿が神経の乱れのように刻々に感じられた。窓ガラスの外側にも、ざわざわするテーブルのまわりにも、陰惨なものの影が犇《ひしめ》きあっているようなのだ。

「いつか自分たちで、自分たちの好きな映画が作りたいな」

彼の友人は、彼に期待を持たせるように、そう呟《つぶや》くのだった。だが、そういう明るい社会が彼の生存中にやって来るのだろうか。今、彼の眼の前には破滅にむかってずるずる進んでいる無気味な機械力の流れがあるばかりだった。

食堂を出ると、彼はもっと夕暮の巷《ちまた》を漫歩していたくなった。外で食事をとったり、帰宅を急がなくてもいい身の上になったことが、今しきりに顧みられた。彼は友人の行く方に従《つ》いてぶらぶら歩いていた。

「橋を見せてやろうか」

友は彼を誘って勝鬨橋《かちどきばし》の方へ歩いて行った。橋まで来ると、巷の眺めは一変して、広大無辺なものを含んでいた。冷やかな水と仄暗い空があった。（やがて、このあたりも……）夕靄《ゆうもや》のなかに炎の幻が見えるようだった。それから銀座四丁目の方へ引返して行くと、魔の影は人波と夕靄のなかに揺れていた。（このひとときが破滅への進行のひとときとしても……）靄のなかに動いている人々の影は陰惨ななかにも、まだかすかに甘い憂愁がのこっているようだ。だが、彼が友人と別れて電車に乗ると、夜の空気のなかから、何かぞくぞく皮膚に迫ってくるものがあった。暗い冷たいものが身内を這いまわるようで、それはすぐにも彼を押し倒そうとしていた。（何がこのように荒れ狂うのだろうか）今迄に感じたことのない不思議な新鮮な疲れだ。家にたどりつくと、彼は夜具を敷いて寝込んでしまった。何かが彼のなかに流れ込んでくる、それは死の入口の暗い風のような心地がした。彼はそのまま眼をとじて闇に吸い込まれて行ってもいいと思った。しかし、二三日たつと彼の変調は癒《い》えていた。

ある午後、彼は、演出課のルームでぼんやり腰を下ろしていた。彼の目の前では試写の合評がだらだらと続いていたが、ふと誰かが立上ると、急に皆の表情が変っていた。人々はてんでに窓から地面の方へ飛降りてゆく。彼にもそれが何を意味しているのか直《す》ぐにわかった。人々の後について、人々の行く方へ歩いて行った。人々が振仰ぐ方向に視線を向けると、丘の上の樹木の梢《こずえ》の青空の奥に、小さな銀色の鍵《かぎ》のような飛行機が音もなく象眼されていた。高射砲の炸裂《さくれつ》する音が遠くで聞えた。丘にくり抜かれている横穴の壕《ごう》へ人々は這入って行った。暗い足許《あしもと》には泥土質の土塊《つちくれ》や水溜《みずたま》りがあって、歩き難《にく》かったが、奥へ奥へと進んで行くと、向側の入口らしい仄明りが見えて来た。人々はその辺で一かたまりになって蹲《うずくま》った。撮影機を抱《かか》えた人や、蠟燭《ろうそく》を持った人の姿が茫《ぼう》と見えた。じっとしていると、壕の壁は冷え冷えとした。ふと彼にはそこが古代の神秘な洞穴のなかの群衆か何かのようにおもえた。さきほど見た小さな飛行機も幻想のように美しくおもえた。……やがて、その騒ぎが収まると、後は嘘《うそ》のように明るい秋の午後だった。彼は電車の窓から都会の建築の上の晴れ亘《わた》る空をぼんやり眺めていた。来るものが来たのだが、何という静かな空なのだろう。

来るものは、しかし、それから後、つぎつぎにやって来た。ある午後、家で彼は机にむかって何か書きものをしていた。遠くで異様なもの音がしていると思うと、たちまちサイレンと高射砲のひびきが間近にきこえて来た。彼は机を離れて身支度《みじたく》にとりかかった。

「おや、案外落着いていられるのですね」と義母は彼の様子を見て笑った。彼も自分自身の変りように気づいていた。いきなり恐怖につんざかれて転倒する姿を、以前はよく予想していたものだ。だが、今は異常なもののなかにあっても逆上は殆ど感じられなかった。妻がまだ生きていたらと……彼はふと思った。病妻が側《そば》にいたら、彼の神経はもっと必死で緊張したかもしれないのだ。今では死が彼にとって地上の風景を微小にしてしまったのだろうか。屋根の上の青空の遥かなところを、小さな飛行機が星のように流れていた。それは海岸の方向にむかって散ってゆくらしかった。

ある夜、彼は東京から帰る電車のなかで、遽《にわ》かに人々の動揺する姿を見た。と、車内の灯は急に仄暗くなりつづいて電車は停車してしまった。窓の覆《おお》いを下げるもの、立上って扉のところから外を覗《のぞ》くもの、急いで鉄兜《てつかぶと》を被《かぶ》るもの……彼はしーんとした空気のなかに、ぼんやり坐っていた。間もなく電車は動きだした。次の駅に着いたとき、彼の側にいる女が外をのぞいて、駅の名前を叫んだ。それからその女は駅に来る度に、駅の名を叫んでいた。ふと、短いサイレンの音が聴きとれた。灯は全く消された。

「ああ落している、落している」と誰かが窓の外を覗いて叫んでいた。サーチライトの交錯した灯が遠くに小さく見えた。今、彼は自分のすぐ外側に異常な世界が展がっているのを、はっきりと感じた。だが、何かが、それとぴったり結びつくものが、彼のなかから脱落しているようなのだ。彼はぼんやりと、まわりの乗客を眺めていた。それは彼と何のかかわりもない、もの哀《がな》しい歴史のなかの一情景のようにおもえて来る。もの哀しい盲目の群のように、電車の終点駅で、人々は暗闇のなかの階段を黙々と昇って行った。だが、そうした人々の群のなかを歩いていると、彼にも淡い親しみと憐憫《れんびん》が湧《わ》いてくるようなのだった。道路の方では半鐘が鳴り「待避」と叫んでいる声がした。線路の方には朧《おぼろ》な闇のなかを赤いシグナルをつけた電車がのろのろと動いていた。

そうした哀しい風景は、過ぎ去れば、忽ち小さな点のようになって彼の内部から遠ざかって行った。彼はひっそりとした家のうちに坐って、ひっそりとした時間と向きあっていた。どうかすると、彼はまだここでは何ものも喪失していないのではないかと思われた。追憶というよりも、もっと、まざまざとしたものがその部屋には満ちていた。それから、もっと遠いところから、風のようなもののそよぎを感じた。そこには追憶が少しずつ揺れているようだった。世界は研ぎ澄まされて、甘美に揺れ動くのだろうか。静かな慰藉《いしゃ》に似たものがかすかに訪れて来たようだった。……だが、そうした時間もたちまちサイレンの音で截《た》ち切られていた。庭の防空壕の中に蹲っていると、夜の闇は冷えと独り悶《もだ》えているようだった。太古の闇のなかで脅《おび》える原始人の感覚が彼には分るような気がした。

だが、ある夜、壕を出て部屋に戻って来た義母は、膝の泥を払いながら、

「ああこんな暮しはもう早く打切りましょう。私は郷里へ帰りたくなった」と切実な声で呟いた。すると彼にはすべてがすぐに了解できるようだった。一つの時期が来たのだった。病妻の看護のために彼の家に来ていてくれた義母は、今はもう娘のためにするだけのことは為《な》し了《お》えていたのだ。年老いた義母には郷里に身を落着ける家があるのだ。急に彼もこの家を畳んで、広島の兄のところへ寄寓《きぐう》することを思いついた。すると彼には空白のなかに残されている枯木の姿が眼に甦《よみがえ》って来た。それは先日、野菜買出しのため大学病院の裏側の路《みち》を歩いていた時のことだった。去年彼の妻がその病院に入院していたこともあり、感慨の多い路だった。薄曇りの空には微熱にうるむ瞳《ひとみ》がぼんやりと感じられた。と、コンクリートの塀に添う並木の姿が彼の眼にカチリと触れた。同じ位の丈の並木はことごとく枯枝を空白に差し伸べ冷え冷えと続いているのだ。それを視《み》ているとたちまち悲しみが彼の顔を撫《な》でまくるような気持がした。が、もっと深い胸の奥の方では静かに温かいものがまだ彼を支えているようにおもえた。

「もう広島に行ったら苦役に服するつもりなのです」と、彼は東京からやって来た義弟に笑いながら話した。彼は郷里の街が今、頭上に迫って来る破滅から免れるだろうとは想像しなかった。そこへ行けば更にもっと、きびしい鞭《むち》や苛酷《かこく》な運命が待ち構えているかもしれない。だが、殆ど受刑者のような気持で、これからは生きているばかりなのだろうと思った。ある日、彼は国道の方から路を曲って、自分の家の見えるところを眺めた。叢《くさむら》の空地《あきち》のむこうに小さな松並木があって、そこに四五軒の家が並んでいる。あの一軒の家のなかには、今もまだ病妻の寝床があって、そして絶えず彼の弱々しい生存を励まし支えていてくれるような気がするのだった。

引越の荷は少しずつ纏《まと》められていた。ある午後、彼は銀座の教文館の前で友人を待っていた。眼の前を通過する人の群は破滅の前の魔の影につつまれてフィルムのように流れて行く。彼にとって、この地上の営みが今では殆ど何のかかわりもないのと同じように、人々の一人一人もみな堪えがたい生の重荷を背負わされて、破滅のなかに追いつめられてゆくのだろうか。暗い悲しい堪えがたいものは、一人一人の歩みのなかに見えかくれしているようだった。と不意に彼の眼の前に友人が現れていた。社用で九州へ旅行することになった友は、新しい編上靴をはいていて、生活の意欲にもえている顔つきなのだ。だが、郷里へ引あげてしまえば彼はもう二度とこの友とも逢《あ》えないかもしれないのだった。

「何だ、しっかりしろ、君の顔はまるで幽霊のようだぜ」

友は彼の肩を小衝《こづ》いて笑った。と、彼も力なく笑いかえした。彼は遠いところに、ひそかな祈りを感じながら、透明な一つの骨壺を抱えているような気持で、青ざめた空気のなかに立ちどまっていた。

（昭和二十六年五月号『女性改造』）

II 夏の花

わが愛する者よ請《こ》う急ぎはしれ
香《かぐ》わしき山々の上にありて獐《のろ》の
ごとく小鹿のごとくあれ

壊滅の序曲

朝から粉雪が降っていた。その街に泊った旅人は何となしに粉雪の風情《ふぜい》に誘われて、川の方へ歩いて行ってみた。本川橋は宿からすぐ近くにあった。本川橋という名も彼は久し振りに思い出したのである。むかし彼が中学生だった頃の記憶がまだそこに残っていそうだった。粉雪は彼の繊細な視覚を更に鋭くしていた。橋の中ほどに佇《たたず》んで、岸を見ていると、ふと、「本川饅頭《まんじゅう》」という古びた看板があるのを見つけた。突然、彼は不思議なほど静かな昔の風景のなかに浸っているような錯覚を覚えた。が、つづいて、ぶるぶると戦慄《せんりつ》が湧《わ》くのをどうすることもできなかった。この粉雪につつまれた一瞬の静けさのなかに、最も痛ましい終末の日の姿が閃《ひらめ》いたのである。……彼はそのことを手紙に誌《しる》して、その街に棲《す》んでいる友人に送った。そうして、そこの街を立去り、遠方へ旅立った。

……その手紙を受取った男は、二階でぼんやり窓の外を眺めていた。すぐ眼の前に隣家の小さな土蔵が見え、屋根近くその白壁の一ところが剝脱《はくだつ》していて粗い赭土《あかつち》を露出させた寂しい眺めが、――そういう些細《ささい》な部分だけが、昔ながらの面影を湛《たた》えているようであった。……彼も近頃この街へ棲むようになったのだが、久しいあいだ郷里を離れていた男には、すべてが今は縁なき衆生《しゅじょう》のようであった。少年の日の彼の夢想を育《はぐく》んだ山や河はどうなったのだろうか、――彼は足の赴くままに郷里の景色を見て歩いた。残雪をいただいた中国山脈や、その下を流れる川は、ぎごちなく武装した、ざわつく街のために稀薄《きはく》な印象をとどめていた。巷《ちまた》では、行逢《ゆきあ》う人から、木で鼻を括《くく》るような扱いを受けた殺気立った中に、何ともいえぬ間の抜けたものも感じられる、奇怪な世界であった。……いつのまにか彼は友人の手紙にある戦慄について考えめぐらしていた。想像を絶した地獄変、しかも、それは一瞬にして捲《ま》き起るようにおもえた。そうすると、彼はやがてこの街とともに滅び失《う》せてしまうのだろうか、それとも、この生れ故郷の末期の姿を見とどけるために彼は立戻って来たのであろうか。賭《かけ》にも等しい運命であった。どうかすると、その街が何ごともなく無疵《むきず》のまま残されること、――そんな虫のいい、愚かしいことも、やはり考え浮ぶのではあった。

黒羅紗《くろらしゃ》の立派なジャンパーを腰のところで締め、綺麗《きれい》に剃刀《かみそり》のあたった頤《あご》を光らせながら、清二は忙しげに正三の部屋の入口に立ちはだかった。

「おい、何とかせよ」

そういう語気にくらべて、清二の眼の色は弱かった。彼は正三が手紙を書きかけている机の傍《かたわら》に坐《すわ》り込むと、側《そば》にあったヴィンケルマンの『希臘《ギリシャ》芸術模倣論』の挿絵《さしえ》をパラパラとめくった。正三はペンを擱《お》くと、黙って兄の仕草を眺めていた。若いとき一時、美術史に熱中したことのあるこの兄は、今でもそういうものには惹《ひ》きつけられるのであろうか……。だが、清二はすぐにパタンとその本を閉じてしまった。

それはさきほどの「何とかせよ」という語気のつづきのようにも正三にはおもえた。長兄のところへ舞戻って来てからもう一カ月以上になるのに、彼は何の職に就くでもなし、ただ朝寝と夜更《よふか》しをつづけていた。

彼にくらべると、この次兄は毎日を規律と緊張のうちに送っているのであった。製作所が退《ひ》けてからも遅くまで、事務所の方に灯がついていることがある。そこの露次を通りかかった正三が事務室の方へ立寄ってみると、清二はひとり机に凭《よ》って、せっせと書きものをしていた。工員に渡す月給袋の捺印《なついん》とか、動員署へ提出する書類とか、そういう事務的な仕事に満足していることは、彼が書く特徴ある筆蹟《ひっせき》にも窺《うかが》われた。判で押したような型に嵌《はま》った綺麗な文字で、いろんな掲示が事務室の壁に張りつけてある。……正三がぼんやりその文字に見とれていると、清二はくるりと廻転椅子《いす》を消えのこった煉炭ストーブの方へ向けながら、「タバコやろうか」と、机の抽匣《ひきだし》から古びた鵬翼《ほうよく》の袋を取出し、それから棚の上のラジオにスイッチを入れるのだった。ラジオは硫黄島《いおうじま》の急を告げていた。話はとかく戦争の見とおしになるのであった。清二はぽつんと懐疑的なことを口にしたし、正三ははっきり絶望的な言葉を吐いた。……夜間、警報が出ると、清二は大概、事務所へ駈《か》けつけて来た。警報が出てから五分もたたない頃、表の呼鈴が烈《はげ》しく鳴る。寝呆《ねぼ》け顔の正三が露次の方から、内側の扉を開けると、表には若い女が二人佇んでいる。監視当番の女工員であった。「今晩は」と一人が正三の方へ声をかける。正三は直《じ》かに胸を衝《つ》かれ、襟《えり》を正さねばならぬ気持がするのであった。それから彼が事務室の闇《やみ》を手探りながら、ラジオに灯りを入れた頃、厚い防空頭巾《ぼうくうずきん》を被《かぶ》った清二がそわそわやって来る。「誰かいるのか」と清二は灯の方へ声をかけ、椅子に腰を下ろすのだが、すぐにまた立上って工場の方を見て廻った。そうして、警報が出た翌朝も、清二は早くから自転車で出勤した。奥の二階でひとり朝寝をしている正三のところへ、「いつまで寝ているのだ」と警告しに来るのも彼であった。

今も正三はこの兄の忙しげな容子にいつもの警告を感じるのであったが、清二は『希臘芸術模倣論』を元の位置に置くと、ふとこう訊《たず》ねた。

「兄貴はどこへ行った」

「けさ電話かかって、高須《たかす》の方へ出掛けたらしい」

すると、清二は微《かす》かに眼に笑みを浮べながら、ごろりと横になり、「またか、困ったなあ」と軽く呟《つぶや》くのであった。それは正三の口から順一の行動について、もっといろんなことを喋《しゃべ》りだすのを待っているようであった。だが、正三には長兄と嫂《あによめ》とのこの頃の経緯《いきさつ》は、どうもはっきり筋道が立たなかったし、それに、順一はこのことについては必要以外のことは決して喋らないのであった。

正三が本家へ戻って来たその日から、彼はそこの家に漾《ただよ》う空気の異状さに感づいた。それは電燈に被せた黒い布や、いたるところに張りめぐらした暗幕のせいではなく、また、妻を喪《うしな》って仕方なくこの不自由な時節に舞戻って来た弟を歓迎しない素振ばかりでもなく、もっと、何かやりきれないものが、その家には潜んでいた。順一の顔には時々、嶮《けわ》しい陰翳《いんえい》が抉《えぐ》られていたし、嫂の高子の顔は思いあまって茫《ぼう》と疼《うず》くようなものが感じられた。三菱へ学徒動員で通勤している二人の中学生の甥《おい》も、妙に黙り込んで陰鬱《いんうつ》な顔つきであった。

……ある日、嫂の高子がその家から姿を晦《くら》ました。すると順一のひとり忙しげな外出が始り、家の切廻しは、近所に棲んでいる寡婦《かふ》の妹に任せられた。この康子は夜遅くまで二階の正三の部屋にやって来ては、のべつまくなしに、いろんなことを喋った。嫂の失踪《しっそう》はこんどが初めてではなく、もう二回も康子が家の留守をあずかっていることを正三は知った。この三十すぎの小姑《こじゅうと》の口から描写される家の空気は、いろんな臆測《おくそく》と歪曲《わいきょく》に満ちていたが、それだけに正三の頭脳に熱っぽくこびりつくものがあった。

……暗幕を張った奥座敷に、飛きり贅沢《ぜいたく》な緞子《どんす》の炬燵蒲団《こたつぶとん》が、スタンドの光に射られて紅《あか》く燃えている、――その側に、気の抜けたような順一の姿が見かけられることがあった。その光景は正三に何かやりきれないものをつたえた。だが、翌朝になると順一は作業服を着込んで、せっせと疎開《そかい》の荷造を始めている。その顔は一図に傲岸《ごうがん》な殺気を含んでいた。……それから時々、市外電話がかかって来ると、長兄は忙しげに出掛けて行く。高須には誰か調停者がいるらしかった――、が、それ以上のことは正三にはわからなかった。

……妹はこの数年間の嫂の変貌《へんぼう》振りを、――それは戦争のためあらゆる困苦を強いられて来た自分と比較して、――戦争によって栄耀《えいよう》栄華をほしいままにして来たものの姿として、そしてこの訳のわからない今度の失踪も、更年期の生理的現象だろうかと、何かもの恐しげに語るのであった。……だらだらと妹が喋っていると、清二がやって来て黙って聴いていることがあった。「要するに、勤労精神がないのだ。少しは工員のことも考えてくれたらいいのに」と次兄はぽつんと口を挿《はさ》む。「まあ、立派な有閑マダムでしょう」と妹も頷《うなず》く。「だが、この戦争の虚偽が、今ではすべての人間の精神を破壊してゆくのではないかしら」と、正三が云いだすと「ふん、そんなまわりくどいことではない、だんだん栄耀の種が尽きてゆくので、嫂はむかっ腹たてだしたのだ」と清二はわらう。

高子は家を飛出して、一週間あまりすると、けろりと家に帰って来た。だが、何かまだ割りきれないものがあるらしく、四五日すると、また行方《ゆくえ》を晦ました。すると、また順一の追求が始まった。「今度は長いぞ」と順一は昂然《こうぜん》として云い放った。「愚図愚図すれば、皆から馬鹿にされる。四十にもなって、碌《ろく》に人に挨拶《あいさつ》もできない奴《やつ》ばかりじゃないか」と弟達にあてこすることもあった。……正三は二人の兄の性格のなかに彼と同じものを見出《みいだ》すことがあって、時々、厭《いや》な気持がした。森製作所の指導員をしている康子は、兄たちの世間に対する態度の拙劣さを指摘するのだった。その拙劣さは正三にもあった。……しかし、長い間、離れているうちに、何と兄たちはひどく変って行ったことだろう。それでは正三自身はちっとも変らなかったのだろうか。……否《いな》。みんなが、みんな、日毎《ひごと》に迫る危機に晒《さら》されて、まだまだ変ろうとしているし、変ってゆくに違いない。ぎりぎりのところをみとどけなければならぬ。――これが、その頃の正三に自然に浮んで来るテーマであった。

「来たぞ」といって、清二は正三の眼の前に一枚の紙片を差出した。点呼令状であった。正三はじっとその紙に眼をおとし、印刷の隅々まで読みかえした。

「五月か」と彼はそう呟いた。正三は昨年、国民兵の教育召集を受けた時ほどにはもう驚かなかった。がしかし清二は彼の顔に漾う苦悶《くもん》の表情をみてとって、「なあに、どっちみち、今となっては、内地勤務だ、大したことないさ」と軽くうそぶいた。……五月といえば、二カ月さきのことであったが、それまでこの戦争が続くだろうか、と正三は窃《ひそ》かに考え耽《ふけ》った。

何ということなしに正三は、ぶらぶらと街をよく散歩した。妹の息子の乾一を連れて、久し振りに泉邸《せんてい》へも行ってみた。昔、彼が幼かったとき彼もよく誰かに連れられて訪れたことのある庭園だが、今も淡い早春の陽ざしのなかに樹木や水はひっそりとしていた。絶好の避難場所、そういう想念がすぐ閃めくのであった。……映画館は昼間から満員だったし、盛場の食堂はいつも賑《にぎ》わっていた。正三は見覚えのある小路を選んでは歩いてみたが、どこにもう子供心に印されていた懐《なつか》しいものは見出せなかった。下士官に引率された兵士の一隊が悲壮な歌をうたいながら、突然、四つ角から現れる。頭髪に白鉢《しろはち》巻《まき》をした女子勤労学徒の一隊が、兵隊のような歩調でやって来るのともすれちがった。

……橋の上に佇んで、川上の方を眺めると、正三の名称を知らない山々があったし、街のはての瀬戸内海の方角には島山が、建物の蔭《かげ》から顔を覗《のぞ》けた。この街を包囲しているそれらの山々に、正三はかすかに何かよびかけたいものを感じはじめた。……ある夕方、彼はふと町角を通りすぎる二人の若い女に眼が惹きつけられた。健康そうな肢体と、豊かなパーマネントの姿は、明日の新しいタイプかとちょっと正三の好奇心をそそった。

彼は彼女たちの後を追い、その会話を漏れ聴こうと試みた。

「お芋がありさえすりゃあ、ええわね」

間ののびた、げっそりするような声であった。

森製作所では六十名ばかりの女子学徒が、縫工場の方へやって来ることになっていた。学徒受入式の準備で、清二は張切っていたし、その日が近づくにつれて、今迄《まで》ぶらぶらしていた正三も自然、事務室の方へ姿を現し、雑用を手伝わされた。新しい作業服を着て、ガラガラと下駄をひきずりながら、土蔵の方から椅子を運んでくる正三の様子は、慣れない仕事に抵抗しようとするような、ぎごちなさがあった。……椅子が運ばれ、幕が張られ、それに清二の書いた式順の項目が掲示され、式場は既に整っていた。その日は九時から式が行われるはずであった。だが、早朝から発せられた空襲警報のために、予定はすっかり狂ってしまった。

「……備前《びぜん》岡山、備後《びんご》灘《なだ》、松山上空」とラジオは艦載機来襲を刻々と告げている。正三の身支度が出来た頃、高射砲が唸《うな》りだした。この街では、はじめてきく高射砲であったが、どんよりと曇った空がかすかに緊張して来た。だが、機影は見えず、空襲警報は一旦《いったん》、警戒警報に移ったりして、人々はただそわそわしていた。……正三が事務室へ這入《はい》って行くと、鉄兜《てつかぶと》を被った上田の顔と出逢った。

「とうとう、やって来ましたの、なんちゅうことかいの」

　と、田舎から通勤して来る上田は彼に話しかける。その逞《たくま》しい体軀《たいく》や淡泊な心を現している相手の顔つきは、いまも何となしに正三に安堵《あんど》の感を抱《いだ》かせるのであった。そこへ清二のジャンパー姿が見えた。顔は颯爽《さっそう》と笑みを浮べようとして、眼はキラキラ輝いていた。……上田と清二が表の方へ姿を消し、正三ひとりが椅子に腰を下ろしていた時であった。彼は暫《しばら》くぼんやりと何も考えてはいなかったが、突然、屋根の方を、ビュンと唸る音がして、つづいて、バリバリと何か裂ける響がした。それはすぐ頭上に墜《お》ちて来そうな感じがして、正三の視覚はガラス窓の方へつっ走った。向うの二階の檐《のき》と、庭の松の梢《こずえ》が、一瞬、異常な密度で網膜に映じた。音響はそれきり、もうきこえなかった。暫くすると、表からドヤドヤと人々が帰って来た。「あ、魂消《たまげ》た、度胆《どぎも》を抜かれたわい」と三浦は歪《ゆが》んだ笑顔をしていた。……警報解除になると、往来をぞろぞろと人が通りだした。ざわざわしたなかに、どこか浮々した空気さえ感じられるのであった。すぐそこで拾ったのだといって誰かが砲弾の破片を持って来た。

　その翌日、白鉢巻をした小さな女学生の一クラスが校長と主任教師に引率されてぞろぞろとやって来ると、すぐに式場の方へ導かれ、工員たちも全部着席した頃、正三は三浦と一緒に一番後からしんがりの椅子に腰を下ろしていた。県庁動員課の男の式辞や、校長の訓示はいい加減に聞流していたが、やがて、立派な国民服姿の順一が登壇すると、正三は興味をもって、演説の一言一句をききとった。こういう行事には場を踏んで来たものらしく、声も態度もキビキビしていた。だが、かすかに言葉に——というよりも心の矛盾に——つかえているようなところもあった。正三がじろじろ観察していると、順一の視線とピッタリ出喰わした。それは何かに挑みかかるような、不思議な光を放っていた。……学徒の合唱が終ると、彼女たちはその日から賑やかに工場へ流れて行った。毎朝早くからやって来て、夕方きちんと整列して先生に引率されながら帰ってゆく姿は、ここの製作所に一脈の新鮮さを齎《もたら》し、多少の潤《うるお》いを混えるのであった。そのいじらしい姿は正三の眼にも映った。

正三は事務室の片隅で釦《ボタン》を数えていた。卓の上に散らかった釦を百箇ずつ纏《まと》めればいいのであるが、のろのろと馴《な》れない指さきで無器用なことを続けていると、来客と応対しながらじろじろ眺めていた順一はとうとう堪《たま》りかねたように、「そんな数え方があるか、遊びごとではないぞ」と声をかけた。せっせと手紙を書きつづけていた片山が、すぐにペンを擱《お》いて、正三の側にやって来た。「あ、それですか、それはこうして、こんな風にやって御覧なさい」片山は親切に教えてくれるのであった。この彼よりも年下の、元気な片山は、恐しいほど気がきいていて、いつも彼を圧倒するのであった。

艦載機がこの街に現れてから九日目に、また空襲警報が出た。が、豊後《ぶんご》水道から侵入した編隊は佐田岬《さだみさき》で迂廻《うかい》し、続々と九州へ向うのであった。こんどは、この街には何ごともなかったものの、この頃になると、遽《にわ》かに人も街も浮足立って来た。軍隊が出動して、街の建物を次々に破壊して行くと、昼夜なしに疎開の馬車が絶えなかった。

昼すぎ、みんなが外出したあとの事務室で、正三はひとり岩波新書の『零の発見』を読み耽っていた。ナポレオン戦役の時、ロシア軍の捕虜になったフランスの一士官が、憂悶のあまり数学の研究に没頭していたという話は、妙に彼の心に触れるものがあった。……ふと、そこへ、せかせかと清二が戻って来た。何かよほど興奮しているらしいことが、顔つきに現れていた。

「兄貴はまだ帰らぬか」

「まだらしいな」正三はぼんやり応《こた》えた。相変らず、順一は留守がちのことが多く、高子との紛争も、その後どうなっているのか、第三者には把《つか》めないのであった。

「ぐずぐずしてはいられないぞ」清二は怒気を帯びた声で話しだした。「外へ行って見て来るといい。竹屋町の通りも平田屋町辺もみんな取払われてしまったぞ。被服支廠《ししょう》もいよいよ疎開だ」

「ふん、そういうことになったのか。してみると、広島は東京よりまず三月ほど立遅れていたわけだね」正三が何の意味もなくそんなことを呟《つぶや》くと、

「それだけ広島が遅れていたのは有難いと思わねばならぬではないか」と清二は眼をま

じまじさせてなおも硬い表情をしていた。

……大勢の子供を抱《かか》えた清二の家は、近頃は次から次へとごったかえす要件で紛糾していた。どの部屋にも疎開の衣類が跳繰《はねく》りだされ、それに二人の子供は集団疎開に加わって近く出発することになっていたので、その準備だけでも大変だった。手際《てぎわ》のわるい光子はのろのろと仕事を片づけ、どうかすると無駄話に時を浪費している。清二は外から帰って来ると、いつも苛々《いらいら》した気分で妻にあたり散らすのであったが、その癖、夕食が済むと、奥の部屋に引籠《ひきこも》って、せっせとミシンを踏んだ。リュックサックなら既に二つも彼の家にはあったし、急ぐ品でもなさそうであった。清二はただ、それを拵《こしら》える面白さに夢中だった。「なあにくそ、なあにくそ」とつぶやきながら、針を運んだ。「職人なんかに負けてたまるものか」事実、彼の拵えたリュックは下手な職人の品よりか優秀であった。

……こうして、清二は清二なりに何か気持を紛らし続けていたのだが、今日、被服支廠に出頭すると、工場疎開を命じられたのには、急に足許《あしもと》が揺れだす思いがした。それから帰路、竹屋町辺まで差しかかると、昨日まで四十何年間も見馴れた小路が、すっかり歯の抜けたようになっていて、兵隊は滅茶苦茶に鉈《なた》を振るっている。二十代に二三年他郷に遊学したほかは、殆《ほとん》どこの郷土を離れたこともなく、与えられた仕事を堪えしのび、その地位も漸《ようや》く安定していた清二にとって、これは堪えがたいことであった。……

一体全体どうなるのか。正三などにわかることではなかった。彼は、一刻も速く順一に会って、工場疎開のことを告げておきたかった。親身で兄と相談したいことは、いくらもあるような気持がした。それなのに、順一は順一で高子のことに気を奪われ、今は何のたよりにもならないようであった。

清二はゲートルをとりはずし、暫くぼんやりしていた。そのうちに上田や三浦が帰って来ると、事務室は建物疎開の話で持ちきった。「乱暴なことをするのう。ちうに、鋸《のこぎり》で柱をゴシゴシ引いて、縄かけてエンヤサエンヤサと引張り、それで片っぱしからめいで行くのだから、瓦《かわら》も何もわや苦茶じゃ」と上田は兵隊の早業《はやわざ》に感心していた。「永田の紙屋なんか可哀相《かわいそう》なものさ。あの家は外から見ても、それは立派な普請《ふしん》だが、親爺《おやじ》さん床柱を撫《な》でてわいわい泣いたよ」と三浦は見てきたように語る。すると、清二も今はニコニコしながら、この話に加わるのであった。そこへ冴《さ》えない顔つきをして順一も戻って来た。

四月に入ると、街にはそろそろ嫩葉《わかば》も見えだしたが、壁土の土砂が風に煽《あお》られて、空気はひどくザラザラしていた。車馬の往来は絡繹《らくえき》とつづき、人間の生活が今はむき出しで晒《さら》されていた。

「あんなものまで運んでいる」と、清二は事務室の窓から外を眺めて笑った。大八車に雉子《きじ》の剝製《はくせい》が揺れながら見えた。「情ないものじゃないか。中国が悲惨だとか何とか云いながら、こちらだって中国のようになってしまったじゃないか」と、流転の相《すがた》に心を打たれてか、順一もつぶやいた。この長兄は、要心深く戦争の批判を避けるのであったが、硫黄島が陥落した時には、「東条なんか八つ裂きにしてもあきたらない」と漏した。だが、清二が工場疎開のことを急《せ》かすと、「被服支廠から真先に浮足立ったりしてどうなるのだ」と、あまり賛成しないのであった。

正三もゲートルを巻いて外出することが多くなった。銀行、県庁、市役所、交通公社、動員署――どこへ行っても簡単な使いであったし、帰りにはぶらぶらと巷《ちまた》を見て歩いた。……堀川町の通りがぐいと思いきり切開かれ、土蔵だけを残し、ギラギラと破壊の跡が遠方まで展望されるのは、印象派の絵のようであった。これはこれで趣もある、と正三は強いてそんな感想を抱《いだ》こうとした。すると、ある日、その印象派の絵の中に真白な鷗《かもめ》が無数に動いていた。勤労奉仕の女学生たちであった。彼女たちはピカピカと光る破片の上におりたち、白い上衣《うわぎ》に明るい陽光を浴びながら、てんでに弁当を披《ひら》いているのであった。……古本屋へ立寄ってみても、書籍の変動が著しく、狼狽《ろうばい》と無秩序がここにも窺《うかが》われた。「何か天文学の本はありませんか」そんなことを尋ねている青年の声がふと彼の耳に残った。

……電気休みの日、彼は妻の墓を訪れ、その序《つい》でに饒津《にぎつ》公園の方を歩いてみた。以前この辺は花見遊山《ゆさん》の人出で賑わったものだが、そうおもいながら、ひっそりとした木蔭《こかげ》を見やると、老婆と小さな娘がひそひそと弁当をひろげていた。桃の花が満開で、柳の緑は燃えていた。だが、正三にはどうも、まともに季節の感覚が映って来なかった。何かがずれさがって、恐しく調子を狂わしている。――そんな感想を彼は友人に書き送った。岩手県の方に疎開している友からもよく便りがあった。「元気でいて下さい。細心にやって下さい」そういう短い言葉の端にも正三は、ひたすら終戦の日を祈っているもののの気持を感じた。だが、その新しい日まで己《おれ》は生きのびるだろうか。……

片山のところに召集令状がやって来た。精悍《せいかん》な彼は、いつものように冗談をいいながら、てきぱきと事務の後始末をして行くのであった。

「これまで点呼を受けたことはあるのですか」と正三は彼に訊《たず》ねた。

「それも今年はじめてある筈《はず》だったのですが、……いきなりこれでさあ。何しろ、千年に一度あるかないかの大いくさですよ」と片山は笑った。

長い間、病気のため姿を現さなかった三津井老人が事務室の片隅から、憂《うれ》わしげに彼等の様子を眺めていたが、このとき静かに片山の側《そば》に近寄ると、

「兵隊になられたら、馬鹿になりなさいよ、ものを考えてはいけませんよ」と、息子に云いきかすように云いだした。

……この三津井老人は正三の父の時代から店にいた人で、子供のとき正三は一度学校で気分が悪くなり、この人に迎えに来てもらった記憶がある。そのとき三津井は青ざめた彼を励しながら、川のほとりで嘔吐《おうと》する肩を撫でてくれた。そんな、遠い、細かなことを、無表情に近い、窄《すぼ》んだ顔は憶《おぼ》えていてくれるのだろうか。正三はこの老人が今日のような時代をどう思っているか、尋ねてみたい気持になることもあった。だが、老人はいつも事務室の片隅で、何か人を寄せつけない頑《かたくな》なものを持っていた。

……あるとき、経理部から、暗幕につける環を求めて来たことがある。上田が早速、倉庫から環の箱を取出し、事務室の卓に並べると、「そいつは一箱いくつ這入《はい》っていますか」と経理部の兵は訊ねた。「千箇でさあ」と上田は無造作に答えた。隅の方で、じろじろ眺めていた老人はこのとき急に言葉をさし挿《はさ》んだ。

「千箇？　そんな筈はない」

上田は不思議そうに老人を眺め、

「千箇でさあ、これまでいつもそうでしたよ」

「いいや、どうしても違う」

老人は立上って秤《はかり》を持って来た。それから、百箇の環の目方を測ると、次に箱全体の環を秤にかけた。全体を百で割ると、七百箇であった。

森製作所では片山の送別会が行われた。すると、正三の知らぬ人々が事務室に現れ、いろんなものをどこかから整えてくるのであった。順一の加わっている、さまざまなグループ、それが互に物資の融通をし合っていることを正三は漸《ようや》く気づくようになった。……その頃になると、高子と順一の長い間の葛藤《かっとう》は結局、曖昧《あいまい》になり、思いがけぬ方角へ解決されてゆくのであった。

疎開の意味で、高子には五日市町の方へ一軒、家を持たす、そして森家の台所は恰度《ちょうど》、息子を学童疎開に出して一人きりになっている康子に委《ゆだ》ねる、——そういうことが決定すると、高子も晴れがましく家に戻って来て、移転の荷拵えをした。だが、高子にもまして、この荷造に熱中したのは順一であった。彼はいろんな品物に丁寧に綱をかけ、覆《おお》いや枠《わく》を拵えた。そんな作業の合間には、事務室に戻り、チェック・プロテクターを使ったり、来客と応対した。夜は妹を相手にひとりで晩酌をした。酒はどこかから這入って来たし、順一の機嫌はよかった……

と、ある朝、B29がこの街の上空を掠《かす》めて行った。森製作所の縫工場にいた学徒たちは、一斉に窓からのぞき、屋根の方へ匐《は》い出し、空に残る飛行機雲をみとれた。「綺麗《きれい》だわね」「おお速いこと」と、少女たちはてんでに嘆声を放つ。B29も、飛行機雲も、この街に姿を現したのはこれがはじめてであった。——昨年来、東京で見なれていた正三には久し振りに見る飛行機雲であった。

その翌日、馬車が来て、高子の荷は五日市町の方へ運ばれて行った。「嫁入りのやりなおしですよ」と、高子は笑いながら、近所の人々に挨拶《あいさつ》して出発した。だが、四五日すると、高子は改めて近所との送別会に戻って来た。電気休業で、朝から台所には餅臼《もちうす》が用意されて、順一や康子は餅搗《もちつき》の支度をした。そのうちに隣組の女達がぞろぞろと台所にやって来た。……今では正三も妹の口から、この近隣の人々のことも、うんざりするほどきかされていた。誰と誰とが結托《けったく》していて、何処《どこ》と何処が対立し、いかに統制をくぐり抜けてみんなそれぞれ遣繰《やりくり》をしているか。台所に姿を現した女たちは、みんな一筋縄ではゆかぬ相貌《そうぼう》であったが、正三などの及びもつかぬ生活力と、虚偽を無邪気に振舞う本能をさずかっているらしかった。……「今のうちに飲んでおきましょうや」と、そのころ順一のところにはいろんな仲間が宴会の相談を持ちかけ、森家の台所は賑《にぎ》わった。そんなとき近所のおかみさん達もやって来て加勢するのであった。

正三は夢の中で、嵐《あらし》に揉《も》みくちゃにされて墜《お》ちているのを感じた。つづいて、窓ガラスがドシン、ドシンと響いた。そのうちに、「煙が、煙が……」と何処かすぐ近くで叫んでいるのを耳にした。ふらふらする足どりで、二階の窓際へ寄ると、遥《はる》か西の方の空に黒煙が濛々《もうもう》と立騰《たちのぼ》っていた。服装をととのえ階下に行った時には、しかし、もう飛行機は過ぎてしまった後であった。……清二の心配そうな顔があった。「朝寝なんかしている際じゃないぞ」と彼は正三を叱《しか》りつけた。その朝、警報が出たことも正三はまるで知らなかったのだが、ラジオが一機、浜田（日本海側、島根県の港）へ赴いたと報じたかとおもうと、間もなくこれであった。紙屋町筋に一筋パラパラと爆弾が撒《ま》かれて行ったのだ。四月末日のことであった。

五月に入ると、近所の国民学校の講堂で毎晩、点呼の予習が行われていた。それを正三は知らなかったのであるが、漸くそれに気づいたのは、点呼前四日のことであった。その日から、彼も早目に夕食を了《お》えては、そこへ出掛けて行った。その学校も今では既に兵舎に充《あ》てられていた。燈の薄暗い講堂の板の間には、相当年輩の一群と、ぐんと若い一組が入混っていた。血色のいい、若い教官はピンと身をそりかえらすような姿勢で、ピカピカの長靴《ちょうか》の脛《すね》はゴムのように弾んでいた。

「みんなが、こうして予習に来ているのを、君だけ気づかなかったのか」

はじめ教官は穏かに正三に訊ね、正三はぼそぼそと弁解した。

「声が小さい！」

突然、教官は、吃驚《びっくり》するような声で呶鳴《どな》った。

……そのうち、正三もここでは皆がみんな蛮声の出し合いをしていることに気づいた。彼も首を振るい、自棄《やけ》くそに出来るかぎりの声を絞りだそうとした。疲れて家に戻ると、怒号の調子が身裡《みうち》に渦巻いた。……教官は若い一組を集めて、一人一人に点呼の練習をしていた。教官の問に対して、青年たちは元気よく答え、練習は順調に進んでいた。足が多少跛《びっこ》の青年がでてくると、教官は壇上から彼を見下ろした。

「職業は写真屋か」

「左様でございます」青年は腰の低い商人口調でひょこんと応《こた》えた。

「よせよ、ハイ、で結構だ。折角、今迄《まで》いい気分でいたのに、そんな返事されてはげっそりしてしまう」と教官は苦笑いした。この告白で正三はハッと気づいた。陶酔だ、と彼はおもった。

「馬鹿馬鹿しいきわみだ。日本の軍隊はただ形式に陶酔しているだけだ」家に帰ると正三は妹の前でぺらぺらと喋《しゃべ》った。

今にも雨になりそうな薄暗い朝であった。正三はその国民学校の運動場の列の中にいた。五時からやって来たのであるが、訓示や整列の繰返しばかりで、なかなか出発にはならなかった。その朝、態度がけしからんと云って、一青年の頬桁《ほおげた》を張り飛ばした教官は、何かまだ弾む気持を持てあましているようであった。そこへ恰度、ひどく垢《あか》じみた中年男がやって来ると、もそもそと何か訴えはじめた。

「何だと！」と教官の声だけが満場にききとれた。「一度も予習に出なかったくせにして、今朝だけ出るつもりか」

教官はじろじろ彼を眺めていたが、相手はおずおずと釦《ボタン》を外しだした。が、教官はいよいよ猛《たけ》って来た。

「裸になれ！」と大喝した。そう云われて、相手はおずおずと釦を外しだした。が、教官はいよいよ猛って来た。

「裸になるとは、こうするのだ」と、相手をぐんぐん運動場の正面に引張って来ると、くるりと後向きにさせて、パッと相手の襯衣《シャツ》を剝《は》ぎとった。すると青緑色の靄《もや》が立罩《たちこ》めた薄暗い光線の中に、瘡蓋《かさぶた》だらけの醜い背中が露出された。

「これが絶対安静を要した軀《からだ》なのか」と、教官は次の動作に移るため一寸《ちよつと》間を置いた。

「不心得者！」この声と同時にピシリと鉄拳《てつけん》が閃《ひらめ》いた。と、その時、校庭にあるサイレンが警戒警報の唸《うな》りを放ちだした。その、もの哀《がな》しげな太い響は、この光景にさらに凄《せい》惨《さん》な趣を加えるようであった。やがてサイレンが歇《や》むと、教官は自分の演じた効果に大分満足したらしく、

「今から、この男を憲兵隊へ起訴してやる」と一同に宣言し、それから、はじめて出発を命じるのであった。……一同が西練兵場へ差しかかると、雨がぽちぽち落ちだした。荒々しい歩調の音が堀に添って進んだ。その堀の向うが西部二部隊であったが、仄暗《ほのぐら》い緑の堤にいま躑躅《つつじ》の花が血のように咲乱れているのが、ふと正三の眼に留った。

康子の荷物は息子の学童疎開《そかい》地へ少し送ったのと、知り合いの田舎へ一箱預けたほかは、まだ大部分順一の家の土蔵にあった。身のまわりの品と仕事道具は、ミシンを据えた六畳の間に置かれたが、部屋一杯、仕かかりの仕事を展《ひろ》げて、その中でのぼせ気味に働くのが好きな彼女は、そこが乱雑になることは一向気にならなかった。雨がちの天気で、早くから日が暮れると鼠《ねずみ》がごそごそ這いのぼって、ボール函《ばこ》の蔭へ隠れたりした。綺麗好きの順一は時々、妹を叱りつけるのだが、康子はその時だけちょっと片附けてみるものの、部屋はすぐ前以上に乱れた。仕事やら、台所やら、掃除やら、こんな広い家を兄の気に入るとおりに出来ない、と、よく康子は清二に零《こぼ》すのであった。……五日市町へ家を借りて以来、順一はつぎつぎに疎開の品を思いつき、殆ど毎日、荷造に余念ないのだったが、荷を散乱した後は家のうちをきちんと片附けておく習慣だった。順一の持逃げ用のリュックサックは食糧品が詰められて、縁側の天井から吊《つる》されている綱に括《くく》りつけてあった。つまり、鼠の侵害を防ぐためであった。……西崎に縄を掛けさせた荷を二人で製作所の片隅へ持運ぶと、順一は事務室で老眼鏡をかけ二三の書類を読み、それから不意と風呂場へ姿を現し、ゴシゴシと流し場の掃除に取掛る。

……この頃、順一は身も心も独楽《こま》のようによく廻転した。高子を疎開させたものの、町会では防空要員の疎開を拒み、移動証明を出さなかった。随《したが》って、順一は食糧も、高子のところへ運ばねばならなかった。五日市町までの定期乗車券も手に入れたし、米はこと欠かないだけ、絶えず流れ込んで来る。……風呂掃除が済む頃、順一にはもう明日の荷造のプランが出来ている。そこで、手足を拭《ぬぐ》い、下駄をつっかけ、土蔵を覗《のぞ》いてみるのであったが、入口のすぐ側に乱雑に積み重ねてある康子の荷物——何か取出して、そのまま蓋《ふた》の開いている箱や、蓋から喰《は》みだしている衣類……が、いつものことながら目につく。暫《しばら》く順一はそれを冷然と見詰めていたが、ふと、ここへはもっと水桶《みずおけ》を備えつけておいた方がいいな、と、ひとり頷《うなず》くのであった。

三十も半ばすぎの康子は、もう女学生の頃の明るい頭には還《かえ》れなかったし、澄んだ魂というものは何時《いつ》のまにか見喪《みうしな》われていた。が、そのかわり何か今では不貞不貞《ふてぶて》しいものが身に備わっていた。病弱な夫と死別し、幼児を抱《かか》えて、順一の近所へ移り棲《す》むようになった頃から、世間は複雑になったし、その間、一年あまり洋裁修業の旅にも出たりしたが、生活難の底で、姑《しゅうとめ》や隣組や嫂《あによめ》や兄たちに小衝《こづ》かれてゆくうちに、多少ものの裏表もわかって来た。この頃、何よりも彼女にとって興味があるのは、他人のことで、人の気持をあれこれ臆測《おくそく》したりすることが、殆《ほとん》ど病みつきになっていた。それから、彼女は彼女流に、人を掌中にまるめる、というより人と面白く交際《つきあ》って、ささやかな愛情のやりとりをすることに、気を紛らすのであった。半年前から知り合いになった近所の新婚の無邪気な夫妻もたまらなく好意が持てたので、順一が五日市の方へ出掛けて行って留守の夜など、康子はこの二人を招待して、どら焼を拵《こしら》えた。燈火管制の下で、明日をも知れない脅威のなかで、これは飯事遊《ままごとあそび》のように娯《たの》しい一ときであった。

……本家の台所を預かるようになってからは、甥《おい》の中学生も「姉さん、姉さん」とよく懐《なつ》いた。二人のうち小さい方は母親にくっついて五日市町へ行ったが、煙草《たばこ》の味も覚えはじめた、上の方の中学生は盛場の夜の魅力に惹《ひ》かれてか、やはり、ここに踏みとどまっていた。夕方、三菱工場から戻って来ると、早速彼は台所をのぞく。すると、戸棚には蒸パンやドウナッツが、彼の気に入るようにいつも目さきを変えて、拵えてあった。腹一杯、夕食を食べると、のそりと暗い往来へ出掛けて行き、それから戻って来ると一風呂浴びて汗をながす。暢気《のんき》そうに湯のなかで大声で歌っている節まわしは、すっかり職工気どりであった。まだ、顔は子供っぽかったが、軀は壮丁なみに発達していた。康子は甥の歌声をきくと、いつもくすくす笑うのだった。……餡《あん》を入れた饅頭《まんじゅう》を拵え、晩酌の後出すと、順一はひどく賞《ほ》めてくれる。青いワイシャツを着て若返ったつもりの順一は、「肥《ふと》ったではないか、ホホウ、日々に肥ってゆくぞ」と機嫌よく冗談を云うことがあった。実際、康子は下腹の方が出張って、顔はいつのまにか二十代の艶《つや》を湛《たた》えていた。だが、週に一度位は五日市町の方から嫂が戻って来た。派手なモンペを着た高子は香料のにおいを撒きちらしながら、それとなく康子の遣口《やりくち》を監視に来るようであった。そういうとき警報が出ると、すぐこの高子は顔を顰《しか》めるのであったが、解除になると、「さあ、また警報が出るとうるさいから帰りましょう」とそそくさと立去るのだった。

……康子が夕餉《ゆうげ》の支度にとりかかる頃には大概、次兄の清二がやって来る。疎開学童から来たといって、嬉《うれ》しそうにハガキを見せることもあった。が、時々、清二は「ふらふらだ」とか「目眩《めまい》がする」と訴えるようになった。顔に生気がなく、焦躁《しょうそう》の色が目だった。康子が握飯を差出すと、彼は黙ってうまそうにパクついた。それから、この家の忙しい疎開振りを眺めて、「ついでに石灯籠《いしどうろう》も植木もみんな持って行くといい」など嗤《わら》うのであった。

前から康子は土蔵の中に放りっぱなしになっている箪笥《たんす》や鏡台が気に懸《かか》っていた。「この鏡台は枠《わく》つくらすといい」と順一も云ってくれた程だし、一こと彼が西崎に命じてくれれば直《す》ぐ解決するのだったが、己《おのれ》の疎開にかまけている順一は、もうそんなことは忘れたような顔つきだった。直接、西崎に頼むのはどうも気がひけた。高子の命令なら無条件に従う西崎も康子のことになると、とかく渋るようにおもえた。……その朝、康子は事務室から釘抜《くぎぬき》を持って土蔵の方へやって来た順一の姿を注意してみると、その顔は穏かに凪《な》いでいたので、頼むならこの時とおもって、早速、鏡台のことを持ちかけた。

「鏡台？」と順一は無感動に呟《つぶや》いた。

「ええ、あれだけでも速く疎開させておきたいの」と康子はとり縋《すが》るように兄の眸《ひとみ》を視《み》つめた。と、兄の視線はちらと脇《わき》へ外《そ》らされた。

「あんな、がらくた、どうなるのだ」そういうと順一はくるりとそっぽを向いて行ってしまった。はじめ、康子はすとんと空虚のなかに投げ出されたような気持であった。それから、つぎつぎに憤《いきどお》りが揺れ、もう凝《じっ》としていられなかった。がらくたといっても、度重《たびかさ》なる移動のためにあんな風になったので、彼女が結婚する時まだ生きていた母親がみたててくれた記念の品であった。自分のものになると箒《ほうき》一本にまで愛着する順一が、この切ない、ひとの気持は分ってくれないのだろうか。……彼女はまたあの晩の怕《こわ》い順一の顔つきを想い浮べていた。

それは高子が五日市町に疎開する手筈のできかかった頃のことであった。妻のかわりに妹をこの家に移し一切を切廻さすことにすると、順一は主張するのであったが、康子はなかなか承諾しなかった。一つには身勝手な嫂に対するあてこすりもあったが、加計町の方へ疎開した子供のことも気になり、一そのこと保姆《ほぼ》となって其処《そこ》へ行ってしまおうかとも思い惑った。嫂と順一とは康子をめぐって宥《なだ》めたり賺《すか》したりしようとするのであったが、もう夜も更《ふ》けかかっていた。

「どうしても承諾してくれないのか」と順一は屹《きっ》となってたずねた。

「ええ、やっぱし広島は危険だし、一そのこと加計町の方へ……」と、康子は同じことを繰返した。突然、順一は長火鉢《ながひばち》の側にあったネーブルの皮を摑《つか》むと、向うの壁へピシヤリと擲《な》げつけた。狂暴な空気がさっと漲《みなぎ》った。

「まあ、まあ、もう一ぺん明日までよく考えてみて下さい」と嫂はとりなすように言葉を挿《はさ》んだが、結局、康子はその夜のうちに承諾してしまったのであった。……暫く康子は眼もとがくらくらするような状態で家のうちをあてもなく歩き廻っていたが、何時の間にか階段を昇ると二階の正三の部屋に来ていた。そこには朝っぱらからひとり引籠《ひきこも》って靴下の修繕をしている正三の姿があった。順一のことを一気に喋り了《おわ》ると、はじめて泪《なみだ》があふれ流れた。そして、いくらか気持が落着くようであった。正三は憂《うれ》わしげにただ黙々としていた。

点呼が了ってからの正三は、自分でもどうにもならぬ虚無感に陥りがちであった。その頃、用事もあまりなかったし、事務室へも滅多に姿を現さなくなっていた。たまに出て来れば、新聞を読むためであった。ドイツは既に無条件降伏をしていたが、今この国では本土決戦が叫ばれ、築城などという言葉が見えはじめていた。正三は社説の裏に何か真相のにおいを嗅《か》ぎとろうとした。しかし、どうかすると、二日も三日も新聞が読めないことがあった。これまで順一の卓上に置かれていた筈《はず》のものが、どういうものか何《ど》処《こ》かに匿《かく》されていた。

絶えず何かに追いつめられてゆくような気持でいながら、だらけてゆくものをどうにも出来ず、正三は自らを持てあますように、ぶらぶらと広い家のうちを歩き廻ることが多かった。……昼時になると、女生徒が台所の方へお茶を取りに来る。すると、黒板の塀一重を隔てて、工場の露次の方でいま作業から解放された学徒たちの賑《にぎ》やかな声がきこえる。正三がこちらの食堂の縁側に腰を下ろし、すぐ足もとの小さな池に憂鬱《ゆううつ》な目《ま》ざ《な》しを落していると、工場の方では学徒たちの体操が始り、一、二、一、二と級長の晴れやかな号令がきこえる。そのやさしい弾みをもった少女の声だけが、奇妙に正三の心を慰めてくれるようであった。……三時頃になると、彼はふと思いついたように、二階の自分の部屋に帰り、靴下の修繕をした。すると、庭を隔てて、向うの事務室の二階では、せっせと立働いている女工たちの姿が見え、モーターミシンの廻転する音響もここまできこえて来る。正三は針のめどに指さきを惑わしながら、「これを穿《は》いて逃げる時」とそんな念想が閃めくのであった。

……それから日没の街を憮然《ぶぜん》と歩いている彼の姿がよく見かけられた。街はつぎつぎに建ものが取払われてゆくので、思いがけぬところに広場がのぞき、粗末な土の壕《ごう》が蹲《うずくま》っていた。滅多に電車も通らないだだ広い路《みち》を曲ると、川に添った堤に出て、崩された土塀のほとりに、無花果《いちじく》の葉が重苦しく茂っている。薄暗くなったまま容易に夜に溶け込まない空間は、どろんとした湿気が溢《あふ》れて、正三はまるで見知らぬ土地を歩いているような気持がするのであった。……だが、彼の足はその堤を通りすぎると、京橋の袂《たもと》へ出、それから更に川に添った堤を歩いてゆく。清二の家の門口まで来かかると、路傍で遊んでいた姪《めい》がまず声をかけ、つづいて一年生の甥がすばやく飛びついてくる。甥はぐいぐい彼の手を引張り、固い小さな爪《つめ》で、正三の手首を抓《つね》るのであった。

その頃、正三は持逃げ用の雑嚢《ざつのう》を欲しいとおもいだした。警報の度毎《たびごと》に彼は風呂敷包を持歩いていたが、兄たちは立派なリュックを持っていたし、康子は肩からさげるカバンを拵えていた。布地さえあればいつでも縫ってあげると康子は請合った。そこで、正三は順一に話を持ちかけると、「カバンにする布地?」と順一は呟いて、そんなものがあるのか無いのか曖昧《あいまい》な顔つきであった。そのうちには出してくれるのかと待っていたが一向はっきりしないので、正三はまた順一に催促してみた。すると、順一は意地悪そうに笑いながら、「そんなものは要らないよ。担《かつ》いで逃げたいのだったら、そこに吊してあるリュックのうち、どれでもいいから持って逃げてくれ」と云うのであった。そのカバンは重要書類とほんの身につける品だけを容《い》れるためなのだと、正三がいくら説明しても、順一はとりあってくれなかった。……「ふーん」と正三は大きな溜息《ためいき》をついた。彼には順一の心理がどうも把《つか》めないのであった。「拗《す》ねてやるといいのよ。わたしなんか泣いたりして困らしてやる」と、康子は順一の操縦法を説明してくれた。鏡台の件にしても、その後けろりとして順一は疎開させてくれたのであった。だが、正三にはじわじわした駈引《かけひき》はできなかった。……彼は清二の家へ行ってカバンのことを話した。すると清二は恰度《ちょうど》いい布地を取出し、「これ位あったら作れるだろう。米一斗というところだが、何かよこすか」というのであった。布地を手に入れると正三は康子にカバンの製作を頼んだ。すると、妹は、「逃げることばかり考えてどうするの」と、これもまた意地のわるいことを云うのであった。

四月三十日に爆撃があったきり、その後ここの街はまだ空襲を受けなかった。随って街の疎開にも緩急があり、人心も緊張と弛緩《しかん》が絶えず交替していた。警報は殆ど連夜出たが、それは機雷投下ときまっていたので、森製作所でも監視当番制を廃止してしまった。だが、本土決戦の気配は次第にもう濃厚になっていた。

「畑元帥《はたげんすい》が広島に来ているぞ」と、ある日、清二は事務室で正三に云った。「東練兵場に築城本部がある。広島が最後の牙城《がじょう》になるらしいぞ」そういうことを語る清二は――多少の懐疑も持ちながら――正三にくらべると、決戦の心組に気負っている風にもみえた。……「畑元帥がのう」と、上田も間のびした口調で云った。「ありゃあ、二葉の里で、毎日二つずつ大きな饅頭を食べてんだそうな」……夕刻、事務室のラジオは京浜地区にB29五百機来襲を報じていた。顰面《しかめつら》して聴いていた三津井老人は、

「へーえ、五百機！……」

と思わず驚嘆の声をあげた。すると、皆はくすくす笑い出すのであった。

……ある日、東警察署の二階では、市内の工場主を集めて何か訓示が行われていた。代理で出掛けて来た正三は、こういう席にははじめてであったが、興もなさげにひとり

勝手なことを考えていた。が、そのうちにふと気がつくと、弁士が入替って、いま体軀《たいく》堂々たる巡査が喋《しゃべ》りだそうとするところであった。正三はその風采《ふうさい》にちょっと興味を感じはじめた。体格といい、顔つきといい、いかにも典型的な警察官というところがあった。「ええ、これから防空演習の件について、いささか申上げます」と、その声はまた明朗闊達《かったつ》であった。……おやおや、全国の都市がいま弾雨の下に晒《さら》されている時、ここでは演習をやるというのかしら、と正三は怪しみながら耳を傾けた。

「ええ、御承知の通り現在、我が広島市へは東京をはじめ、名古屋、或《あるい》は大阪、神戸方面から、つまり各方面の罹《り》災者《さいしゃ》が続々と相次いで流込んでおります。それらの罹災者が我が市民諸君に語るところは何であるかと申しますと、『いやはや、空襲は怕かった怕かった。何んでもかんでも速く逃げ出すに限る』と、ほざくのであります。しかし、畢《ひっ》竟《きょう》するに彼等は防空上の惨敗者《ざんぱいしゃ》であり、憐《あわれ》むべき愚民であります。自ら恃《たの》むところ厚き我々は決して彼等の言に耳を傾けてはならないのであります。なるほど戦局は苛《か》烈《れつ》であり、空襲は激化の一路にあります。だが、いかなる危険といえども、それに対する確乎《かっこ》たる防備さえあれば、いささかも怖《おそ》るには足りないのであります」

そう云いながら、彼はくるりと黒板の方へ対《む》いて、今度は図示に依《よ》って、実際的の説明に入った。……その聊《いささ》かも不安もなさげな、彼の話をきいていると、実際、空襲は簡単明瞭《めいりょう》な事柄であり、同時に人の命もまた単純明確な物理的作用の下にあるだけのことのようにおもえた。珍しい男だな、と正三は考えた。だが、このような好漢ロボットなら、いま日本にはいくらでもいるにちがいない。

順一は手ぶらで五日市町の方へ出向くことはなく、いつもリュックサックにこまごました疎開の品を詰込み、夕食後ひとりいそいそと出掛けて行くのであったが、ある時、正三に「万一の場合知っていてくれぬと困るから、これから一緒に行こう」と誘った。小さな荷物持たされて、正三は順一と一緒に電車の停車場へ赴いた。己斐《こい》行はなかなかやって来ず、正三は広々とした道路のはてに目をやっていた。が、そのうちに、建物の向うにはっきりと呉娑娑宇山《ごさそうざん》がうずくまっている姿がうつった。

それは今、夏の夕暮の水蒸気を含んで鮮かに生動していた。その山に連なるほかの山々もいつもは仮睡の淡い姿しか示さないのに、今日はおそろしく精気に満ちていた。底知れない姿の中を雲がゆるゆると流れた。すると、今にも山々は揺れ動き、叫びあうとするようであった。ふしぎな光景であった。ふと、この街をめぐる、或る大きなものの構図が、このとき正三の眼に描かれて来だした。……清冽《せいれつ》な河川をいくつか乗越え、電車が市外に出てからも、正三の眼は窓の外の風景に喰入《くいい》っていた。その沿線はむかし海水浴客で賑わったので、今も窓から吹込む風がふとなつかしい記憶のにおいを齎《もた》らしたりした。が、さきほどから正三をおどろかしている中国山脈の表情はなおも衰えなかった。暮れかかった空に山々はいよいよあざやかな緑を投出し、瀬戸内海の島影もくっきりと浮上った。波が、青い穏かな波が、無限の嵐《あらし》にあおられて、今にも狂いまわりそうに想《おも》えた。

正三の眼には、いつも見馴《みな》れている日本地図が浮んだ。広袤《こうぼう》はてしない太平洋のはてに、はじめ日本列島は小さな点々として映る。マリアナ基地を飛立ったB29の編隊が、日本列島がぐんとこちらに引寄せられる。八丈島の上で二つに岐《わか》れた編隊の一つは、まっすぐ富士山の方に向い、他は、熊野灘《くまのなだ》に添って紀伊水道の方へ進む。が、その編隊から、いま一機がふわりと離れると、室戸岬《むろとみさき》を越えて、ぐんぐん土佐湾に向ってゆく。……青い平原の上に泡立ち群がる山脈が見えてくるが、その峰を飛越えると、鏡のように静まった瀬戸内海だ。一機はその鏡面に散布する島々を点検しながら、悠然《ゆうぜん》と広島湾上を舞っている。強すぎる真昼の光線で、中国山脈も湾口に臨む一塊の都市も薄紫の朧《おぼろ》である。……が、そのうちに、宇品《うじな》港の輪郭がはっきりと見え、そこから広島市の全貌《ぜんぼう》が一目に瞰下《みおろ》される。山峡にそって流れている太田川が、この街の入口のところで分岐すると、分岐の数は更に増え、街は三角洲の上に拡《ひろが》っている。街はすぐ背後に低い山々をめぐらし、練兵場の四角形が二つ、大きく白く光っている。だが、近頃その川に区切られた街には、いたるところに、疎開跡の白い空《あき》地《ち》が出来上っている。これは焼夷弾《しょういだん》攻撃に対して鉄壁の陣を布《し》いたというのであろうか。……望遠鏡のおもてに、ふと橋梁《きょうりょう》が現れる。豆粒ほどの人間の群が今も忙しげに動きまわっている。たしか兵隊にちがいない。兵隊、——それが近頃この街のいたるところを占有しているらしい。練兵場に蟻《あり》の如《ごと》くうごめく影はもとより、ちょっとした建物のほとりにも、それらしい影が点在する。……サイレンは鳴ったのだろうか。荷車がいくつも街中を動いている。街はずれの青田には玩具《おもちゃ》の汽車がのろのろ走っている。……静かな街よ、さようなら。B29一機はくるりと舵《かじ》を換え悠然と飛去るのであった。

琉球《りゅうきゅう》列島の戦が終った頃、隣県の岡山市に大空襲があり、つづいて、六月三十日の深更から七月一日の未明まで、呉《くれ》市が延焼した。その夜、広島上空を横切る編隊爆音はつぎつぎに市民の耳を脅《おびや》かしていたが、清二も防空頭巾《ぼうくうずきん》に眼ばかり光らせながら、森製作所へやって来た。工場にも事務室にも人影はなく、家の玄関のところに、康子と正三と甥《おい》の中学生の三人が蹲っているのだった。たったこれだけで、こんな広い場所を防ぐというのだろうか、——清二はすぐにそんなことを考えるのであった。と、表の方で半鐘が鳴り「待避」と叫ぶ声がきこえた。四人はあたふたと庭の壕へ身を潜めた。密雲の空は容易に明けようともせず、爆音はつぎつぎにききとれた。もののかたちがはっきり見えはじめたころ漸《ようや》く空襲解除となった。

……その平静に返った街を、ひどく興奮しながら、順一は大急ぎで歩いていた。彼は五日市町で一睡もしなかったし、海を隔てて向うにあかあかと燃える火焔《かえん》を夜どおし眺めたのだった。うかうかしてはいられない。火はもう踵《かかと》に燃えついて来たのだ、——そう呟《つぶや》きながら、一刻も早く自宅に駈けつけようとした。電車はその朝も容易にやって来ず、乗客はみんな茫《ぼう》とした顔つきであった。順一が事務室に現れたのは、朝の陽も大分高くなっていた頃であったが、ここにも茫とした顔つきの睡《ねむ》そうな人々ばかりと出逢《であ》った。

「うかうかしている時ではない。早速、工場は疎開させる」

順一は清二の顔を見ると、すぐにそう宣告した。ミシンの取りはずし、荷馬車の下附を県庁へ申請すること、家財の再整理、——順一にはまた急な用件が山積した。相談相手の清二は、しかし、末節に疑義を挿《はさ》むばかりで、一向てきぱきしたところがなかった。順一はピシピシと鞭《むち》を振いたいおもいに燃立つのだった。

その翌々日、こんどは広島の大空襲だという噂《うわさ》がパッと拡った。上田が夕刻、糧秣《りようまつ》廠《しよう》からの警告を順一に伝えると、順一は妹を急《せ》かして夕食を早目にすまし、正三と康子を顧みて云った。

「儂《わし》はこれから出掛けて行くが、あとはよろしく頼む」

「空襲警報が出たら逃げるつもりだが……」正三が念を押すと順一は頷《うなず》いた。

「駄目らしかったらミシンを井戸へ投込んでおいてくれ」

「蔵の扉を塗りつぶしたら……今のうちにやってしまおうかしら」

ふと、正三は壮烈な気持が湧《わ》いて来た。それから土蔵の前に近づいた。かねて赤土は粘《ね》ってあったが、その土蔵の扉を塗り潰《つ》ぶすことは、父の代には遂《つい》に一度もなかったことである。梯子《はしご》を掛けると、正三はぺたぺたと白壁の扉の隙間《すきま》に赤土をねじ込んで行った。それが終った頃順一の姿はもうそこには見えなかった。正三は気になるので、清二の家に立寄ってみた。「今夜が危いそうだが……」正三が云うと、「ええ、それがその秘密なのだけど近所の児島さんもそんなことを夕方役所からきいて帰り……」と、何か一生懸命、袋にものを詰めながら光子はだらだらと弁じだした。

一とおり用意も出来て、階下の六畳、――その頃正三は階下で寝るようになっていた、――の蚊帳《かや》にもぐり込んだ時であった。ラジオが土佐沖海面警戒警報を告げた。正三は蚊帳の中で耳を澄ました。高知県、愛媛県が警戒警報になり、つづいてそれは空襲警報に移っていた。正三は蚊帳の外に匐《は》い出すと、ゲートルを捲《ま》いた。それから雑囊《ざつのう》と水筒を肩に交錯させると、その上をバンドで締めた。玄関で靴を探し、最後に手袋を嵌《は》めた時、サイレンが警戒警報を放った。彼はとっとと表へ飛び出すと、清二の家の方へ急いだ。暗闇《くらやみ》のなかを固い靴底に抵抗するアスファルトがあった。正三はぴんと立ってうまく歩いている己の脚を意識した。清二の家の門は開け放たれていた。玄関の戸をいくら叩《たた》いても何の手ごたえもない。既に逃げ去った後らしかった。正三はあたふたと堤の路《みち》を突きって栄橋の方へ進んだ。橋の近くまで来た時、サイレンは空襲を唸《うな》りだすのであった。

夢中で橋を渡ると、饒津《にぎつ》公園裏の土手を廻り、いつの間にか彼は牛田《うした》方面へ向う堤まで来ていた。この頃、漸く正三は彼のすぐ周囲をぞろぞろと犇《ひし》めいている人の群に気づいていた。それは老若男女、あらゆる市民の必死のいでたちであった。鍋釜《なべかま》を満載したリヤカーや、老母を載せた乳母車が、雑沓《ざっとう》のなかを掻《か》きわけて行く。軍用犬に自転車を牽《ひ》かせながら、颯爽《さっそう》と鉄兜《てつかぶと》を被《かぶ》っている男、杖《つえ》にとり縋《すが》り跛《びっこ》をひいている老人。……トラックが来た。馬が通る。薄闇の狭い路上がいま祭日のように賑わっているのだった。

……正三は樹蔭《こかげ》の水槽の傍にある材木の上に腰を下ろした。

「この辺なら大丈夫でしょうか」と通りがかりの老婆が訊《たず》ねた。

「大丈夫でしょう、川もすぐ前だし、近くに家もないし」そういって彼は水筒の栓《せん》を捻《ひね》った。いま広島の街の空は茫と白んで、それはもういつ火の手があがるかもしれないようにおもえた。街が全焼してしまったら、明日から己《おれ》はどうなるのだろう、そう思いながらも、正三は目の前の避難民の行方に興味を感じるのであった。

『ヘルマンとドロテア』のはじめに出て来る避難民の光景が浮んだ。だが、それに較《くら》べると何とこれは怕《おそろ》しく空白な情景なのだろう。……暫《しばら》くすると、空襲警報が解除になり、つづいて警戒警報も解かれた。人々はぞろぞろと堤の路を引上げて行く。正三もその路をひとりひきかえして行った。路は来た折よりも更に雑沓していた。何か喚《わめ》きながら、担架が相次いでやって来る。病人を運ぶ看護人たちであった。

空から撒布《さんぷ》されたビラは空襲の切迫を警告していたし、脅《おび》えた市民は、その頃、日没と同時にぞろぞろと避難行動を開始した。まだ何の警報もないのに、川の上流や、郊外の広場や、山の麓《ふもと》は、そうした人々で一杯になり、叢《くさむら》では、蚊帳や、夜具や、炊事道具さえ持出された。朝昼なしに混雑する宮島線の電車は、夕刻になると更に殺気立つ。だが、こうした自然の本能をも、すぐにその筋はきびしく取締りだした。ここでは防空要員の疎開を認めないことは、既に前から規定されていたが、今度は防空要員の不在をも監視しようとし、各戸に姓名年齢を記載させた紙を貼《は》り出させた。夜は、橋の袂《たもと》や辻々《つじつじ》に銃剣つきの兵隊や警官が頑張った。彼等は弱い市民を脅迫して、あくまでこの街を死守させようとするのであったが、窮鼠《きゅうそ》の如く追いつめられた人々は、巧みにまたその裏をくぐった。夜間、正三が逃げて行く途上あたりを注意してみると、どうも不在らしい家の方が多いのであった。

正三もまたあの七月三日の晩から八月五日の晩――それが最終の逃亡だった――まで、

夜間形勢が怪しげになると忽《たちま》ち逃げ出すのであった。……土佐沖海面警戒警報が出るともう身支度に取掛る。高知県、愛媛県に空襲警報が発せられて、広島県、山口県が警戒警報になるのは十分とかからない。ゲートルは暗闇のなかでもすぐ捲けるが、手拭《てぬぐい》とか靴箆《くつべら》とかいう細かなもので正三は鳥渡《ちょっと》手間どることがある。が、警戒警報のサイレン迄にはきっと玄関さきで靴をはいている。康子は康子で身支度をととのえ、やはりその頃、玄関さきに来ている。二人はあとさきになり、門口を出てゆくのであった。……ある町角を曲り、十歩ばかり行くと正三はもう鳴りだすぞとおもう。はたして、空襲警報のものものしいサイレンが八方の闇から喚きあう。おお、何という、高低さまざまの、いやな唸り声だ。これは傷いた獣の慟哭《どうこく》とでもいうのであろうか。後の歴史家はこれを何と形容するだろうか。――そんな感想や、それから、……それにしても昔、この自分は街にやって来る獅子《しし》の笛を遠方からきいただけでも真青になって逃げて行ったが、あの頃の恐怖の純粋さと、この今の恐怖とでは、どうも今では恐怖までが何か鈍重な枠《わく》に嵌めこまれている。――そんな念想が正三の頭に浮ぶのも数秒で、彼は息せききらせて、堤に出る石段を昇っている。清二の家の門口に駈《か》けつけると、一家揃《そろ》って支度を了《お》えていることもあったが、まだ何の身支度もしていないこともあった。正三がここへ現れるのと前後して康子は康子でそこへ駈けつけて来る。……「ここの紐《ひも》結んで頂戴《ちょうだい》」と小さな姪《めい》が正三に頭巾を差出す。彼はその紐をかたく結んでやると、くるりと姪を背に背負い、皆より一足さきに門口を出て行く。栄橋を渡ってしまうと、とにかく吻《ほっ》として足どりも少し緩くなる。鉄道の踏切を越え、饒津の堤に出ると、正三は背負っていた姪を叢に下ろす。川の水は仄白《ほのじろ》く、杉の大木は黒い影を路に投げている。この小さな姪はこの景色を記憶するであろうか。幼い日々が夜毎《よごと》、夜毎の逃亡にはじまる「ある女の生涯《しょうがい》」という小説が、ふと、汗まみれの正三の頭には浮ぶのであった。……暫くすると、清二の一家がやって来る。嫂《あによめ》は赤ん坊を背負い、女中は何か荷を抱えている。康子は小さな甥の手をひいて、とっとと先頭にいる。(彼女はひとりで逃げていると、警防団につかまりひどく叱《しか》られたことがあるので、それ以来この甥を借りるようになった) 清二と中学生の甥は並んで後からやって来る。それから、その辺の人家のラジオに耳を傾けながら、情勢次第によっては更に川上に溯《さかのぼ》ってゆくのだ。長い堤をずんずん行くと、人家も疏《まば》らになり、田の面や山麓《さんろく》が朧に見えて来る。すると、蛙《かえる》の啼声《なきごえ》が今あたり一めんにきこえて来る。ひっそりとした夜陰のなかを逃げのびてゆく人影はやはり絶えない。いつのまにか夜が明けて、おびただしいガスが帰路一めんに立罩《たちこ》めていることもあった。

時には正三は単独で逃亡することもあった。彼は一カ月前から在郷軍人の訓練に時折、引ぱり出されていたが、はじめ頃二十人あまり集合していた同類も、次第に数を減じ、今では四五名にすぎなかった。「いずれ八月には大召集がかかる」と分会長はいった。はるか宇品の方の空では探照灯が揺れ動いている夕闇の校庭に立たされて、予備少尉の話をきかされている時、正三は気もそぞろであった。訓練が了えて、家へ戻ったかとおもうと、サイレンが鳴りだすのだった。だが、つづいて空襲警報が鳴りだす頃には、正三はぴちんと身支度を了えている。あわただしい訓練のつづきのように、彼は闇の往来へ飛出すのだ。それから、かっかと鳴る靴音をききながら、彼は帰宅を急いでいる者のような風を粧《よそお》う。橋の関所を無事に通越すと、やがて饒津裏の堤へ来る。ここではじめて、正三は立留り、叢に腰を下ろすのであった。すぐ川下の方には鉄橋があり、水の退《ひ》いた川には白い砂洲《さす》が朧に浮上っている。それは少年の頃からよく散歩して見憶《みおぼ》えている景色だが、正三には、頭上にかぶさる星空が、ふと野戦のありさまを想像さすのだった。『戦争と平和』に出て来る、ある人物の眼に映じる美しい大自然のながめ、静まりかえった心境、——そういったものが、この己の死際《しにぎわ》にも、はたして訪れて来るだろうか。すると、ふと正三の蹲《うずくま》っている叢のすぐ上の杉の梢《こずえ》の方で、何か微妙な啼声がした。おや、ほととぎすだな、そうおもいながら正三は何となく不思議な気持がした。この戦争が本土決戦に移り、もしも広島が最後の牙城《がじょう》となるとしたら、その時、己は決然と命を捨てて戦うことができるであろうか。……だが、この街が最後の楯《たて》になるなぞ、なんという狂気以上の妄想《もうそう》だろう。仮りにこれを叙事詩にするとしたら、最も矮小《わいしょう》で陰惨かぎりないものになるに相違ない。……だが、正三はやはり頭上に被さる見えないものの羽撃《はばたき》を、すぐ身近にきくようなおもいがするのであった。

警報が解除になり、清二の家までみんな引返しても、正三はそこの玄関で暫くラジオをきいていることがあった。どうかすると、また逃げださなければならぬので、甥も姪もまだ靴のままでいる。だが、大人達がラジオに気をとられているうち、さきほどまで声のしていた甥が、いつのまにか玄関の石の上に手足を投出し、大鼾《おおいびき》で睡っていることがあった。この起伏常なき生活に馴れてしまったらしい子供は、まるで兵士のような鼾をかいている。(この姿を正三は何気なく眺めたのであったが、それがやがて、兵士のような死に方をするとはおもえなかった。まだ一年生の甥は集団疎開へも参加出来ず、時たま国民学校へ通っていた。八月六日も恰度《ちょうど》、学校へ行く日で、その朝、西練兵場の近くで、この子供はあえなき最後を遂げたのだった)

……暫く待っていても別状ないことがわかると、康子がさきに帰って行き、つづいて正三も清二の門口を出て行く。だが、本家に戻って来ると、二枚重ねて着ている服は汗でビッショリしているし、シャツも靴下も一刻も早く脱捨ててしまいたい。風呂場で水を浴び、台所の椅子《いす》に腰を下ろすと、はじめて正三は人心地《ひとごこち》にかえるようであった。──今夜の巻も終った。だが、明晩《あす》は。──その明晩も、かならず土佐沖海面から始る。すると、ゲートルだ、雑嚢だ、靴だ、すべての用意が闇のなかから飛びついて来るし、逃亡の路は正確に横わっていた。……(このことを後になって回想すると、正三はその頃比較的健康でもあったが、よくもあんなに敏捷《びんしょう》に振舞えたものだと思えるのであった。人は生涯に於《お》いてかならず意外な時期を持つものであろうか）

森製作所の工場疎開はのろのろと行われていた。ミシンの取はずしは出来ていても、馬車の割当が廻って来るのが容易でなかった。馬車がやって来た朝は、みんな運搬に急がしく、順一はとくに活気づいた。ある時、座敷に敷かれていた畳がそっくり、この馬車で運ばれて行った。畳の剝《は》がれた座敷は、坐板だけで広々とし、ソファが一脚ぽつんと置かれていた。こうなると、いよいよこの家も最後が近いような気がしたが、正三は縁側に佇《たたず》んで、よく庭の隅の白い花を眺めた。それは梅雨頃から咲きはじめて、一つが朽ちかかる頃には一つが咲き、今も六瓣《べん》の、ひっそりした姿を湛《たた》えているのだった。次兄にその名称を訊《き》くと、梔子《くちなし》だといった。そういえば子供の頃から見なれた花だが、ひっそりとした姿が今はたまらなく懐《なつか》しかった。……

「コレマデナンド　クウシュウケイホウニアッタカシレナイ　イマモ　カイガンノホウガ　アカアカトモエテイル　ケイホウガデルタビニ　オレハゲンコウヲカカエテ　ゴウニモグリコムコノゴロ　オレハ　コウトウスウガクノケンキュウヲシテイルノダ　スウガクハウツクシイ　ニホンノゲイジュツカハ　コレガワカラヌカラダメサ」こんな風な手紙が東京の友人から久し振りに正三の手許《てもと》に届いた。岩手県の方にいる友からはこの頃、便りがなかった。釜石《かまいし》が艦砲射撃に遇《あ》い、あの辺ももう安全ではなさそうであった。
ある朝、正三が事務室にいると、近所の会社に勤めている大谷がやって来た。彼は高子の身内の一人で、順一たちの紛争《ごたごた》の頃から、よくここへ立寄るので、正三にももう珍しい顔ではなかった。細い脛《すね》に黒いゲートルを捲き、ひょろひょろの胴と細長い面は、何か危かしい印象をあたえるのだが、それを支えようとする気魄《きはく》も備わっていた。その大谷は順一のテーブルの前につかつかと近よると、
「どうです、広島は。昨夜もまさにやって来るかと思うと、宇部の方へ外《そ》れてしまった。敵もよく知っているよ、宇部には重要工場がありますからな。それに較べると、どうも広島なんか兵隊がいるだけで、工業的見地から云わすと殆《ほとん》ど問題ではないからね。きっと大丈夫ここは助かると僕はこの頃思いだしたよ」と、大そう上機嫌で弁じるのであった。(この大谷は八月六日の朝、出勤の途上遂《つい》に行方不明になったのである)
……だが、広島が助かるかもしれないと思いだした人間は、この大谷ひとりではなかった。一時はあれほど殷賑《いんしん》をきわめた夜の逃亡も、次第に人足が減じて来たのである。そこへもって来て、小型機の来襲が数回あったが、白昼、広島上空をよこぎるその大群は、何らこの街に投弾することがなかったばかりか、たまたま西練兵場の高射砲は中型一機を射落したのであった。「広島は防げるでしょうね」と電車のなかの一市民が将校に対《むか》って話しかけると、将校は黙々と肯《うなず》くのであった。……「あ、面白かった。あんな

空中戦たら滅多に見られないのに」と康子は正三に云った。正三は畳のない座敷で、ジイドの『一粒の麦もし死なずば』を読み耽《ふ》けっているのであった。アフリカの灼熱《しゃくねつ》のなかに展開される、青春と自我の、妖《あや》しげな図が、いつまでも彼の頭にこびりついていた。

清二はこの街全体が助かるとも考えなかったが、川端に臨んだ自分の家は焼けないで欲しいといつも祈っていた。三次《みよし》町に疎開した二人の子供が無事でこの家に戻って来て、みんなでまた河遊びができる日を夢みるのであった。だが、そういう日が何時《いつ》やってくるのか、つきつめて考えれば茫《ぼう》としてわからないのだった。

「小さい子供だけでも、どこかへ疎開させたら……」康子は夜毎の逃亡以来、頻《しき》りに気を揉《も》むようになっていた。「早く何とかして下さい」と妻の光子もその頃になると疎開を口にするのであったが、「おまえ行ってきめて来い」と、清二は頗《すこぶ》る不機嫌であった。女房、子供を疎開させて、この自分は――順一のように何もかもうまく行くではなし――この家でどうして暮してゆけるのか、まるで見当がつかなかった。何処《どこ》か田舎へ家を借りて家財だけでも運んでおきたい、そんな相談なら前から妻としていた。だが、田舎の何処にそんな家がみつかるのか、清二にはまるであてがなかった。この頃になると、清二は長兄の行動をかれこれ、あてこすらないかわりに、じっと怨《うら》めしげに、ひとり考えこむのであった。

順一もしかし清二の一家を見捨ててはおけなくなった。結局、順一の肝煎《きもいり》で、田舎へ一軒、家を借りることが出来た。が、荷を運ぶ馬車はすぐには傭《やと》えなかった。田舎へ家が見つかったとなると、清二は吻として、荷造に忙殺されていた。すると、三次の方の集団疎開地の先生から、父兄の面会日を通知して来た。三次の方へ訪ねて行くとなれば、冬物一切を持って行ってやりたいし、疎開の荷造やら、学童へ持って行ってやる品の準備で、家のうちはまたごったかえした。それに清二は妙な癖があって、学童へ持って行ってやる品々には、きちんと毛筆で名前を記入しておいてやらぬと気が済まないのだった。

あれをかたづけたり、これをとりちらかしたりした挙句、夕方になると清二はふいと気をかえて、釣竿《つりざお》を持って、すぐ前の川原に出た。この頃あまり釣れないのであるが、糸を垂れていると、一番気が落着くようであった。……ふと、トットトットという川のどよめきに清二はびっくりしたように眼をみひらいた。何か川をみつめながら、さきほどから夢をみていたような気持がする。それも昔読んだ旧約聖書の天変地異の光景をうつらうつらたどっていたようである。すると、崖《がけ》の上の家の方から、「お父さん、お父さん」と大声で光子の呼ぶ姿が見えた。清二が釣竿をかかえて石段を昇って行くと、妻はだしぬけに、「疎開よ」と云った。

「それがどうした」と清二は何のことかわからないので問いかえした。

「さっき大川がやって来て、そう云ったのですよ、三日以内に立退《たちの》かねばすぐにこの家とり壊されてしまいます」

「ふーん」と清二は呻《うめ》いたが、「それで、おまえは承諾したのか」

「だからそう云っているのじゃありませんか。何とかしなきゃ大変ですよ。この前、大川に逢《あ》った時にはお宅はこの計画の区域に這入《はい》りませんと、ちゃんと図面みせながら説明してくれた癖に、こんどは藪《やぶ》から棒に、二〇メートルごとの規定ですと来るのです」

「満洲ゴロに一杯喰わされたか」

「口惜《くや》しいではありませんか。何とかしなきゃ大変ですよ」と、光子は苛々《いらいら》しだす。

「おまえ行ってきめてこい」そう清二は嘯《うそぶ》いたが、ぐずぐずしている場合でもなかった。

「本家へ行こう」と、二人はそれから間もなく順一の家を訪れた。しかし、順一はその晩も既に五日市町の方へ出かけたあとであった。市外電話で順一を呼出そうとすると、どうしたものか、その夜は一向、電話が通じない。光子は康子をとらえて、また大川のやり口をだらだらと罵《のの》りだす。それをきいていると、清二は三日後にとり壊される家の姿が胸につまり、今はもう絶体絶命の気持だった。

「どうか神様、三日以内にこの広島が大空襲をうけますように」

若い頃クリスチャンであった清二は、ふと口をひらくとこんな祈をささげたのであった。

その翌朝、清二の妻は事務室に順一を訪れて、疎開のことをだらだらと訴え、建物疎開のことは市会議員の田崎が本家本元らしいのだから、田崎の方へ何とか頼んでもらいたいというのであった。

フン、フンと順一は聴いていたが、やがて、五日市へ電話をかけると、高子にすぐ帰ってこいと命じた。それから、清二を顧みて、「何て有様だ。お宅は建物疎開ですといわれて、ハイそうですか、と、なすがままにされているのか。空襲で焼かれた分なら、保険がもらえるが、疎開でとりはらわれた家は、保険金だってつかないじゃないか」と、苦情云うのであった。

そのうち暫くすると、高子がやって来た。高子はことのなりゆきを一とおり聴いてから、「じゃあ、ちょっと田崎さんのところへ行って来ましょう」と、気軽に出かけて行った。一時間もたたぬうちに、高子は晴れ晴れした顔で戻って来た。

「あの辺の建物疎開はあれで打切ることにさせると、田崎さんは約束してくれました」

こうして、清二の家の難題もすらすら解決した。と、その時、恰度、警戒警報が解除になった。

「さあ、また警報が出るとうるさいから今のうちに帰りましょう」と高子は急いで外に出て行くのであった。

　暫くすると、土蔵脇《わき》の鶏小屋で、二羽の雛《ひな》がてんでに時を告げだした。その調子はまだ整っていないので、時に順一たちを興がらせるのであったが、今は誰も鶏の啼声《なきごえ》に耳を傾けているものもなかった。暑い陽光《ひざし》が、百日紅《さるすべり》の上の、静かな空に漲《みなぎ》っていた。……原子爆弾がこの街を訪れるまでには、まだ四十時間あまりあった。

（昭和二十四年一月号『近代文学』）

夏の花

私は街に出て花を買うと、妻の墓を訪れようと思った。ポケットには仏壇からとり出した線香が一束あった。八月十五日は妻にとって初盆《にいぼん》にあたるのだが、それまでこのふるさとの街が無事かどうかは疑わしかった。恰度《ちょうど》、休電日ではあったが、朝から花をもって街を歩いている男は、私のほかに見あたらなかった。その花は何という名称なのか知らないが、黄色の小瓣の可憐《かれん》な野趣を帯び、いかにも夏の花らしかった。

炎天に曝《さら》されている墓石に水を打ち、その花を二つに分けて左右の花たてに差すと、墓のおもてが何となく清々《すがすが》しくなったようで、私はしばらく花と石に視入《みい》った。この墓の下には妻ばかりか、父母の骨も納っているのだった。持って来た線香にマッチをつけ、黙礼を済ますと私はかたわらの井戸で水を呑《の》んだ。それから、饒津《にぎつ》公園の方を廻って家に戻ったのであるが、その日も、その翌日も、私のポケットは線香の匂《にお》いがしみこんでいた。原子爆弾に襲われたのは、その翌々日のことであった。

私は厠《かわや》にいたため一命を拾った。八月六日の朝、私は八時頃床を離れた。前の晩二回も空襲警報が出、何事もなかったので、夜明前には服を全部脱いで、久し振りに寝間着に着替えて睡《ねむ》った。それで、起き出した時もパンツ一つであった。妹はこの姿をみると、朝寝したことをぶつぶつ難じていたが、私は黙って便所へ這入《はい》った。

それから何秒後のことかはっきりしないが、突然、私の頭上に一撃が加えられ、眼の前に暗闇《くらやみ》がすべり墜《お》ちた。私は思わずうわあと喚《わめ》き、頭に手をやって立上った。嵐《あらし》のようなものの墜落する音のほかは真暗でなにもわからない。手探りで扉を開けると、縁側があった。その時まで、私はうわあという自分の声を、ざあーというもの音の中にはっきり耳にきき、眼が見えないので悶《もだ》えていた。しかし、縁側に出ると、間もなく薄らあかりの中に破壊された家屋が浮び出し、気持もはっきりして来た。

それはひどく厭《いや》な夢のなかの出来事に似ていた。最初、私の頭に一撃が加えられ眼が見えなくなった時、私は自分が斃《たお》れてはいないことを知った。それから、ひどく面倒なことになったと思い腹立たしかった。そして、うわあと叫んでいる自分の声が何だか別人の声のように耳にきこえた。しかし、あたりの様子が朧《おぼろ》ながら目に見えだして来ると、今度は惨劇の舞台の中に立っているような気持であった。たしか、こういう光景は映画などで見たことがある。濛々《もうもう》と煙る砂塵《さじん》のむこうに青い空間が見え、つづいてその空間の数が増えた。壁の脱落した処《ところ》や、思いがけない方向から明りが射《さ》して来る。畳の飛散った坐板の上をそろそろ歩いて行くと、向うから凄《す》さまじい勢で妹が駈《か》けつけて来た。「やられなかった、やられなかったの、大丈夫」と妹は叫び、「眼から血が出ている、早く洗いなさい」と台所の流しに水道が出ていることを教えてくれた。

私は自分が全裸体でいることを気付いたので、「とにかく着るものはないか」と妹を顧ると、妹は壊れ残った押入からうまくパンツを取出してくれた。そこへ誰か奇妙な身振りで闖入《ちんにゅう》して来たものがあった。顔を血だらけにし、シャツ一枚の男は工場の人であったが、私の姿を見ると、「あなたは無事でよかったですな」と云い捨て、「電話、電話、電話をかけなきゃ」と呟《つぶや》きながら忙しそうに何処《どこ》かへ立去った。

到《いた》るところに隙間《すきま》が出来、建具も畳も散乱した家は、柱と閾《しきい》ばかりがはっきりと現れ、しばし奇異な沈黙をつづけていた。これがこの家の最後の姿らしかった。後で知ったところに依《よ》ると、この地域では大概の家がぺしゃんこに倒壊したらしいのに、この家は二階も墜ちず床もしっかりしていた。余程しっかりした普請《ふしん》だったのだろう。四十年前、神経質な父が建てさせたものであった。

私は錯乱した畳や襖《ふすま》の上を踏越えて、身につけるものを探した。上着はすぐに見附かったがずぼんを求めてあちこちしていると、滅茶苦茶に散らかった品物の位置と姿が、ふと忙しい眼に留るのであった。昨夜まで読みかかりの本が頁《ページ》をまくれて落ちている。長押《なげし》から墜落した額が殺気を帯びて小床を塞《ふさ》いでいる。ふと、何処からともなく、水筒が見つかり、つづいて帽子が出て来た。ずぼんは見あたらないので、今度は足に穿《は》くものを探していた。

その時、座敷の縁側に事務室のKが現れた。Kは私の姿を認めると、

「ああ、やられた、助けてえ」と悲痛な声で呼びかけ、そこへ、ぺったり坐り込んでしまった。額に少し血が噴出《ふきで》ており、眼は涙ぐんでいた。

「何処をやられたのです」と訊ねると、「膝《ひざ》じゃ」とそこを押えながら皺《しわ》の多い蒼顔《そうがん》を歪《ゆが》める。

私は側《そば》にあった布切れを彼に与えておき、靴下を二枚重ねて足に穿いた。

「あ、煙が出だした、逃げよう、連れて逃げてくれ」とKは頻《しき》りに私を急《せ》かし出す。この私よりかなり年上の、しかし平素ははるかに元気なKも、どういうものか少し顚動《てんどう》気味であった。

縁側から見渡せば、一めんに崩れ落ちた家屋の塊《かたまり》があり、やや彼方《かなた》の鉄筋コンクリートの建物が残っているほか、目標になるものも無い。庭の土塀のくつがえった脇《わき》に、大きな楓《かえで》の幹が中途からポックリ折られて、梢《こずえ》を手洗鉢《てあらいばち》の上に投出している。ふと、Kは防空壕《ぼうくうごう》のところへ屈《かが》み、

「ここで、頑張ろうか、水槽もあるし」と変なことを云う。

「いや、川へ行きましょう」と私が云うと、Kは不審そうに、

「川？　川はどちらへ行ったら出られるのだったかしら」と嘯《うそぶ》く。

とにかく、逃げるにしてもまだ準備が整わなかった。私は押入から寝間着をとり出し彼に手渡し、更に縁側の暗幕を引裂いた。座蒲団《ざぶとん》も拾った。縁側の畳をはねくり返してみると、持逃げ用の雑嚢《ざつのう》が出て来た。私は吻《ほっ》としてそのカバンを肩にかけた。隣の製薬会社の倉庫から赤い小さな焰《ほのお》の姿が見えだした。いよいよ逃げだす時機であった。私は最後に、ポックリ折れ曲った楓の側を踏越えて出て行った。

その大きな楓は昔から庭の隅にあって、私の少年時代、夢想の対象となっていた樹木である。それが、この春久し振りに郷里の家に帰って暮すようになってからは、どうも、もう昔のような潤《うるお》いのある姿が、この樹木からさえ汲《く》みとれないのを、つくづく私は奇異に思っていた。不思議なのは、この郷里全体が、やわらかい自然の調子を喪《うしな》って、何か残酷な無機物の集合のように感じられることであった。私は庭に面した座敷に這入って行くたびに、「アッシャ家の崩壊」という言葉がひとりでに浮んでいた。

Kと私とは崩壊した家屋の上を乗越え、障害物を除《よ》けながら、はじめはそろそろと進んで行く。そのうちに、足許《あしもと》が平坦《へいたん》な地面に達し、道路に出ていることがわかる。すると今度は急ぎ足でとっとと道の中ほどを歩く。ぺしゃんこになった建物の蔭《かげ》からふと、「おじさん」と喚く声がする。振返ると、顔を血だらけにした女が泣きながらこちらへ歩いて来る。「助けてえ」と彼女は脅《おび》えきった相で一生懸命ついて来る。暫《しばら》く行くと、路上に立はだかって、「家が焼ける、家が焼ける」と子供のように泣喚いている老女と出逢《であ》った。煙は崩れた家屋のあちこちから立昇っていたが、急に焔の息が烈《はげ》しく吹きまくっているところへ来る。走って、そこを過ぎると、道はまた平坦となり、そして栄橋の袂《たもと》に私達は来ていた。ここには避難者がぞくぞく蝟集《いしゅう》していた。「元気な人はバケツで火を消せ」と誰かが橋の上に頑張っている。私は泉邸《せんてい》の藪《やぶ》の方へ道をとり、そして、ここでKとははぐれてしまった。

その竹藪は薙《な》ぎ倒され、逃げて行く人の勢で、径《みち》が自然と拓《ひら》かれていた。見上げる樹木もおおかた中空で削《そ》ぎとられており、川に添った、この由緒《ゆいしょ》ある名園も、今は傷だらけの姿であった。ふと、灌木《かんぼく》の側にだらりと豊かな肢体を投出して蹲《うずくま》っている中年の婦人の顔があった。魂の抜けはてたその顔は、見ているうちに何か感染しそうになるのであった。こんな顔に出喰わしたのは、これがはじめてであった。が、それよりもっと奇怪な顔に、その後私はかぎりなく出喰わさねばならなかった。

川岸に出る藪のところで、私は学徒の一塊と出逢った。工場から逃げ出した彼女達は一ように軽い負傷をしていたが、いま眼の前に出現した出来事の新鮮さに戦《おのの》きながら、却《かえ》って元気そうに喋《しゃべ》り合っていた。そこへ長兄の姿が現れた。シャツ一枚で、片手にビール瓶を持ち、まず異状なさそうであった。向岸も見渡すかぎり建物は崩れ、電柱の残っているほか、もう火の手が廻っていた。私は狭い川岸の径へ腰を下ろすと、しかし、もう大丈夫だという気持がした。長い間脅かされていたものが、遂《つい》に来たるべきものが、来たのだった。さばさばした気持で、私は自分が生きながらえていることを顧みた。かねて、二つに一つは助からないかもしれないと思っていたのだが、今、ふと己《おのれ》が生きていることと、その意味が、はっと私を弾《はじ》いた。

このことを書きのこさねばならない、と、私は心に呟いた。けれども、その時はまだ、私はこの空襲の真相を殆《ほとん》ど知ってはいなかったのである。

対岸の火事が勢を増して来た。こちら側まで火照《ほて》りが反射して来るので、満潮の川水に座蒲団を浸しては頭にかむる。そのうち、誰かが「空襲」と叫ぶ。「白いものを着たものは木蔭へ隠れよ」という声に、皆はぞろぞろ藪の奥へ匐《は》って行く。陽は燦々《さんさん》と降り灑《そそ》ぎ藪の向うも、どうやら火が燃えている様子だ。暫く息を殺していたが、何事もなさそうなので、また川の方へ出て来ると、向岸の火事は更に衰えていない。熱風が頭上を走り、黒煙が川の中ほどまで煽《あお》られて来る。その時、急に頭上の空が暗黒と化したかと思うと、沛然《はいぜん》として大粒の雨が落ちて来た。雨はあたりの火照りを稍々《やや》鎮《しず》めてくれたが、暫くすると、またからりと晴れた天気にもどった。対岸の火事はまだつづいていた。今、こちらの岸には長兄と妹とそれから近所の見知った顔が二つ三つ見受けられたが、みんなは寄り集って、てんでに今朝の出来事を語り合うのであった。

あの時、兄は事務室のテーブルにいたが、庭さきに閃光《せんこう》が走ると間もなく、一間あまり跳ね飛ばされ、家屋の下敷になって暫く藻掻《もが》いた。やがて隙間があるのに気づき、そこから這い出すと、工場の方では、学徒が救いを求めて喚叫している——兄はそれを救い出すのに大奮闘した。妹は玄関のところで光線を見、大急ぎで階段の下に身を潜めたため、あまり負傷を受けなかった。みんな、はじめ自分の家だけ爆撃されたものと思い込んで、外に出てみると、何処も一様にやられているのに啞然《あぜん》とした。それに、地上の家屋は崩壊していながら、爆弾らしい穴があいていないのも不思議であった。あれは、警戒警報が解除になって間もなくのことであった。ピカッと光ったものがあり、マグネシュームを燃すようなシューッという軽い音とともに一瞬さっと足もとが回転し、……それはまるで魔術のようであった、と妹は戦きながら語るのであった。

向岸の火が鎮まりかけると、こちらの庭園の木立が燃えだしたという声がする。かすかな煙が後の藪の高い空に見えそめていた。川の水は満潮の儘《まま》まだ退《ひ》こうとしない。私は石崖《いしがけ》を伝って、水際《みずぎわ》のところへ降りて行ってみた。すると、すぐ足許のところを、白木の大きな函《はこ》が流れており、函から喰《は》み出た玉葱《たまねぎ》があたりに漾《ただよ》っていた。私は函を引寄せ、中から玉葱を摑《つか》み出しては、岸の方へ手渡した。これは上流の鉄橋で貨車が顚覆《てんぷく》し、そこからこの函は放り出されて漾って来たものであった。私が玉葱を拾っていると、「助けてえ」という声がきこえた。木片に取縋《とりすが》りながら少女が一人、川の中ほどを浮き沈みして流されて来る。私は大きな材木を選ぶとそれを押すようにして泳いで行った。久しく泳いだこともない私ではあったが、思ったより簡単に相手を救い出すことが出来た。

暫く鎮まっていた向岸の火が、何時《いつ》の間にかまた狂い出した。今度は赤い火の中にどす黒い煙が見え、その黒い塊が猛然と拡《ひろが》って行き、見る見るうちに焔の熱度が増すようであった。が、その無気味な火もやがて燃え尽すだけ燃えると、空虚な残骸《ざんがい》の姿となっていた。その時である、私は川下の方の空に、恰度《ちょうど》川の中ほどにあたって、物凄《ものすご》い透明な空気の層が揺れながら移動して来るのに気づいた。竜巻《たつまき》だ、と思ううちにも、烈しい風は既に頭上をよぎろうとしていた。まわりの草木がことごとく慄《ふる》え、と見ると、その儘引抜かれて空に攫《さら》われて行く数多《あまた》の樹木があった。空を舞い狂う樹木は矢のような勢で、混濁の中に墜ちて行く。私はこの時、あたりの空気がどんな色彩であったか、はっきり覚えてはいない。が、恐らく、ひどく陰惨な、地獄絵巻の緑の微光につつまれていたのではないかとおもえるのである。

この竜巻が過ぎると、もう夕方に近い空の気配が感じられていたが、今迄姿を見せなかった二番目の兄が、ふとこちらにやって来たのであった。顔にさっと薄墨色の跡があり、脊のシャツも引裂かれている。その海水浴で日焦《ひやけ》した位の皮膚の跡が、後には化膿《かのう》を伴う火傷《やけど》となり、数カ月も治療を要したのだが、この時はまだこの兄もなかなか元気であった。彼は自宅へ用事で帰ったとたん、上空に小さな飛行機を認め、つづいて三つの妖《あや》しい光を見た。それから地上に一間あまり跳ね飛ばされた彼は、家の下敷になって藻掻いている家内と女中を救い出し、子供二人は女中に托《たく》して先に逃げのびさせ、隣家の老人を助けるのに手間どっていたという。

嫂《あによめ》がしきりに別れた子供のことを案じていると、向岸の河原《かわら》から女中の呼ぶ声がした。手が痛くて、もう子供を抱《かか》えきれないから早く来てくれというのであった。

泉邸の杜《もり》も少しずつ燃えていた。夜になってこの辺まで燃え移って来るといけないし、明るいうちに向岸の方へ渡りたかった。が、そこいらには渡舟も見あたらなかった。長兄たちは橋を廻って向岸へ行くことにし、私と二番目の兄とはまた渡舟を求めて上流の方へ溯《さかのぼ》って行った。水に添う狭い石の通路を進んで行くに随《したが》って、私はここではじめて、言語に絶する人々の群を見たのである。既に傾いた陽ざしは、あたりの光景を青ざめさせていたが、岸の上にも岸の下にも、そのような人々がいて、水に影を落していた。どのような人々であるか……。男であるのか、女であるのか、殆ど区別もつかない程、顔がくちゃくちゃに腫《は》れ上って、随って眼は糸のように細まり、唇《くちびる》は思いきり爛《ただ》れ、それに、痛々しい肢体を露出させ、虫の息で彼等は横《よこた》わっているのであった。私達がその前を通って行くに随ってその奇怪な人々は細い優しい声で呼びかけた。「水を少し飲ませて下さい」とか、「助けて下さい」とか、殆どみんながみんな訴えごとを持っているのだった。

「おじさん」と鋭い哀切な声で私は呼びとめられていた。見ればすぐそこの川の中には、裸体の少年がすっぽり頭まで水に漬《つか》って死んでいたが、その屍体《したい》と半間も隔たらない石段のところに、二人の女が蹲っていた。その顔は約一倍半も膨脹し、醜く歪み、焦げた乱髪が女であるしるしを残している。これは一目見て、憐愍《れんびん》よりもまず、身の毛のよだつ姿であった。が、その女達は、私の立留ったのを見ると、

「あの樹のところにある蒲団は私のですからここへ持って来て下さいませんか」と哀願するのであった。

見ると、樹のところには、なるほど蒲団らしいものはあった。だが、その上にはやはり瀕死《ひんし》の重傷者が臥《ふ》していて、既にどうにもならないのであった。

私達は小さな筏《いかだ》を見つけたので、綱を解いて、向岸の方へ漕《こ》いで行った。筏が向うの砂原に着いた時、あたりはもう薄暗かったが、ここにも沢山の負傷者が控えているらしかった。水際に蹲っていた一人の兵士が、「お湯をのましてくれ」と頼むので、私は彼を自分の肩に依り掛からしてやりながら、歩いて行った。苦しげに、彼はよろよろと砂の上を進んでいたが、ふと、「死んだ方がましさ」と吐き棄《す》てるように呟《つぶや》いた。私も暗

然として肯《うなず》き、言葉は出なかった。愚劣なものに対する、やりきれない憤《いきどお》りが、この時我々を無言で結びつけているようであった。私は彼を中途に待たしておき、土手の上にある給湯所を石崖の下から見上げた。すると、今湯気の立昇っている台の処《ところ》で、茶碗《ちゃわん》を抱えて、黒焦《くろこげ》の大頭がゆっくりと、お湯を呑《の》んでいるのであった。その厖大《ぼうだい》な、奇妙な顔は全体が黒豆の粒々で出来上っているようであった。それに頭髪は耳のあたりで一直線に刈上げられていた。(その後、一直線に頭髪の刈上げられている火傷者を見るにつけ、これは帽子を境に髪が焼きとられているのだということを気付くようになった。)暫くして、茶碗を貰《もら》うと、私はさっきの兵隊のところへ持運んで行った。ふと見ると、川の中に、これは一人の重傷兵が膝《ひざ》を屈《かが》めて、そこで思いきり川の水を呑み耽《ふけ》っているのであった。

夕闇《ゆうやみ》の中に泉邸の空やすぐ近くの焰があざやかに浮出て来ると、砂原では木片を燃やして夕餉《ゆうげ》の焚《た》き出《だ》しをするものもあった。さっきから私のすぐ側に顔をふわふわに膨らした女が横わっていたが、水をくれという声で、私ははじめて、それが次兄の家の女中であることに気づいた。彼女は赤ん坊を抱えて台所から出かかった時、光線に遭い、顔と胸と手を焼かれた。それから、赤ん坊と長女を連れて兄達より一足さきに逃げたが、橋のところで長女とはぐれ、赤ん坊だけを抱えてこの河原に来ていたのである。最初顔に受けた光線を遮《さえぎ》ろうとして覆《おお》うた手が、その手が、今も捥《も》ぎとられるほど痛いと訴えている。

潮が満ちて来だしたので、私達はこの河原を立退《たちの》いて、土手の方へ移って行った。日はとっぷり暮れたが、「水をくれ、水をくれ」と狂いまわる声があちこちできこえ、河原にとり残されている人々の騒ぎはだんだん烈しくなって来るようであった。この土手の上は風があって、睡《ねむ》るには少し冷々していた。すぐ向うは饒津公園であるが、そこも今は闇に鎖《とざ》され、樹の折れた姿がかすかに見えるだけであった。兄達は土の窪《くぼ》みに横わり、私も別に窪地をみつけて、そこへ這入《はい》って行った。すぐ側には傷ついた女学生が三四人横臥《おうが》していた。

「向うの木立が燃えだしたが逃げた方がいいのではないかしら」と誰かが心配する。窪地を出て向うを見ると、二三町さきの樹に焔がキラキラしていたが、こちらへ燃え移って来そうな気配もなかった。

「火は燃えて来そうですか」と傷ついた少女は脅えながら私に訊《き》く。

「大丈夫だ」と教えてやると、「今、何時頃でしょう、まだ十二時にはなりませんか」とまた訊く。

その時、警戒警報が出た。どこかにまだ壊れなかったサイレンがあるとみえて、かすかにその響がする。街の方はまだ熾《さか》んに燃えているらしく、茫《ぼう》とした明りが川下の方に見える。

「ああ、早く朝にならないのかなあ」と女学生は嘆く。

「お母さん、お父さん」とかすかに静かな声で合唱している。

「火はこちらへ燃えて来そうですか」と傷ついた少女がまた私に訊《たず》ねる。

河原の方では、誰か余程元気な若者らしいものの、断末魔のうめき声がする。その声は八方に木霊《こだま》し、走り廻っている。「水を、水を、水を下さい、……ああ、……お母さん、……姉さん、……光ちゃん」と声は全身全霊を引裂くように迸《ほとばし》り、「ウウ、ウウ」と苦痛に追いまくられる喘《あえ》ぎが弱々しくそれに絡《から》んでいる。――幼い日、私はこの堤を通って、その河原に魚を獲《と》りに来たことがある。その暑い日の一日の記憶は不思議にはっきりと残っている。砂原にはライオン歯磨《はみがき》の大きな立看板があり、鉄橋の方を時々、汽車が轟《ごう》と通って行った。夢のように平和な景色があったものだ。

夜が明けると昨夜の声は熄《や》んでいた。あの腸《はらわた》を絞る断末魔の声はまだ耳底に残っているようでもあったが、あたりは白々と朝の風が流れていた。長兄と妹とは家の焼跡の方へ廻り、東練兵場に施療所があるというので、次兄達はそちらへ出掛けた。私もそろそろ、東練兵場の方へ行こうとすると、側《そば》にいた兵隊が同行を頼んだ。その大きな兵隊は、余程ひどく傷ついているのだろう、私の肩に凭掛《よりかか》りながら、まるで壊れものを運んでいるように、おずおずと自分の足を進めて行く。それに足許《あしもと》は、破片といわず屍《しかばね》といわずまだ余熱を燻《くすぶ》らしていて、恐しく嶮悪《けんあく》であった。常盤橋《ときわばし》まで来ると、兵隊は疲れはて、もう一歩も歩けないから置去りにしてくれという。そこで私は彼と別れ、一人で饒津公園の方へ進んだ。ところどころ崩れたままで焼け残っている家屋もあったが、到《いた》る処、光の爪跡《つめあと》が印されているようであった。とある空地《あきち》に人が集っていた。水道がちょろちょろ出ているのであった。ふとその時、姪《めい》が東照宮の避難所で保護されているということを、私は小耳に挿《はさ》んだ。

急いで、東照宮の境内へ行ってみた。すると、いま、小さな姪は母親と対面しているところであった。昨日、橋のところで女中とはぐれ、それから後は他所《よそ》の人に従《つ》いて逃げて行ったのであるが、彼女は母親の姿を見ると、急に堪《た》えられなくなったように泣きだした。その首が火傷《やけど》で黒く痛そうであった。

施療所は東照宮の鳥居の下の方に設けられていた。はじめ巡査が一通り原籍年齢などを取調べ、それを記入した紙片を貰《もろ》うてからも、負傷者達は長い行列を組んだまま炎天の下にまだ一時間位は待たされているのであった。だが、この行列に加われる負傷者ならまだ結構な方かもしれないのだった。今も、「兵隊さん、兵隊さん、助けてよう、兵隊さん」と火のついたように泣喚《なきわめ》く声がする。路傍に斃《たお》れて反転する火傷の娘であった。かと思うと、警防団の服装をした男が、火傷で膨脹した頭を石の上に横《よこた》えたまま、まっ黒の口をあけて、「誰か私を助けて下さい、ああ看護婦さん、先生」と弱い声できれぎれに訴えているのである。が、誰も顧みてはくれないのであった。巡査も医者も看護婦も、みな他の都市から応援に来たものばかりで、その数も限られていた。

私は次兄の家の女中に附添って行列に加わっていたが、この女中も、今はだんだんひどく膨れ上って、どうかすると地面に蹲《うずくま》りたがった。漸《ようや》く順番が来て加療が済むと、私達はこれから憩《いこ》う場所を作らねばならなかった。境内到る処に重傷者はごろごろしているが、テントも木蔭《こかげ》も見あたらない。そこで、石崖《いしがけ》に薄い材木を並べ、それで屋根のかわりとし、その下へ私達は這入り込んだ。この狭苦しい場所で、二十四時間あまり、私達六名は暮したのであった。

すぐ隣にも同じような恰好《かっこう》の場所が設けてあったが、その筵《むしろ》の上にひょこひょこ動いている男が、私の方へ声をかけた。シャツも上衣《うわぎ》もなかったし、長ずぼんが片脚分だけ腰のあたりに残されていて、両手、両足、顔をやられていた。この男は、中国ビルの七階で爆弾に遇《あ》ったのだそうだが、そんな姿になりはてても、頗《すこぶ》る気丈夫なのだろう、口で人に頼み、口で人を使い到頭ここまで落ちのびて来たのである。そこへ今、満身血まみれの、幹部候補生のバンドをした青年が迷い込んで来た。すると、隣の男は屹《きっ》となって、

「おい、おい、どいてくれ、俺の体はめちゃくちゃになっているのだから、触りでもしたら承知しないぞ、いくらでも場所はあるのに、わざわざこんな狭いところへやって来

なくてもいいじゃないか、え、とっとと去ってくれ」と唸《うな》るように押っかぶせて云った。血まみれの青年はきょとんとして腰をあげた。

私達の寝転んでいる場所から二米《メートル》あまりの地点に、葉のあまりない桜の木があったが、その下に女学生が二人ごろりと横わっていた。どちらも、顔を黒焦げにしていて、痩《や》せた脊を炎天に晒《さら》し、水を求めては呻《うめ》いている。この近辺へ芋掘作業に来て遭難した女子商業の学徒であった。そこへまた、燻製《くんせい》の顔をした、モンペ姿の婦人がやって来ると、ハンドバッグを下に置きぐったりと膝を伸した。……日は既に暮れかかっていた。ここでまた夜を迎えるのかと思うと私は妙に佗《わび》しかった。

夜明前から念仏の声がしきりにしていた。ここでは誰かが、絶えず死んで行くらしかった。朝の日が高くなった頃、女子商業の生徒も、二人とも息をひきとった。溝《みぞ》にうつ伏せになっている死骸《しがい》を調べ了《お》えた巡査が、モンペ姿の婦人の方へ近づいて来た。これも姿勢を崩して今はこときれているらしかった。巡査がハンドバッグを披《ひら》いてみると、通帳や公債が出て来た。旅装のまま、遭難した婦人であることが判《わか》った。

昼頃になると、空襲警報が出て、爆音もきこえる。あたりの悲惨醜怪さにも大分馴《な》らされているものの、疲労と空腹はだんだん激しくなって行った。次兄の家の長男と末の息子は、二人とも市内の学校へ行っていたので、まだ、どうなっているかわからないのであった。人はつぎつぎに死んで行き、死骸はそのまま放ってある。救いのない気持で人はそわそわ歩いている。それなのに、練兵場の方では、いま自棄《やけ》に嚠喨《りゅうりょう》として喇叭《らっぱ》が吹奏されていた。

火傷した姪たちはひどく泣喚くし、女中は頻《しき》りに水をくれと訴える。いい加減、みんなほとほと弱っているところへ、長兄が戻って来た。彼は昨日は嫂の疎開先である廿日市町《はつかいち》の方へ寄り、今日は八幡村の方へ交渉して荷馬車を傭《やと》って来たのである。そこでその馬車に乗って私達はここを引上げることになった。

馬車は次兄の一家族と私と妹を乗せて、東照宮下から饒津《にぎつ》へ出た。馬車が白島から泉邸入口の方へ来掛った時のことである。西練兵場寄りの空地に、見憶《みおぼ》えのある、黄色の、半ずぼんの死体を、次兄はちらりと見つけた。そして彼は馬車を降りて行った。嫂も私もつづいて馬車を離れ、そこへ集った。見憶えのあるずぼんに、まぎれもないバンドを締めている。死体は甥《おい》の文彦であった。上着は無く、胸のあたりに拳大《こぶしだい》の腫《は》れものがあり、そこから液体が流れている。真黒くなった顔に、白い歯が微《かす》かに見え、投出した両手の指は固く、内側に握り締め、爪が喰込んでいた。その側に中学生の屍体が一つ、それから又離れたところに、若い女の死体が一つ、いずれも、ある姿勢のまま硬直していた。次兄は文彦の爪を剝《は》ぎ、バンドを形見にとり、名札をつけて、そこを立去った。涙も乾きはてた遭遇であった。

馬車はそれから国泰寺の方へ出、住吉橋を越して己斐《こい》の方へ出たので、私は殆《ほとん》ど目抜《めぬき》の焼跡を一覧することが出来た。ギラギラと炎天の下に横わっている銀色の虚無のひろがりの中に、路《みち》があり、川があり、橋があった。そして、赤むけの膨れ上った屍体がところどころに配置されていた。これは精密巧緻《こうち》な方法で実現された新地獄に違いなく、ここではすべて人間的なものは抹殺《まっさつ》され、たとえば屍体の表情にしたところで、何か模型的な機械的なものに置換えられているのであった。苦悶《くもん》の一瞬足搔《あが》いて硬直したらしい肢体は一種の妖《あや》しいリズムを含んでいる。電線の乱れ落ちた線や、おびただしい破片で、虚無の中に痙攣《けいれん》的の図案が感じられる。だが、さっと転覆して焼けてしまったらしい電車や、巨大な胴を投出して転倒している馬を見ると、どうも、超現実派の画の世界ではないかと思えるのである。国泰寺の大きな楠《くすのき》も根こそぎ転覆していたし、墓石も散っていた。外郭だけ残っている浅野図書館は屍体収容所となっていた。路はまだ処々で煙り、死臭に満ちている。川を越すたびに、橋が墜ちていないのを意外に思った。この辺の印象は、どうも片仮名で描きなぐる方が応《ふさ》わしいようだ。それで次に、そんな一節を挿入《そうにゅう》しておく。

ギラギラノ破片ヤ
灰白色ノ燃エガラガ
ヒロビロトシタ　パノラマノヨウニ
アカクヤケタダレタ　ニンゲンノ死体ノキミョウナリズム
スベテアッタコトカ　アリエタコトナノカ
パット剝ギトッテシマッタ　アトノセカイ
テンプクシタ電車ノワキノ
馬ノ胴ナンカノ　フクラミカタハ
ブスブストケムル電線ノニオイ

倒壊の跡のはてしなくつづく路を馬車は進んで行った。郊外に出ても崩れている家屋が並んでいたが、草津をすぎると漸くあたりも青々として災禍の色から解放されていた。そして青田の上をすいすいと蜻蛉《とんぼ》の群が飛んでゆくのが目に沁《し》みた。それから八幡村までの長い単調な道があった。八幡村へ着いたのは、日もとっぷり暮れた頃であった。そして翌日から、その土地での、悲惨な生活が始った。負傷者の恢復《かいふく》もはかどらなかったが、元気だったものも、食糧不足からだんだん衰弱して行った。火傷した女中の腕はひどく化膿《かのう》し、蠅《はえ》が群れて、とうとう蛆《うじ》が湧《わ》くようになった。蛆はいくら消毒しても、後から後から湧いた。そして、彼女は一カ月あまりの後、死んで行った。

この村へ移って四五日目に、行方不明であった中学生の甥が帰って来た。彼はあの朝、建もの疎開のため学校へ行ったが恰度《ちょうど》、教室にいた時光を見た。瞬間、机の下に身を伏せ、次いで天井が墜《お》ちて埋れたが、隙間《すきま》を見つけて這い出した。這い出して逃げのびた生徒は四五名にすぎず、他は全部、最初の一撃で駄目になっていた。彼は四五名と一緒に比治山《ひじやま》に逃げ、途中で白い液体を吐いた。それから一緒に逃げた友人の処へ汽車で行き、そこで世話になっていたのだそうだ。しかし、この甥もこちらへ帰って来て、一週間あまりすると、頭髪が抜け出し、二日位ですっかり禿《はげ》になってしまった。今度の遭難者で、頭髪が抜け鼻血が出だすと大概助からない、という説がその頃大分ひろまっていた。頭髪が抜けてから十二三日目に、甥はとうとう鼻血を出しだした。医者はその夜が既にあぶなかろうと宣告していた。しかし、彼は重態のままだんだん持ちこたえて行くのであった。

Nは疎開工場の方へはじめて汽車で出掛けて行く途中、恰度汽車がトンネルに入った時、あの衝撃を受けた。トンネルを出て、広島の方を見ると、落下傘《らっかさん》が三つ、ゆるく流れてゆくのであった。それから次の駅に汽車が着くと、駅のガラス窓がひどく壊れているのに驚いた。やがて、目的地まで達した時には、既に詳しい情報が伝わっていた。彼はその足ですぐ引返すようにして汽車に乗った。擦れ違う列車はみな奇怪な重傷者を満載していた。彼は街の火災が鎮《しず》まるのを待ちかねて、まだ熱いアスファルトの上をずんずん進んで行った。そして一番に妻の勤めている女学校へ行った。教室の焼跡には、生徒の骨があり、校長室の跡には校長らしい白骨があった。が、Nの妻らしいものは遂《つい》に見出《みいだ》せなかった。彼は大急ぎで自宅の方へ引返してみた。そこは宇品の近くで家が崩れただけで火災は免れていた。が、そこにも妻の姿は見つからなかった。それから今度は自宅から女学校へ通じる道に斃《たお》れている死体を一つ一つ調べてみた。大概の死体が打伏《うつぶ》せになっているので、それを抱き起しては首実検するのであったが、どの女もどの女も変りはてた相をしていたが、しかし彼の妻ではなかった。しまいには方角違いの処まで、ふらふらと見て廻った。水槽の中に折重なって漬《つか》っている十あまりの死体もあった。河岸《かし》に懸っている梯子《はしご》に手をかけながら、その儘《まま》硬直している三つの死骸があった。バスを待つ行列の死骸は立ったまま、前の人の肩に爪を立てて死んでいた。郡部から家屋疎開の勤労奉仕に動員されて、全滅している群も見た。西練兵場の物凄《ものすご》さといったらなかった。そこは兵隊の死の山であった。しかし、どこにも妻の死骸はなかった。

Nはいたるところの収容所を訪ね廻って、重傷者の顔を覗《のぞ》き込んだ。どの顔も悲惨のきわみではあったが、彼の妻の顔ではなかった。そうして、三日三晩、死体と火傷患者をうんざりするほど見てすごした挙句《あげく》、Nは最後にまた妻の勤め先である女学校の焼跡を訪れた。

（昭和二十二年六月号『三田文学』）

廃《はい》墟《きょ》から

八幡村へ移った当初、私はまだ元気で、負傷者を車に乗せて病院へ連れて行ったり、配給ものを受取りに出歩いたり、廿日市町《はつかいち》の長兄と連絡をとったりしていた。そこは農家の離れを次兄が借りたのだったが、私と妹とは避難先からつい皆と一緒に転がり込んだ形であった。牛小屋の蠅《はえ》は遠慮なく部屋中に群れて来た。小さな姪《めい》の首の火傷《やけど》に蠅は吸着いたまま動かない。姪は箸《はし》を投出して火のついたように泣喚《なきわめ》く。蠅を防ぐために昼間でも蚊帳《かや》が吊《つ》られた。顔と背を火傷している次兄は陰鬱《いんうつ》な顔をして蚊帳の中に寝転んでいた。庭を隔てて母屋《おもや》の方の縁側に、ひどく顔の腫《は》れ上った男の姿——そんな風な顔はもう見倦《みあき》る程見せられた——が伺われたし、奥の方にはもっと重傷者がいるらしく、床がのべてあった。夕方、その辺から妙な譫言《うわごと》をいう声が聞えて来た。あれはもう死ぬるな、と私は思った。それから間もなく、もう念仏の声がしているのであった。亡《な》くなったのは、そこの家の長女の配偶で、広島で遭難し歩いて此処《ここ》まで戻って来たのだが、床に就いてから火傷の皮を無意識にひっかくと、忽《たちま》ち脳症をおこしたのだそうだ。

病院は何時《いつ》行っても負傷者で立込んでいた。三人掛りで運ばれて来る、全身硝子《ガラス》の破片で引裂かれている中年の婦人、——その婦人の手当には一時間も暇がかかるので、私達は昼すぎまで待たされるのであった。——手押車で運ばれて来る、老人の重傷者、顔と手を火傷している中学生、——彼は東練兵場で遭難したのだそうだ。——など、何時も出喰わす顔があった。小さな姪はガーゼを取替えられる時、狂気のように泣喚く。

「痛い、痛いよ、羊羹《ようかん》をおくれ」

「羊羹をくれとは困るな」と医者は苦笑した。診察室の隣の座敷の方には、そこにも医者の身内の遭難者が担《かつ》ぎ込まれているとみえて、怪しげな断末魔のうめきを放っていた。負傷者を運ぶ途上でも空襲警報は頻々《ひんぴん》と出たし、頭上をゆく爆音もしていた。その日も、私のところの順番はなかなかやって来ないので、車を病院の玄関先に放ったまま、私は一まず家へ帰って休もうと思った。台所にいた妹が戻って来た私の姿を見ると、

「さっきから『君が代』がしているのだが、どうしたのかしら」と不思議そうに訊《たず》ねるのであった。私ははっとして、母屋の方のラジオの側《そば》へつかつかと近づいて行った。放送の声は明確にはききとれなかったが、休戦という言葉はもう疑えなかった。私はじっとしていられない衝動のまま、再び外へ出て、病院の方へ出掛けた。病院の玄関先には次兄がまだ茫然《ぼうぜん》と待たされていた。私はその姿を見ると、

「惜しかったね、戦争は終ったのに……」と声をかけた。もう少し早く戦争が終ってくれたら——この言葉は、その後みんなで繰返された。彼は末の息子を喪《うしな》っていたし、こ

こへ疎開《そかい》するつもりで準備していた荷物もすっかり焼かれていたのだった。

私は夕方、青田の中の径《みち》を横切って、八幡川の堤の方へ降りて行った。浅い流れの小川であったが、水は澄んでいて、岩の上には黒とんぼが翅《はね》を休めていた。私はシャツの儘《まま》水に浸ると、大きな息をついた。頭をめぐらせば、低い山脈が静かに黄昏《たそがれ》の色を吸収しているし、遠くの山の頂は日の光に射られてキラキラと輝いている。これはまるで嘘《うそ》のような景色であった。もう空襲のおそれもなかったし、今こそ大空は深い静謐《せいひつ》を湛《たた》えているのだ。ふと、私はあの原子爆弾の一撃からこの地上に新しく墜落して来た人間のような気持がするのであった。それにしても、あの日、饒津《にぎつ》の河原《かわら》や、泉邸の川岸で死狂っていた人間達は、――この静かな眺めにひきかえて、あの焼跡は一体いまどうなっているのだろう。新聞によれば、七十五年間は市の中央には居住できないと報じているし、人の話ではまだ整理のつかない死骸《しがい》が一万もあって、夜毎《よごと》焼跡には人魂《ひとだま》が燃えているという。川の魚もあの後二三日して死骸を浮べていたが、それを獲《と》って喰った人間は間もなく死んでしまったという。あの時、元気で私達の側に姿を見せていた人達も、その後敗血症で斃《たお》れてゆくし、何かまだ、惨として割りきれない不安が附纏《つきまと》うのであった。

食糧は日々に窮乏していた。ここでは、罹《り》災者《さいしゃ》に対して何の温かい手も差しのべられなかった。毎日毎日、かすかな粥《かゆ》を啜《すす》って暮らさねばならなかったので、私はだんだん精魂が尽きて食後は無性に睡《ねむ》くなった。二階から見渡せば、低い山脈の麓《ふもと》からずっとここまで稲田はつづいている。青く伸びた稲は炎天にそよいでいるのだ。あれは地の糧《かて》であろうか、それとも人間を飢えさすためのものであろうか。空も山も青い田も、飢えている者の眼には虚《むな》しく映った。

夜は燈火が山の麓から田のあちこちに見えだした。久し振りに見る燈火は優しく、旅先にでもいるような感じがした。食事の後片づけを済ますと、妹はくたくたに疲れて二階へ昇って来る。彼女はまだあの時の悪夢から覚めきらないもののように、こまごまとあの瞬間のことを回想しては、ブルブルと身顫《みぶるい》をするのであった。あの少し前、彼女は土蔵へ行って荷物を整理しようかと思っていたのだが、もし土蔵に這入《はい》っていたら、恐らく助からなかっただろう。私も偶然に助かったのだが、私が遭難した処《ところ》と垣一重隔てて隣家の二階にいた青年は即死しているのであった。——今も彼女は近所の子供で家屋の下敷になっていた姿をまざまざと思い浮べて戦《おのの》くのであった。それは妹の子供と同級の子供で、前には集団疎開に加わって田舎に行っていたのだが、そこの生活にどうしても馴染《なじ》めないので両親の許《もと》へ引取られていた。いつも妹はその子供が路上で遊んでいるのを見ると、自分の息子も暫《しばら》くでいいから呼戻したいと思うのであった。火の手が見えだした時、妹はその子供が材木の下敷になり、首を持上げながら、「おばさん、助けて」

と哀願するのを見た。しかし、あの際彼女の力ではどうすることも出来なかったのだ。こういう話ならいくつも転《ころが》っていた。長兄もあの時、家屋の下敷から身を匐《は》い出して立上ると、道路を隔てて向うの家の婆さんが下敷になっている顔を認めた。瞬間、それを助けに行こうとは思ったが、工場の方で泣喚く学徒の声を振切るわけにはゆかなかった。

もっと痛ましいのは嫂《あによめ》の身内であった。槇《まき》氏の家は大手町の川に臨んだ閑静な栖《すま》いで、私もこの春広島へ戻って来ると一度挨拶《あいさつ》に行ったことがある。大手町は原子爆弾の中心といってもよかった。台所で救いを求めている夫人の声を聞きながらも、槇氏は身一つで飛び出さねばならなかったのだ。槇氏の長女は避難先で分娩《ぶんべん》すると、急に変調を来たし、輸血の針跡から化膿《かのう》して遂《つい》に助からなかった。流川町《ながれかわちょう》の槇氏も、これは主人は出征中で不在だったが、夫人と子供の行方が分らなかった。

私が広島で暮したのは半年足らずで顔見知も少かったが、嫂や妹などは、近所の誰彼のその後の消息を絶えず何処《どこ》から寄せ集めて、一喜一憂していた。

工場では学徒が三名死んでいた。二階がその三人の上に墜落して来たらしく、三人が首を揃《そろ》えて、写真か何かに見入っている姿勢で、白骨が残されていたという。纔《わず》かの目じるしで、それらの姓名も判明していた。が、T先生の消息は不明であった。先生はその朝まだ工場には姿を現していなかった。しかし、先生の家は細工町のお寺で、自宅にいたにしろ、途上だったにしろ、恐らく助かってはいそうになかった。

その先生の清楚《せいそ》な姿はまだ私の目さきにはっきりと描かれた。用件があって、先生の処へ行くと、彼女はかすかに混乱しているような貌《かお》で、乱暴な字を書いて私に渡した。

工場の二階で、私は学徒に昼休みの時間英語を教えていたが、次第に警報は頻繁《ひんぱん》になっていた。爆音がして広島上空に機影を認めるとラジオは報告していながら、空襲警報も発せられないことがあった。「どうしますか」と私は先生に訊《たず》ねた。「危険そうでしたらお知らせしますから、それまでは授業していて下さい」と先生は云った。だが、白昼広島上空を旋回中という事態はもう容易ならぬことではあった。ある日、私が授業を了《お》えて、二階から降りて来ると、先生はがらんとした工場の隅にひとり腰掛けていた。その側で何か頻《しき》りに啼声《なきごえ》がした。ボール箱を覗《のぞ》くと、雛《ひな》が一杯蠢《うごめ》いていた。「どうしたのです」と訊ねると、「生徒が持って来たのです」と先生は莞爾《にっこり》笑った。

女の子は時々、花など持って来ることがあった。事務室の机にも活《い》けられたし、先生の卓上にも置かれた。工場が退《ひ》けて生徒達がぞろぞろ表の方へ引上げ、路上に整列すると、T先生はいつも少し離れた処から監督していた。先生の掌《て》には花の包みがあり、身嗜《みだしなみ》のいい、小柄な姿は凜《りん》としたものがあった。もし彼女が途中で遭難しているとすれば、あの沢山の重傷者の顔と同じように、想《おも》っても、ぞっとするような姿に変り果てたことだろう。

私は学徒や工員の定期券のことで、よく東亜交通公社へ行ったが、この春から建物疎開のため交通公社は既に二度も移転していた。最後の移転した場所もあの惨禍の中心にあった。そこには私の顔を見憶《みおぼ》えてしまった色の浅黒い、舌足らずでものを云う、しかし、賢そうな少女がいた。彼女も恐らく助かってはいないであろう。戦傷保険のことで、よく事務室に姿を現していた、七十すぎの老人があった。この老人は廿日市町にいる兄が、その後元気そうな姿を見かけたということであった。

どうかすると、私の耳は何でもない人声に脅かされることがあった。牛小屋の方で、誰かが頓狂《とんきょう》な喚きを発している、と、すぐその喚き声があの夜河原で号泣している断末魔の声を聯想《れんそう》させた。腸《はらわた》を絞るような声と、頓狂な冗談の声は、まるで紙一重のところにあるようであった。私は左側の眼の隅に異状な現象の生ずるのを意識するようになった。ここへ移ってから、四五日目のことだが、日盛《ひざかり》の路《みち》を歩いていると左の眼の隅に羽虫か何か、ふわりと光るものを感じた。光線の反射かと思ったが、日陰を歩いて行っても、時々光るものは目に映じた。それから夕暮になっても、夜になっても、どうかする度に光るものがチラついた。これはあまりおびただしい焔《ほのお》を見た所為《せい》であろうか、それとも頭上に一撃を受けたためであろうか。あの朝、私は便所にいたので、皆が見たという光線は見なかったし、いきなり暗黒が滑り墜《お》ち、頭を何かで撲《なぐ》りつけられたのだ。左側の眼蓋《まぶた》の上に出血があったが、殆《ほとん》ど無疵《むきず》といっていい位、怪我は軽かった。あの時の驚愕《きょうがく》がやはり神経に響いているのであろうか、しかし、驚愕とも云えない位、あれはほんの数秒間の出来事であったのだ。

私はひどい下痢に悩まされだした。夕刻から荒れ模様になっていた空が、夜になると、ひどい風雨となった。稲田の上を飛散る風の唸《うな》りが、電燈の点《つ》かない二階にいてはっきりと聞える。家が吹飛ばされるかもしれないというので、階下にいる次兄達や妹は母屋の方へ避難して行った。私はひとり二階に寝て、風の音をうとうとと聞いた。家が崩れる迄《まで》には、雨戸が飛び、瓦《かわら》が散るだろう、みんなあの異常な体験のため神経過敏になっているようであった。時たま風がぴったり歇《や》むと、蛙《かえる》の啼声が耳についた。それからまた思いきり、一もみ風は襲撃して来る。私も万一の時のことを寝たまま考えてみた。持って逃げるものといったら、すぐ側にある鞄《かばん》ぐらいであった。階下の便所に行く度に空を眺めると、真暗な空はなかなか白みそうにない。パリパリと何か裂ける音がした。天井の方からザラザラの砂が墜ちて来た。

翌朝、風はぴったり歇んだが、私の下痢は容易にとまらなかった。腰の方の力が抜け、足もとはよろよろとした。建物疎開に行って遭難したのに、奇蹟《きせき》的に命拾いをした中学生の甥《おい》は、その後毛髪がすっかり抜け落ち次第に元気を失っていた。そして、四肢には小さな斑点《はんてん》が出来だした。私も体を調べてみると、極く僅《わず》かだが、斑点があった。念のため、とにかく一度診て貰《もら》うため病院を訪れると、庭さきまで患者が溢《あふ》れていた。尾道《おのみち》から広島へ引上げ、大手町で遭難したという婦人がいた。髪の毛は抜けていなかったが、今朝から血の塊《かたまり》が出るという。妊《みごも》っているらしく、懶《だる》そうな顔に、底知れぬ不安と、死の近づいている兆《きざし》を湛えているのであった。

舟入川口町にある姉の一家は助かっているという報《しら》せが、廿日市の兄から伝わっていた。義兄はこの春から病臥《びょうが》中だし、とても救われまいと皆想像していたのだが、家は崩れてもそこは火災を免れたのだそうだ。息子が赤痢でとても今苦しんでいるから、と妹に応援を求めて来た。妹もあまり元気ではなかったが、とにかく見舞に行くことにして出掛けた。そして、翌日広島から帰って来た妹は、電車の中で意外にも西田と出逢《であ》った経緯《いきさつ》を私に語った。

西田は二十年来、店に雇われている男だが、あの朝はまだ出勤していなかったので、途中で光線にやられたとすれば、とても駄目だろうと想われていた。妹は電車の中で、顔のくちゃくちゃに腫《は》れ上った黒焦《くろこげ》の男を見た。乗客の視線もみんなその方へ注がれていたが、その男は割と平気で車掌に何か訊ねていた。声がどうも西田によく似ていると思って、近寄って行くと、相手も妹の姿を認めて大声で呼びかけた。その日収容所から始めて出て来たところだということであった。……私が西田を見たのは、それから一カ月あまり後のことで、その時はもう顔の火傷も乾いていた。自転車もろとも跳ね飛ばされ、収容所に担ぎ込まれてからも、西田はひどい辛酸を嘗《な》めた。周囲の負傷者は殆ど死んで行くし、西田の耳には蛆《うじ》が湧《わ》いた。「耳の穴の方へ蛆が這入ろうとするので、やりきれませんでした」と彼はくすぐったそうに首を傾けて語った。

九月に入ると、雨ばかり降りつづいた。頭髪が脱け元気を失っていた甥がふと変調をきたした。鼻血が抜け、咽喉《のど》からも血の塊をごくごく吐いた。今夜が危なかろうというので、廿日市の兄たちも枕許《まくらもと》に集った。つるつる坊主の蒼白《そうはく》の顔に、小さな縞《しま》の絹の着物を着せられて、ぐったり横《よこた》わっている姿は文楽か何かの陰惨な人形のようであった。鼻孔には棉《わた》の栓《せん》が血に滲《にじ》んでおり、洗面器は吐きだすもので真赤に染っていた。「がんばれよ」と、次兄は力の籠《こも》った低い声で励ました。彼は自分の火傷のまだ癒《い》えていないのも忘れて、夢中で看護するのであった。不安な一夜が明けると、甥はそのまま奇蹟的に持ちこたえて行った。

甥と一緒に逃げて助かっていた級友の親から、その友達は死亡したという通知が来た。兄が廿日市で見かけたという保険会社の元気な老人も、その後歯齦《はぐき》から出血しだし間もなく死んでしまった。その老人が遭難した場所と私のいた地点とは二町と離れてはいなかった。

しぶとかった私の下痢は漸《ようや》く緩和されていたが、体の衰弱してゆくことはどうにもならなかった。頭髪も目に見えて薄くなった。すぐ近くに見える低い山がすっかり白い靄《もや》につつまれていて、稲田はざわざわと揺れた。

私は昏々《こんこん》と睡りながら、とりとめもない夢をみていた。夜の燈が雨に濡《ぬ》れた田の面《も》へ洩《も》れているのを見ると頻りに妻の臨終を憶い出すのであった。妻の一周忌も近づいていたが、どうかすると、まだ私はあの棲《す》み慣れた千葉の借家で、彼女と一緒に雨に鎖《と》じこめられて暮しているような気持がするのである。灰燼《かいじん》に帰した広島の家のありさまは、私には殆ど想い出すことがなかった。が、夜明の夢ではよく崩壊直後の家屋が現れた。そこには散乱しながらも、いろんな貴重品があった。書物も紙も机も灰になってしまったのだが、私は内心の昂揚《こうよう》を感じた。何か書いて力一杯ぶつかってみたかった。

ある朝、雨があがると、一点の雲もない青空が低い山の上に展《ひろ》がっていたが、長雨に悩まされ通したものの眼には、その青空はまるで虚偽のように思われた。はたして、快晴は一日しか保たず、翌日からまた陰惨な雨雲が去来した。亡妻の郷里から義兄の死亡通知が速達で十日目に届いた。彼は汽車で広島へ通勤していたのだが、あの時は微傷だに受けず、その後も元気で活躍しているという通知があった矢さき、この死亡通知は、私を茫然《ぼうぜん》とさせた。

何か広島にはまだ有害な物質があるらしく、田舎から元気で出掛けて行った人も帰りにはフラフラになって戻って来るということであった。舟入川口町の姉は、夫と息子の両方の看病にほとほと疲れ、彼女も寝込んでしまったので、再びこちらの妹に応援を求めて来た。その妹が広島へ出掛けた翌日のことであった。ラジオは昼間から颱風《たいふう》を警告していたが、夕暮とともに風が募って来た。風はひどい雨を伴い真暗な夜の怒号と化した。私が二階でうとうと睡っていると、下の方ではけたたましく雨戸をあける音がして、田の方に人声が頻りであった。ザザザと水の軋《きし》るような音がする。堤が崩れたのである。そのうちに次兄達は母屋《おもや》の方へ避難するため、私を呼び起した。まだ足腰の立たない甥を夜具のまま抱《かか》えて、暗い廊下を伝って、母屋の方へ運んで行った。そこにはみんな起きていて不安な面持であった。その川の堤が崩れるなど、絶えて久しくなかったことらしい。

「戦争に負けると、こんなことになるのでしょうか」と農家の主婦は嘆息した。風は母屋の表戸を烈《はげ》しく揺すぶった。太い突かい棒がそこに支えられた。

翌朝、嵐《あらし》はけろりと去っていた。その颱風の去った方向に稲の穂は悉《ことごと》く靡《なび》き、山の端には赤く濁った雲が漾《ただよ》っていた。——鉄道が不通になったとか、広島の橋梁《きょうりょう》が殆ど流されたとかいうことをきいたのは、それから二三日後のことであった。

私は妻の一周忌も近づいていたので、本郷町の方へ行きたいと思った。広島の寺は焼けてしまったが、妻の郷里には、彼女を最後まで看病《みと》ってくれた母がいるのであった。が、鉄道は不通になったというし、その被害の程度も不明であった。とにかく事情をもっと確かめるために廿日市駅へ行ってみた。駅の壁には共同新聞が貼《は》り出され、それに被害情況が書いてあった。列車は今のところ、大竹・安芸中野《あきなかの》間を折返し運転しているらしく、全部の開通見込は不明だが、八本松・安芸中野間の開通見込が十月十日となっているので、これだけでも半月は汽車が通じないことになる。その新聞には県下の水害の数字も掲載してあったが、半月も列車が動かないなどということは破天荒のことであった。

広島までの切符が買えたので、ふと私は広島駅へ行ってみることにした。あの遭難以来、久し振りに訪れるところであった。五日市まではなにごともないが、汽車が己斐《こい》駅に入る頃から、窓の外にもう戦禍の跡が少しずつ展望される。山の傾斜に松の木がゴロゴロと薙倒《なぎたお》されているのも、あの時の震駭《しんがい》を物語っているようだ。屋根や垣がさっと転覆した勢をその儘《まま》とどめ、黒々とつづいているし、コンクリートの空洞や赤錆《あかさび》の鉄筋がところどころ入乱れている。横川駅はわずかに乗り降りのホームを残しているだけであった。そして、汽車は更に激しい壊滅区域に這入《はい》って行った。はじめてここを通過する旅客はただただ驚きの目を瞠《みは》るのであったが、私にとってはあの日の余燼がまだすぐそこに感じられるのであった。汽車は鉄橋にかかり、常盤橋《ときわばし》が見えて来た。焼爛《やけただ》れた岸をめぐって、黒焦の巨木は天を引搔《ひっか》こうとしているし、涯《は》てしもない燃えがらの塊《かたまり》は蜿蜒《えんえん》と起伏している。私はあの日、ここの河原で、言語に絶する人間の苦悩を見せつけられたのだが、だが、今、川の水は静かに澄んで流れているのだ。そして、欄干の吹飛ばされた橋の上を、生きのびた人々が今ぞろぞろと歩いている。饒津《にぎつ》公園を過ぎて、東練兵場の焼野が見え、小高いところに東照宮の石の階段が、何かぞっとする悪夢の断片のように閃《ひらめ》いて見えた。つぎつぎに死んでゆく夥《おびただ》しい負傷者の中にまじって、私はあの境内で野宿したのだった。あの、まっ黒の記憶は向うに見える石段にまざまざと刻みつけられてあるようだ。

広島駅で下車すると、私は宇品《うじな》行のバスの行列に加わっていた。宇品から汽船で尾道《おのみち》へ出れば、尾道から汽車で本郷に行けるのだが、汽船があるものかどうかも宇品まで行って確かめてみなければ判《わか》らない。このバスは二時間おきに出るのに、これに乗ろうとする人は数町も続いていた。暑い日が頭上に照り、日陰のない広場に人の列は動かなかった。今から宇品まで行って来たのでは、帰りの汽車に間に合わなくなる。そこで私は断念して、行列を離れた。

家の跡を見て来ようと思って、私は猿猴橋《えんこうばし》を渡り、幟町《のぼりちょう》の方へまっすぐに路《みち》を進んだ。左右にある廃墟《はいきょ》が、何だかまだあの時の逃げのびて行く気持を呼起すのだった。京橋にかかると、何もない焼跡の堤が一目に見渡せ、ものの距離が以前より遥《はる》かに短縮されているのであった。そういえば累々たる廃墟の彼方《かなた》に山脈の姿がはっきり浮び出ているのも、先程から気づいていた。どこまで行っても同じような焼跡ながら、夥しいガラス壜《びん》が気味悪く残っている処《ところ》や、鉄兜《てつかぶと》ばかりが一ところに吹寄せられている処もあった。

私はぼんやりと家の跡に佇《たたず》み、あの時逃げて行った方角を考えてみた。庭石や池があざやかに残っていて、焼けた樹木は殆ど何の木であったか見わけもつかない。台所の流場のタイルは壊れないで残っていた。栓は飛散っていたが、頻《しき》りにその鉄管から今も水が流れているのだ。あの時、家が崩壊した直後、私はこの水で顔の血を洗ったのだった。いま私が佇んでいる路には、時折人通りもあったが、私は暫《しばら》くものに憑《つ》かれたような気分でいた。それから再び駅の方へ引返して行くと、何処《どこ》からともなく、宿なし犬が現れて来た。そのものに脅えたような燃える眼は、奇異な表情を湛《たた》えていて、前になり後になり迷い乍《なが》ら従《つ》いてくるのであった。

汽車の時間まで一時間あったが、日陰のない広場にはあかあかと西日が溢れていた。外郭だけ残っている駅の建物は黒く空洞で、今にも崩れそうな印象を与えるのだが、針金を張巡らし、「危険につき入るべからず」と貼紙が掲げてある。切符売場の、テント張りの屋根は石塊《いしくれ》で留めてある。あちこちにボロボロの服装をした男女が蹲《うずくま》っていたが、どの人間のまわりにも蠅《はえ》がうるさく附纏《つきまと》っていた。蠅は先日の豪雨でかなり減少した筈《はず》だが、まだまだ猛威を振っているのであった。が、地べたに両足を投出して、黒いものをパクついている男達はもうすべてのことがらに無頓着になっているらしく、「昨日は五里歩いた」「今夜はどこで野宿するやら」と他人事のように話合っていた。私の眼の前にきょとんとした顔つきの老婆《ろうば》が近づいて来て、

「汽車はまだ出ませんか、切符はどこで切るのですか」と剽軽《ひょうきん》な調子で訊《たず》ねる。私が教えてやる前に、老婆は「あ、そうですか」と礼を云って立去ってしまった。これも調子が狂っているにちがいない。下駄ばきの足をひどく腫《は》らした老人が、連れの老人に対《むか》って何か力なく話しかけていた。

私はその日、帰りの汽車の中でふと、呉線は明日から試運転をするということを耳にしたので、その翌々日、呉線経由で本郷へ行くつもりで再び廿日市の方へ出掛けた。が、汽車の時間をとりはずしていたので、電車で己斐へ出た。ここまで来ると、一そ宇品へ出ようと思ったが、ここからさき、電車は鉄橋が墜《お》ちているので、渡舟によって連絡していて、その渡しに乗るにはものの一時間は暇どるということをきいた。そこで私はまた広島駅に行くことにして、己斐駅のベンチに腰を下ろした。

その狭い場所は種々雑多の人で雑沓《ざっとう》していた。今朝尾道から汽船でやって来たという人もいたし、柳井津で船を下ろされ徒歩でここまで来たという人もいた。人の言うこと

はまちまちで分らない、結局行ってみなければどこがどうなっているのやら分らない、と云いながら人々はお互に行先のことを訊ね合っているのであった。そのなかに大きな荷を抱《かか》えた復員兵が五六人いたが、ギロリとした眼つきの男が袋をひらいて、靴下に入れた白米を側にいるおかみさんに無理矢理に手渡した。

「気の毒だからな、これから遺骨を迎えに行くときいては見捨ててはおけない」と彼は独言《ひとりごと》を云った。すると、

「私にも米を売ってくれませんか」という男が現れた。ギロリとした眼つきの男は、

「とんでもない、俺達は朝鮮から帰って来て、まだ東京まで行くのだぜ、道々十里も二十里も歩かねばならないのだ」と云いながら、毛布を取出して、「これでも売るかな」と呟《つぶや》くのであった。

広島駅に来てみると、呉線開通は虚報であることが判った。私は茫然としたが、ふと舟入川口町の姉の家を見舞おうと思いついた。八丁堀から土橋まで単線の電車があった。土橋から江波の方へ私は焼跡をたどった。焼け残りの電車が一台放置してあるほかは、なかなか家らしいものは見当らなかった。漸く畑が見え、向うに焼けのこりの一郭が見えて来た。火はすぐ畑の側まで襲って来ていたものらしく、際《きわ》どい処で、姉の家は助かっている。が、塀は歪《ゆが》み、屋根は裂け、表玄関は散乱していた。私は裏口から廻って、縁側のところへ出た。すると、蚊帳《かや》の中に、姉と甥《おい》と妹とその三人が枕を並べて病臥し

ているのであった。手助に行ってた妹もここで変調をきたし、二三日前から寝込んでいるのだった。姉は私の来たことを知ると、

「どんな顔をしてるのか、こちらへ来て見せて頂だい、あんたも病気だったそうだが」

と蚊帳の中から声をかけた。

話はあの時のことになった。あの時、姉たちは運よく怪我《けが》もなかったが、甥は一寸《ちょっと》負傷したので、手当を受けに江波まで出掛けた。ところが、それが却《かえ》っていけなかったのだ。道々、もの凄《すご》い火傷者を見るにつけ、甥はすっかり気分が悪くなってしまい、それ以来元気がなくなったのである。あの夜、火の手はすぐ近くまで襲って来るので、病気の義兄は動かせなかったが、姉たちは壕《ごう》の中で戦《おの》きつづけた。それからまた、先日の颱《たい》風《ふう》もここでは大変だった。壊れている屋根が今にも吹飛ばされそうで、水は漏り、風は仮借なく隙間《すきま》から飛込んで来、生きた気持はしなかったという。今も見上げると、天井の墜ちて露出している屋根裏に大きな隙間があるのであった。まだ此処《ここ》では水道も出ず、電燈も点《つ》かず、夜も昼も物騒《ぶっそう》でならないという。

私は義兄に見舞を云おうと思って隣室へ行くと、壁の剝《お》ち、柱の歪んだ部屋の片隅に小さな蚊帳が吊《つ》られて、そこに彼は寝ていた。見ると熱があるのか、赤くむくんだ顔を茫然とさせ、私が声をかけても、ただ「つらい、つらい」と義兄は喘《あえ》いでいるのであった。

私は姉の家で二三時間休むと、広島駅に引返し、夕方廿日市へ戻ると、長兄の家に立寄った。思いがけなくも、妹の息子の史朗がここへ来ているのであった。彼が疎開していた処も、先日の水害で交通は遮断《しゃだん》されていたが、先生に連れられて三日がかりで此処まで戻って来たのである。膝《ひざ》から踵《かかと》の辺まで、蚤《のみ》にやられた傷跡が無数にあったが、割と元気そうな顔つきであった。明日彼を八幡村に連れて行くことにして、私はその晩長兄の家に泊めてもらった。が、どういうものか睡苦《ねぐる》しい夜であった。焼跡のこまごました光景や、茫然とした人々の姿が睡れない頭に甦《よみがえ》って来る。八丁堀から駅までバスに乗った時、ふとバスの窓に吹込んで来る風に、妙な臭《にお》いがあったのを私は思い出した。あれは死臭にちがいなかった。あけがたから雨の音がしていた。翌日、私は甥を連れて雨の中を八幡村へ帰って行った。私についてとぼとぼ歩いて行く甥は跣《はだし》であった。

嫂《あによめ》は毎日絶え間なく、亡《な》くした息子のことを嘆いた。びしょびしょの狭い台所で、何かしながら呟いていることはそのことであった。もう少し早く疎開していたら荷物だって焼くのではなかったのに、と殆《ほとん》ど口癖になっていた。黙ってきいている次兄は時々思いあまって怒鳴ることがある。妹の息子は飢えに戦きながら、蝗《いなご》など獲《と》って喰った。次兄の息子も二人、学童疎開に行っていたが、汽車が不通のためまだ戻って来なかった。長い悪い天気が漸く恢復《かいふく》すると、秋晴の日が訪れた。稲の穂が揺れ、村祭の太鼓の音が響いた。堤の路を村の人達は夢中で輿《こし》を担《かつ》ぎ廻ったが、空腹の私達は茫然と見送るのであった。ある朝、舟入川口町の義兄が死んだと通知があった。

私と次兄は顔を見あわせ、葬式へ出掛けてゆく支度をした。電車駅までの一里あまりの路を川に添って二人はすたすた歩いて行った。とうとう亡くなったか、と、やはり感慨に打たれないではいられなかった。

私がこの春帰郷して義兄の事務所を訪れた時のことがまず目さきに浮んだ。彼は古びたオーバーを着込んで、「寒い、寒い」と顫《ふる》えながら、生木の燻《くすぶ》る火鉢《ひばち》に獅嚙《しが》みついていた。言葉も態度もひどく弱々しくなっていて、滅《めっ》きり老い込んでいた。それから間もなく寝つくようになったのだ。医師の診断では肺を犯されているということであったが、彼の以前を知っている人にはとても信じられないことではあった。ある日、私が見舞に行くと、急に白髪の増えた頭を持あげ、いろんなことを喋《しゃべ》った。彼はもうこの戦争が惨《さん》敗《ぱい》に近づいていることを予想し、国民は軍部に欺《あざむ》かれていたのだと微《かす》かに悲憤の声を洩《も》らすのであった。そんな言葉をこの人の口からきこうとは思いがけぬことであった。日華事変の始った頃、この人は酔っぱらって、ひどく私に絡《から》んで来たことがある。長い間陸軍技師をしていた彼には、私のようなものはいつも気に喰わぬ存在と思えたのであろう。私はこの人の半生を、さまざまのことを憶《おぼ》えている。この人のことについて書けば限りがないのであった。

私達は己斐に出ると、市電に乗替えた。市電は天満町まで通じていて、そこから仮橋を渡って向岸へ徒歩で連絡するのであった。この仮橋もやっと昨日あたりから通れるようになったものと見えて、三尺幅の一人しか歩けない材木の上を人はおそるおそる歩いて行くのであった。（その後も鉄橋はなかなか復旧せず、徒歩連絡のこの地域には闇市《やみいち》が栄えるようになったのである。）私達が姉の家に着いたのは昼まえであった。

天井の墜ち、壁の裂けている客間に親戚《しんせき》の者が四五人集っていた。姉は皆の顔を見ると、「あれも子供達に食べさせたいばっかしに、自分は弁当を持って行かず、雑炊食堂を歩いて昼餉《ひるげ》をすませていたのです」と泣いた。義兄は次の間に白布で被《おお》われていた。その死顔は火鉢の中に残っている白い炭を聯想《れんそう》さすのであった。

遅くなると電車も無くなるので、火葬は明るいうちに済まさねばならなかった。近所の人が死骸《しがい》を運び、準備を整えた。やがて皆は姉の家を出て、そこから四五町さきの畑の方へ歩いて行った。畑のはずれにある空地《あきち》に義兄は棺もなくシイツにくるまれたまま運ばれていた。ここは原子爆弾以来、多くの屍体《したい》が焼かれる場所で、焚《たき》つけは家屋の壊れた破片が積重ねてあった。皆が義兄を中心に円陣を作ると、国民服の僧が読経《どきょう》をあげ、藁《わら》に火が点けられた。すると十歳になる義兄の息子がこの時わーッと泣きだした。火はしめやかに材木に燃え移って行った。雨もよいの空はもう刻々と薄暗くなっていた。私達はそこで別れを告げると、帰りを急いだ。

私と次兄とは川の堤に出て、天満町の仮橋の方へ路を急いだ。足許《あしもと》の川はすっかり暗くなっていたし、片方に展《ひろ》がっている焼跡には灯一つも見えなかった。暗い小寒い路が長かった。どこからともなしに死臭の漾《ただよ》って来るのが感じられた。このあたり家の下敷になった儘とり片づけてない屍体がまだ無数にあり、蛆《うじ》の発生地となっているということを聞いたのはもう大分以前のことであったが、真黒な焼跡は今も陰々と人を脅かすようであった。ふと、私はかすかに赤ん坊の泣声をきいた。耳の迷いでもなく、だんだんその声は歩いて行くに随《したが》ってはっきりして来た。勢のいい、悲しげな、しかし、これは何という初々《ういうい》しい声であろう。このあたりにもう人間は生活を営み、赤ん坊さえ泣いているのであろうか。何ともいいしれぬ感情が私の腸を抉《えぐ》るのであった。

槙《まき》氏は近頃上海《シャンハイ》から復員して帰って来たのですが、帰ってみると、家も妻子も無くなっていました。で、廿日市町の妹のところへ身を寄せ、時々、広島へ出掛けて行くのでした。あの当時から数えてもう四カ月も経《た》っている今日、今迄行方不明の人が現れないとすれば、もう死んだと諦《あきら》めるよりほかはありません。槙氏にしてみても、細君の郷里をはじめ心あたりを廻ってはみましたが、何処でも悔みを云われるだけでした。流川《ながれかわ》の家の焼跡へも二度ばかり行ってみました。罹災者《りさいしゃ》の体験談もあちこちで聞かされました。

実際、広島では今でも何処かで誰かが絶えず八月六日の出来事を繰返し繰返し喋《しゃべ》っているのでした。行方不明の妻を探すために数百人の女の死体を抱き起して首実検してみたところ、どの女も一人として腕時計をしていなかったという話や、流川放送局の前に伏さって死んでいた婦人は赤ん坊に火のつくのを防ぐような姿勢で打伏《うつぶせ》になっていたという話や、そうかと思うと瀬戸内海のある島では当日、建物疎開の勤労奉仕に村の男子が全部動員されていたので、一村挙《こぞ》って寡婦《かふ》となり、その後女房達は村長のところへ捻《ね》じ込んで行ったという話もありました。槙氏は電車の中や駅の片隅で、そんな話をきくのが好きでしたが、広島へ度々出掛けて行くのも、いつの間にか習慣のようになりました。自然、己斐駅や広島駅前の闇市にも立寄りました。が、それよりも、焼跡を歩きまわるのが一種のなぐさめになりました。以前はよほど高い建ものにでも登らない限り見渡せなかった、中国山脈がどこを歩いていても一目に見えますし、瀬戸内海の島山の姿もすぐ目の前に見えるのです。それらの山々は焼跡の人間達を見おろし、一体どうしたのだ？　と云わんばかりの貌《かお》つきです。しかし、焼跡には気の早い人間がもう粗末ながらバラックを建てはじめていました。軍都として栄えた、この街が、今後どんな姿で更生するだろうかと、槙氏は想像してみるのでした。すると緑樹にとり囲まれた、平和な、街の姿がぼんやりと浮ぶのでした。あれを思い、これを思い、ぼんやりと歩いていると、槙氏はよく見知らぬ人から挨拶《あいさつ》されました。ずっと以前、槙氏は開業医をしていたので、もしかしたら患者が顔を憶えていてくれたのではあるまいかとも思われましたが、それにしても何だか変なのです。

最初、こういうことに気附いたのは、たしか、己斐から天満橋へ出る泥濘《ぬかるみ》を歩いている時でした。恰度《ちょうど》、雨が降りしきっていましたが、向うから赤錆《あかさ》びたトタンの切れっぱしを頭に被《かぶ》り、ぼろぼろの着物を纏《まと》った乞食《こじき》らしい男が、雨傘《あまがさ》のかわりに翳《かざ》しているトタンの切れから、ぬっと顔を現しました。そのギロギロと光る眼は不審げに、槙氏の顔をまじまじと眺め、今にも名乗をあげたいような表情でした。が、やがて、さっと絶望の色に変り、トタンで顔を隠してしまいました。

混み合う電車に乗っていても、向うから頻《しき》りに槙氏に対《むか》って頷《うなず》く顔があります。ついうっかり槙氏も頷きかえすと、「あなたはたしか山田さんではありませんでしたか」などと人ちがいのことがあるのです。この話をほかの人に話したところ、見知らぬ人から挨拶されるのは、何も槙氏に限ったことでないことがわかりました。実際、広島では誰かが絶えず、今でも人を捜し出そうとしているのでした。

（昭和二十二年十一月号『三田文学』）

III

火の唇《くちびる》

いぶきが彼のなかを突抜けて行った。一つの物語は終ろうとしていた。世界は彼にとってまだ終ろうとしていなかった。すべてが終るところからすべては新しく始る、すべてが終るところからすべては新しく……と繰返しながら彼はいつもの時刻にいつもの路《みち》を歩いていた。女はもういなかった、手袋を外して彼のために別れの握手をとりかわした女は。……あの掌《てのひら》の感触は熱かったのだろうか、冷やりとしていたのだろうか……彼はオーバーのポケットに突込んでいる両手を内側に握り締めてみた。が何ものも把《とら》えることは出来なかった。影のような女だったのだが、彼もまた女にとって影のような男にすぎなかったのだ。影と影はひっそりとした足どりで濠端《ほりばた》に添う鋪道《ほどう》を歩いていた。そして、最後にたった一度、別れの握手をとりかわした、たったそれだけの交渉にすぎなかった、淋《さび》しい淋しい物語だった。

いぶきが彼のなかを突抜けて行く。淋しい淋しい物語の後を追うように、彼は濠端に添う鋪道を歩いて行く。枯れた柳の木の柔かな影や、傍《かたわら》にある静かな水の姿が彼をうっとりと涙ぐまそうとする。すべてが終るところから、すべては新しく……彼はくるりと靴の踵《かかと》をかえして、胸を張り眼を見ひらく。と、風景も彼にむかって、胸を張り眼を見ひらいてくる。決然と分岐する鋪装道路や高層ビルの一聯《れん》が、その上に展《ひろ》がる茜色《あかねいろ》の水々しい空が、突然、彼に壮烈な世界を投げかける。世界はまだ終ってはいないのだ。世界はあの時もまた新しく始ろうとしていた。あの時……原子爆弾で破滅した、あの街は、銀色に燻《くすぶ》る破片と赤く爛《ただ》れた死体で酸鼻《さんび》を極めていた。傾いた夏の陽ざしで空は夢のように茫《ぼう》と明るかった。橋梁《きょうりょう》は崩れ堕《お》ちず不思議と川の上に残されていた。その橋の上を生存者の群がぞろぞろと通過した。その橋の上で颯爽《さっそう》と風に頭髪を翻《ひるがえ》しながら自転車でやって来る若い健康そうな女を視《み》た。それは悲惨に抵抗しようとする生存者の奇妙なリズムを含んでいた。だが、その瞬間から、彼の脳裏に何か焦点ははっきりとしないが、広漠たる空間を横切る新しい女の幻影が閃《ひらめ》いた。

イヴ

ニュー・イヴ

イヴは今も彼が見上げる空の一角を横切ってゆくようだ。茜色の水々しい空には微《かす》かに横雲が浮んでいて、それは広島の惨劇の跡の、あの日の空と似てくる。いぶきが彼のなかを突抜けてゆく。

彼がその女と知遇《しりあ》ったのは、ある会合の席上であった。火の気のないビルの一室は煙で濛々《もうもう》と悲しそうだった。女は赤いマフラをしていた。その眼はビルの窓ガラスのように冷たかった。二度目に遇ったのも、やはりその侘《わび》しいビルの一室であった。会合が終ったとき女がはじめて彼に口をきいた。それから駅まで一緒に歩いた。

「わたしと交際《つきあ》ってみて下さい。またいつかお会い致しましょう」

みて下さい……という言葉が彼の意識に絡《から》まった。が、彼はさり気なく冷やかに肯《うなず》いた。冷やかに……だが、その頃、彼は身を置ける一つの部屋さえ持てず、転々と他人の部屋に割込んで暮していた。そんな部屋の片隅でノートに書いていた。

〈踏みはずすべき階段もなく、足は宙に浮いている。もしかすると彼は墜落しているのだろうか。だが、彼の眼は真さかさまに上を向いていて、墜落してゆく体と反対に、ぐんぐん上の方へ釣上げられてゆく。絶叫もきこえない。歓声も湧《わ》かない、すべては宙に浮んだまま。(無限階段)〉

女は彼と反対側の電車で帰った。淋しそうな女だが、とにかくああして帰って行く場所はあるのかと、何となしに彼は吻《ほっ》とした。人間が地上にはっきりした巣をもっていること(それは妻が生きていた頃なら別に不思議でもなかったが)今では彼にとって殆《ほとん》ど驚異に近かった。あの時……彼の頭上に真暗なものが崩れ落ちるとその時から、彼には空間が殆ど絶え間なく波のように揺れ迫った。その時から、彼は地上の巣を喪《うしな》い、空間はひっきりなしに揺れ返ったのだ。……火焔《かえん》のなかを突切って、河原まで逃げて来ると、そこには異形《いぎょう》の裸体の重傷者がずらりと並んでいる。彼はそのなかから変りはてた少女を見つける。それは兄の家の女中なのだ。彼はその時から、苦しがる少女に附添って面倒をみる。ふくふくに腫《は》れ上った四肢を支えてやると、少女の軀《からだ》とも思えぬほど無気味だが、水を欲しがる唇《くちびる》は嬰児《えいじ》のように哀れだ。やがて、二晩の野宿の挙句《あげく》、彼は傷《きずつ》いた兄の家族と一緒に寒村の農家に避難する。だが、この少女だけは家に収容しきれず村の収容所に移される。ある日、彼はその女中のために蒲団《ふとん》を持って収容所を訪れる。板の間の筵《むしろ》の上にごろごろしている重傷者のなかに黒く腫れ上った少女の顔がある。その眼が、彼の姿を認めると、眼だけが少女らしくパッと甦《よみがえ》る。

「連れて帰って下さい、連れて帰って、みんなのところへ」

その眼は、眼だけで彼にとり縋《すが》ろうとしていた。

「それはそうしてあげたいのだが……」

彼はかすかに泣くように呟《つぶや》くと、持って来た蒲団をおくと、まるで逃げるようにして立去る。その後、少女は死亡したのだ。だが、あの悲しげな少女の眼つきはいつまでも彼のなかに突立っていた。

わたしと交際ってみて下さいと約束して、反対の方向に駅で別れた女の眼つきを彼は思い出そうとしていた。その眼は祈りを含んだ眼だろうか、彼のなかに突立ってくるだろうか、……何か揺れ返る空間の波間にみた幻のようにおもえた。

轟音《ごうおん》もろとも船は転覆する。巨濤《きょとう》が人間を攫《さら》い閃光《せんこう》が闇《やみ》を截切《たちき》る。あたり一めん人間の叫喚……。叫ぶように波を掻《か》き分け、喚《わめ》くように波に押されながら、恐しい渦のなかに彼はいる。しぶきが頬桁《ほおげた》を撲《なぐ》り、水が手足を捥《も》ぎとろうとする、刻々に苦しくなってゆく波に、ふと仄明《ほのあか》りに漾《ただよ》っているボートが映る。と、その方向へひたすら、そこへ、一インチ、一インチとすべてが蠕動《ぜんどう》してゆく。が、漸《ようや》く近づいたボートは既に遭難者で一杯なのだ。彼は無我夢中でボートの端に手を掛ける。と、忽《たちま》ち頭上で鋭い怒声がする。

「離せ！　この野郎！」

だが、彼は必死で船の方へ匍《は》い上ろうとする。

「こん畜生！　その手をぶった切るぞ！」

いま相手はほんとに鉈《なた》を振上げて彼の手を覘《ねら》っているのだ。彼は縋りつくように、その男の眼を波間から見上げる。眼だけで、縋りつくように、波間から……波間から……波間から……。

宿なしの彼は同室者に対する気兼ねから、饑《ひも》じい体を鞭《むち》打ちながら、いつも用ありげに巷《ちまた》の雑沓《ざっとう》のなかを歩いていた。金はなく、彼の関係している雑誌も久しく休刊したままだった。知人のKが所有するビルの一室が、もしかすると貸してもらえるかもしれないという微かな望みがあったが、いつも波間に漾っているような気持で雑沓のなかを歩いていた。……彼の歩いてゆく前面から冬の斜陽がたっぷり降り灑《そそ》ぎ、人通りは密になっていた。省線駅の広場の方まで来ていたのだ。その時、恰度《ちょうど》電車から吐き出された群衆が、改札口から広場へ散って行くのだった。彼は何気なく一塊りの動く群に眼を振向けてみた。と、何か動く群のなかにピカッと一直線に閃くものがあった。赤いマフラをした女の眼だ。……あの女かもしれないと思った瞬間、彼はもう視線を他へ外《そ》らしていた。が、ものの三十秒とたたないうちに、彼は後から呼び留められていた。

「平井さん……かしらと思いました」

女はそう云ったまま笑おうとしなかった。彼も無表情に立っていた。

「今日はこれから訪ねて行くところがあるので失礼致しますが、またそのうちにお逢《あ》いできるでしょう」

ふと女は忙しそうに立去って行った。彼も呼び留めようとはしなかった。

そのビルの一室が開けてもらえるかどうかはっきりしなかったが、彼の全財産を積んだ一台のリヤカーはもうその建物の前に停《とま》っていた。彼は運送屋と一緒にそのビルの扉を押して、事務室らしい奥の方へ声をかけた。濛々と煙るその煙のなかに人間の顔がぐらぐら揺いだ。彼の前に出て来た小柄の老人は冷然と彼を見下して云った。

「部屋なんか開ける約束になっていない」

彼はドキリとした。とにかくKに逢ってみれば解《わか》ることだが、荷物だけでもここへ置かしてもらわねば、差当って他へ持って行ける所もなかった。

「それなら土間のところへ勝手に置きなさい」

夜具と行李《こうり》とトランクが土間に放り出されると、彼はとにかく往来へ出て行った。忽ち揺れ返る空間が大きくなっていた。鉈を振るって彼の手首を断ち切ろうとするのが、先刻の老人のようにおもえたりする。ふらふら歩いて行くうち、ふと彼は知人のKが弁護士らしい男と連れだっているのに出喰わした。Kはその所有しているビルを他に貸していたが、その半分を自分の側に開け渡さすため前々から交渉に交渉を重ねていた。約束の日は今日だった。日が暮れかかる頃、漸く二階の一室が譲渡された。その時から、彼はその二階の一室を貸してもらったのだが。……揺れ返るものは絶えずその部屋を包囲していた。襖《ふすま》と廊下を隔てて向側にある事務所は電話の叫喚と足音に入り乱れ、人間が人間を捻《ね》じ伏せたり、人間が人間を撫《な》でまくる、さまざまのアクセントを放つ。男も女もそれは一塊りの声であり、バラバラの音響なのだ。彼と何のかかわりもない、それらの一群が夕方退去すると、今度は灯の消えた廊下を鼠《ねずみ》の一群が跳梁《ちょうりょう》する。それから、彼が外食に出掛けたり、近所にある雑誌社に立寄ると、街が、活字が、音楽が、何かを煽《あお》り、何かが何かと交錯して来た。

そのビルの一室に移ってから、彼はあの淋しげな女とよく出逢うようになっていた。

女の勤先があまり遠くない所にあるのも彼には分った。電車通りから少し外《はず》れると、人通りの少い静かな道路がある。時々、そんな路を女はふらりと歩いていることがあった。路でばったりと彼と出逢うと、女はすぐ人懐《ひとなつこ》そうに彼に従《つ》いて歩いた。彼は殆ど黙って歩いた。

「お忙しいでしょう、失礼します」

女は曲角ですらりと離れる。それからお辞儀をして、小刻に歩いて行く。忙しそうなものに掻き立てられてゆく後姿だけが彼の眼に残った。何度、行逢っても、あっけない遭遇にすぎなかったが、女は人混みのなかでも彼の姿をすぐ見わけた。女が雑沓のなかに消え去ると、……揺れ返る空間の波が忽ち大きくなる。ああして、女がこの世に一人存在していること、それは一たい何なのだ？　そして今ここで何なのだと僕が思考していること、それは一たい僕にとって何なのだ？　と急にパセチックな波が昂《たか》まって、この世に苦しむものの、最後の最後の一番最後のものの姿がパッと閃光を放つ。

……火の唇……火の唇

ふと彼はその頃、書きたいと思っている一つの小説の囁《ささや》きをきいたようにおもった。

……………………………………………………………

燃え狂う真紅の焔《ほのお》が鎮《しず》まったかとおもうと、やがて、あの冷たい透き徹《とお》った不思議な焔がやって来た。飢餓の焔だ。兄の一家族や寡婦《かふ》の妹と一緒に農家に避難した僕は、それから後、絶えずこのしぶとい悲しい焔に包囲されていた。それは台所の汚れかえった畳の上でも、煤《すす》けた穴だらけの障子の蔭《かげ》でもめらめらと燃えた。それから青田の上でも、向うに見える山の上でもめらめらと透き徹る焔はゆらいだ。空間が小刻みに顫《ふる》えて、頭の芯《しん》が茫として来る。このような時――人間は何を考えるのか――このような時、人間は人間の……人間の白い牙《きば》がさっと現れた。妹と嫂《あによめ》は絶えず何ごとか云って争っていた。

「口惜《くや》しくて、口惜しくて、あの嫁を喰いちぎってやりたい」

飢えてはいない隣家の農婦が庭さきで歯ぎしりしていた。その言葉は、しかし、ぴしりと僕を打った。喰いちぎってやりたい……人間が人間を喰いちぎる……一瞬にして変《へん》貌《ぼう》する女の顔がパッと僕のなかで破裂したようだった。

悲しげな無数の焔に包囲されて、僕が身動きもできないでいる時、しかし、人々は軽ろやかに動いていた。爆心地で罹《り》災《さい》して毛髪がすっかり脱けた親戚《しんせき》の男は、田舎の奥で奇《き》蹟《せき》的に健康をとり戻し、惨劇の年がまだ明けないうちに、田舎から新しい細君を娶《めと》った。無数の変り果てた顔の渦巻いていた廃墟《はいきょ》を、無数の生存者が歩き廻った。廃墟の泥《でい》濘《ねい》の上の闇市は祭日のようであった。人々はよろめきながら祭日をとり戻したのだろうか。僕もよろめきながら見て歩いた。今にもぶっ倒れそうな痩男《やせおとこ》がひらひらと紙幣を屋台に差出し、手で把《つか》んだものをもう口に入れていた。めらめらとゆらぐ焔は到《いた》る処《ところ》にあった。復員者はそこここに戻って来て、崩壊した駅は雑沓して賑《にぎ》わった。その妻子を閃光で攫われた男は晴着を飾る新妻《にいづま》を伴って歩いていた。速やかに、軽ろやかに、何気なく、そこここに新しい巣が営まれた。

「もう決して何も信じません。自分自身も……」

罹災を免れ家も壊されなかった中年女は誇らかに嘯《うそぶ》くのだが。……寡婦の妹は絶えず飢餓からの脱出を企てていた。リュックを背負う両窶《おもやつ》れした顔は、若々しい力を潜め、それが生きてゆくための最後の抗議、堕ちて来る火の粉を払おうとする表情となっていた。だがどうかすると、それは血まみれの亡者の面影に見入って、キャッと叫ぶ最後の眼の色になっている。悶《もだ》え苦しむ眼つきで、この妹が僕に同情してくれると僕はぞっとした。たしかにその眼は、もうあの白骨の姿を僕のうちに予想する眼だった。

だが、その年が明けると、その妹にも急に再縁の話が持ち上っていた。その話をはじめてきいた日、僕は村の入口の橋のところで、リュックを背負ってやって来る妹とぱったり出逢った。立話をしているうちに僕はふと涙が滲《にじ》んで来た。(涙が？　それは後で考えてみると、人間一人飢死を免れたのを悦《よろこ》ぶ涙らしかった。)だが、その僕はまだ助かってはいなかった。焔は迫って来た。滅茶苦茶にあがき廻った挙句、僕は東京の友人のところへ逃げ込んだ。

だが、僕を迎えてくれた友人の家も忽ち不思議な焔に包囲された。飢餓の火はじりじりと燻《くす》んで、人間の白い牙はさっと現れた。一瞬にして、人間の顔は変貌する。人間は一瞬の閃光で変貌する。長い長い不幸が人間を変貌させたところで、何の不思議や嘆きがあろう。——日夜、その家の細君のいかつい顔つきに脅《おび》えながら僕はひとり心に囁いていた。

紅の衣服にて育てられし者も今は塵堆《じんたい》を抱く……乞食《こじき》のような足どりで、僕は雑沓のなかや、焼跡の路を歩いた。焼跡の塵堆に僕の眼はくらくらし、ひだるい膝《ひざ》は前につんのめりそうだった。と頭上にある青空が、さっと透き徹って光を放つ。(この心の疼《うず》き、この幻想のくるめき)僕は眼も眩《くら》むばかりの美しい世界に視入《みい》ろうとした。

それから、僕を置いてくれていたその家の主人は、ある日旅に出かけると、それきり帰って来なかった。暫《しば》くして、その友人は旅先で愛人を得ていて、もう東京へは戻って来ないことが判《わか》った。それから僕はその家を立退《たちの》かねばならなかった。それから僕は宿なしの身になっていたのだが、それから……。苦悩が苦悩を追って行く。——つみかさなる苦悩にむかって跪《ひざまず》き祈る女がいた。

「一度わたしは鏡でわたしの顔を見せてもらった。あれはもうわたしではなかった。わたしではない顔のわたしがそんなにもう怕《こわ》くはなかった。怕いということまでもうわたしからは無くなっているようだ。わたしが滅びてゆく。わたしの糜爛《びらん》した乳房や右の肘《ひじ》が、この連続する痛みが、痛みばかりが、今はわたしなのだろうか。

あのときサッと光が突然わたしの顔を斬《き》りつけた。あっと声をあげたとき、たしかわたしの右手はわたしの顔を庇《かば》おうとしていた。顔と手を同時に一つの速度が滑り抜けた。あっと思いながらわたしはよろめいた。倒れてはいなかった。倒れてはいないのがわかった。なにかが走り抜けたあとの速さだけがわたしの耳もとで唸《うな》る。わたしの眼は、わたしが眼をあけたとき、濛々《もうもう》としているものが静まって、崩れ落ちたものがしーんとしていた。どこかで無数の小さな喚きが伝わってくる。風のようなものは通りすぎていたのに、風のようなものの唸りがまだ迫ってくる。あのとき、すべてはもう終っているのだ。だのに、これから何か始りそうで、そわそわしたものがわたしのなかで揺れうごいた。……」

「火の唇」の書きだしを彼はノートに誌《しる》していたが、惨劇のなかに死んでゆくこの女性は一たい誰なのか、はっきりしなかった。が、独白の囁きは絶えず聞えた。永遠の相《すがた》に視入りながら、死の近づくにつれて、心の内側に澄み亘《わた》ってくる無限の展望。……突如、生の歓喜が、それは電撃の如《ごと》くこの女を襲い、疾風よりも烈《はげ》しくこの女を揺さぶる。まさに、その音楽はこの女を打砕こうとする。ああ、一人の女の胸に、これほどの喜びが、これほどの喜びが許されていていいので御座いましょうか、と、その女は感動している自分に感涙しながら跪く。と、時は永遠に停止し、それからまたゆるやかに流れだす。

こんな情景を追いながらも、彼は絶えず生活に追詰められていた。それから長く休刊だった雑誌が運転しだすと急に気忙《きぜわ》しさが加わった。雑誌社は何時《いつ》出かけて行っても、来訪者が詰めかけていたし、原稿は机上に山積していた。いろんな人間に面会したり、雑多な仕事を片づけてゆくことに何か興奮の波があった。その波が高まると、よく彼は「人間が人間を揉《も》み苦茶《くちゃ》にする」と悲鳴をあげた。

（人間が人間を……。昔、僕は人間全体に対して、まるで処女のように戦《おのの》いていた。人間の顔つき、人間の言葉・身振・声、それらが直接僕の心臓を収縮させ、僕の視野を歪《ゆが》めてふるえさせた。一人でも人間が僕の眼の前にいたとする、と忽ち何万ボルトの電流が僕のなかに流れ、神経の火花は顔面に散った。僕は人間が滅茶苦茶に怕かったのだ。いつでもすぐに逃げだしたくなるのだった。しかも、そんなに戦き脅《おび》えながら、僕はどのように熱烈に人間を恋し理解したく思っていたことか）

ところが今では、今でも僕が人生に於《お》いてぎこちないことは以前とかわりないが、それでも、人間と会うとき前とは違う型が出来上ってしまった。僕が誰かと面談しようとすると、僕は僕のなかにスイッチを入れる。すると、さっと軽い電流が僕に流れ、するとあとはもう会話も態度も殆どオートマチックに流れだすのだ。これはどうしたことなのだ？ 僕は相手を理解し、相手は今僕を知っていてくれるのだろうか――そういう反省をする暇もなく、僕の前にいる相手は入替り時間は流れ去る。そして深夜、僕にはいろんな人間のばらばらの顔や声や身振がごっちゃになって朧《おぼろ》な暈《かさ》のように僕のなかで揺れ返る。僕はその暈のなかにぼんやり睡《ねむ》り込んでしまいそうだ。と突然、戦慄《せんりつ》が僕の背筋を突走る。

「いけない、いけない、あの向うを射抜け」

何万ボルトの電流が叫びとなって僕のなかを疾駆するのだ。

(人間が人間を……。その少女にとって、まるで人間一個の生存は恐怖の連続と苦悶《くもん》の持続に他ならなかった。すべてが奇異に縺《もつ》れ、すべてが極限まで彼女を追詰めてくる。食事を摂《と》ることも、睡ることも、息をすることまで、何もかも困難になる。この幼い切ない魂は徒《いたず》らに反転しながら泣号する。「生きていること、生きていることが、こんなに、こんなに辛《つら》い」と……。ところが、ある時、この少女の額に何か爽《さわ》やかなものが訪れる。それから向側にぽっかりと新しい空間が見えてくる)

「火の唇」のイメージは揺らぎながら彼のなかに見え隠れしていた。そのうち仕事の関係で彼は盛場裏の酒場や露次奥の喫茶店に足を踏み入れることが急に増えて来た。すると、アルコールが、それは彼にとって戦後はじめてと云っていいのだったが、彼の眼や脳髄に沁《し》みてゆき、夜の狭い裏通りには膨れ上ってゆらぐ空間が流れた。……彼の腰掛けている椅子《いす》のすぐ後を奇妙な身なりの少年や青年がざわざわと揺れて動く。屋台では若い女が一つのアクセントのように絶えず身動きしながら、揺れているものに取まかれている。眼はニスを塗ったようにピカピカし、ルージュで濡《ぬ》れた唇《くちびる》は血のようだ。あれが女の眼であり、唇かと僕はおもう。揺れているガス体は今にも何かパッと発火しそうだ。だが、僕の靴底を奇妙に冷たいものが流れる。どうにもならぬ冷たいものが……。あの女も恐らく炎々と燃える焰に頰を射られ、跣《はだし》で地べたを走り廻ったのか。今も何かを避けようとしたり、何かに喰らいつこうとするリズムが、それも揺れている。めらめらと揺れている。それにしても、僕の靴底を流れてゆく冷たいものは……。ふと、彼の腰掛のすぐ後に、ふらふらの学生が近寄ってくる。自分の上衣《うわぎ》のポケットからコップを取出し、それに酒を注いでもらっている。

「いいなあ、いいなあ、人間が信じられたらなあ」とその学生は甘ったれた表情でよろよろしている。冷たいものはざわざわとゆれる。火が、火が、火が、だが、火はもうここにはなさそうだ。火事場の跡のここは水溜《みずたま》りなのか。

水溜りを踏越えたかと思うと、彼の友人が四つ角のもの蔭で「夜の女」と立話している。それからその女は黙って二人の後をついて来る。薄暗い喫茶店の隅に入る。（どうして、そんな「夜の女」などになったのです）親切な友人は女に話しかけてみる。（家があんまり……家では暮らせないので飛出しました）小さないじけた鼻頭が、ひっぱたけ、何なりとひっぱたけと、そのように、そのように、歪んだように彼の目にうつる。それからテーブルの下にある女の足が、その足に穿《は》いている侘《わび》しい下駄が、ふと彼の眼に触れる。あ、下駄、下駄、下駄……冷たいものの流れが……（じゃあお茶だけで失敬するよ）親切な友人は喫茶店の外で女と別れる。おとなしい女だ。そのまま女は頷《うなず》いて別れる。

それからまた、ある日は、この親切な友人が彼を露次の奥の喫茶店へ連れて行く。と、テーブルというテーブルが人間と人間の声で沸騰《ふっとう》している。濛々と渦巻く煙草の煙のなかから、声が、顔が、わざとらしいものが、ねちこいものが、どうにもならないものが、聞え、見え、閃《ひらめ》くなかを、腫《は》れぼったい頬のギラギラした眼の少女がお茶を運んでいる。(ここでも、人間が人間を……。だが、人間が人間と理解し合うには、ここでは二十種類位の符牒《ふちょう》でこと足りる。たとえば、

清潔　立派　抵抗　ひねる　支える　崩れる　ハッタリ　ずれ　カバア　フィクション　etc.

そんな言葉の仕組だけで、お互がお互を刺戟《しげき》し、お互に感激し、そして人間は人間の観念を確かめ合い、人間は人間の観念を生産してゆく。だが、僕の靴底を流れるこの冷たい流れ、これは一たい何なのだ。)……ふと気がつくと、向うのテーブルでさっきまで議論に熱狂していた連中の姿も今はない。夜更《よふけ》が急に籐椅《とうい》子《す》の上に滑り堕《お》ちている。隣の椅子で親切な友人はギラギラした眼の少女と話しあっている。(お腹《なか》がすいたな、何か食べに行かないか)友人は少女を誘う。(ええ、わたしとても貧乏なのよ)少女は二人の後について夜更の街を歩く。冷たい雨がぽちぽち降ってくる。彼の靴底はすぐ雨が沁みて、靴下まで濡れてゆく。灯をつけた食べもの屋はもう何処《どこ》にもなさそうだ。

(君もそんな靴はいていて、雨が沁みるだろう）彼はふと少女に訊《たず》ねてみる。(ええ 沁みるわ　とても）少女はまるでうれしげに肯《うなず》く。灯をつけた食べもの屋はもう何処にもない。(わたし帰るわ）少女は冷たい水溜りのなかに靴を突込んで立留る。

「火の唇」はいつまでたっても容易に捗《はかど》らなかった。そして彼がそれをまだ書き上げないうちに、その淋《さび》しげな女とも別れなければならぬ日がやって来たのだ。その後もその女とは裏通りなどでパッタリ行逢《いきあ》っていた。一緒に歩く時間も長くなったし、一緒に喫茶店に入ることもあった。人生のこと、恋愛のこと、お天気のこと、文学のこと、女は何でもとり混ぜて喋《しゃべ》り、それから凝《じっ》と遠方を眺める顔つきをする。絶えず何かに気を配っているところと、底抜けの夢みがちなところがあって、それが彼にとっては一つの謎《なぞ》のようだった。お天気のこと、恋愛のこと、文学のこと、彼は女の喋る言葉に聴き惚《ほ》れることもあったが、何かがパッタリ滑り堕ちるような気もした。

ああして、女がこの世に一人存在していること、それは一たい何なのだ……その謎が次第に彼を圧迫し脅迫するようになっていた。それから、ある日、何故《なぜ》か分らないが、女の顔がこの世のなかで苦しむものの最後のもののように、ひどく疼いているように彼にはおもえた。

「あなたのほんとうの気持を、それを少しきかせて下さい」彼は突然口走った。

「もう少し歩いて行きましょう」と女は濠端《ほりばた》に添う道の方へ彼を誘った。水の面や、夕暮の靄《もや》や、枯木の姿が何かパセチックな予感のようにおもえた。女は黙って慍《おこ》ったような顔つきで歩いている。何かを払いのけようとする、その表情が何に堪《た》えきれないのかと、彼はぼんやり従いて歩いた。突然、女はビリビリと声を震わせた。

「別れなければならない日が参りました。明日、明日もう一度ここでこの時刻にお逢い致しましょう」

そう云い捨てて、向側の鋪道《ほどう》へ走り去った。突然、それは彼にとって、あまりに突然だったのだが……。

女は翌日、約束の時刻に、その場所に姿を現していた。昨日と変って、女は静かに落着いた顔つきだった。が、その顔には何か滑り堕ちるような冷やかなものと、底抜けの夢のようなものが絡《から》みあっている。

「遠いところから、遠いところから、わたしの愛人が戻って参りました」

遠いところから、遠いところから、という声が彼には夢のなかの歌声のようにおもえた。

「そうか、あなたには愛人があったのか」

「いいえ、いいえ、愛人があったところで、生きていることの切なさ、淋しさ、堪えきれなさは同じことで御座います」

生きていることの切なさ、淋しさ、堪えきれなさ、それも彼には遠いところから聴く歌声のようにおもえた。

「それではあなたはどうして僕に興味を持ったんです」

「それはあなたが淋しそうだったから、とてもとても堪えきれない位、淋しそうな方だったから」

そう云いながら、女は手袋を外して、手を彼の方へ差出した。

「生きていて下さい、生きて行って下さい」

彼が右の手を軽く握ったとき、女は祈るように囁《ささや》いていた。

（昭和二十四年五、六月合併号『個性』）

鎮魂歌

美しい言葉や念想が殆《ほと》ど絶え間なく流れてゆく。深い空の雲のきれ目から湧《わ》いて出てこちらに飛込んでゆく。僕はもう何年間眠らなかったのかしら。僕の眼は突張って僕の唇《くちびる》は乾いている。息をするのもひだるいような、このふらふらの空間は、ここもたしかに宇宙のなかなのだろうか。かすかに僕のなかには宇宙に存在するものなら大概ありそうな気がしてくる。だから僕が何年間も眠らないでいることも宇宙に存在するかすかな出来事のような気がする。僕は人間というものをどのように考えているのか、そんなことをあんまり考えているうちに僕はとうとう眠れなくなったようだ。僕の眼は突張って僕の唇は乾いている、息をするのもひだるいような、このふらふらの空間は……。

僕は気をはっきりと持ちたい。僕は僕をはっきりとたしかめたい。僕の胃袋に一粒の米粒もなかったとき、僕の胃袋は透きとおって、青葉の坂路《さかみち》を歩くひょろひょろの僕が見えていた。あのとき僕はあれを人間だとおもった。自分のために生きるな、死んだ人たちの嘆きのためにだけ生きよ、僕は自分に繰返し繰返し云いきかせた。それは僕の息づかいや涙と同じようになっていた。僕の眼の奥に涙が溜《たま》ったとき焼跡は優しくふるえて霧に覆《おお》われた。僕は霧の彼方《かなた》の空にお前を見たとおもった。僕は歩いた。僕の足は僕を支えた。人間の足。驚くべきは人間の足なのだ。廃墟《はいきょ》にむかって、ぞろぞろと人間の足は歩いた。その足は人間を支えて、人間はたえず何かを持運んだ。少しずつ、少しずつ人間は人間の家を建てて行った。

人間の足。僕はあのとき傷ついた兵隊を肩に支えて歩いた。兵隊の足はもう一歩も歩けないから捨てて行ってくれと僕に訴えた。疲れはてた朝だった。橋の上を生存者のリヤカーがいくつも威勢よく通っていた。世の中にまだ朝が存在しているのを僕は知った。僕は兵隊をそこに残して歩いて行った。僕の足。突然頭上に暗黒が滑り墜《お》ちた瞬間、僕の足はよろめきながら、僕を支えてくれた。僕の足。僕の足。僕のこの足。恐しい日々だった。滅茶苦茶の時だった。僕の足は火の上を走り廻った。水際《みずぎわ》を走りまわった。悲しい路を歩きつづけた。ひだるい長い路を歩きつづけた。真暗な長いひだるい悲しい夜の路を歩きとおした。生きるために歩きつづけた。生きてゆくことができるのかしらと僕は星空にむかって訊《たず》ねてみた。自分のために生きるな、死んだ人たちの嘆きのためにだけ生きよ。僕を生かしておいてくれるのはお前たちの嘆きだ。僕を歩かせてゆくのも死んだ人たちの嘆きだ。お前たちは星だった。お前たちは花だった。久しい久しい昔から僕が知っているものだった。僕は歩いた。僕の足は僕を支えた。僕の眼の奥に涙が溜《たま》るとき、僕は人間の眼がこちらを見るのを感じる。

人間の眼。あのとき、細い細い糸のように細い眼が僕を見た。まっ黒にまっ黒にふくれ上った顔に眼は絹糸のように細かった。河原にずらりと並んでいる異形《いぎよう》の重傷者の眼が、傷ついていない人間を不思議そうに振りむいて眺めた。不思議そうに、不思議そうに、何もかも不思議そうな、ふらふらの、揺れかえる、揺れかえった後の、また揺れかえりの、おそろしいものに視入《みい》っている眼だ。水のなかに浸って死んでいる子供の眼はガラス玉のようにパッと水のなかで見ひらいていた。両手も両足もパッと水のなかに拡《ひろ》げて、大きな頭の大きな顔の悲しげな子供だった。まるでそこに捨てられた死の標本のように子供は河淵《かわぶち》に横《よこ》たわっていた。それから死の標本はいたるところに現れて来た。人間の死体。あれはほんとうに人間の死骸《しがい》だったのだろうか。むくむくと動きだしそうになる手足や、絶対者にむかって投げ出された胴、痙攣《けいれん》して天を摑《つか》もうとする指……。光線に突刺された首や、喰いしばって白くのぞく歯や、盛りあがって喰《は》みだす内臓や……。一瞬に引裂かれ、一瞬にむかって挑もうとする無数のリズム……。うつ伏せに溝に墜ちたものや、横むきにあおのけに、焼け爛《ただ》れた奈落《ならく》の底に、墜ちて来た奈落の深みに、それらは悲しげにみんな天を眺めているのだった。

人間の屍体《したい》。それは生存者の足もとにごろごろと現れて来た。それらは僕の足に絡《から》みつくようだった。僕は歩くたびに、もはやからみつくものから離れられなかった。僕は焼けのこった東京の街の爽《さわ》やかな鈴懸《すずかけ》の朝の鋪《ほ》道《どう》を歩いた。鈴懸は朝ごとに僕の眼をみどりに染め、僕の眼は涼しげなひとの眼にそそいだ。僕の眼は朝ごとに花の咲く野山のけはいをおもい、僕の耳は朝ごとにうれしげな小鳥の声にゆれた。自分のために生きるな、死んだ人たちの嘆きのためにだけ生きよ。僕を生かして僕を感動させるものがあるなら、それはみなお前たちの嘆きのせいだ。僕のなかで鳴りひびく鈴、僕は鈴の音にききとれていたのだが……。

だが、このふらふらの揺れかえる、揺れかえった後の、また揺れかえりの、ふらふらの、今もふらふらと揺れかえる、この空間は僕にとって何だったのか。めらめらと燃えあがり、燃え畢《おわ》った後の、また燃えなおしの、めらめらの、今も僕を追ってくる、この執拗《しつよう》な焔《ほのお》は僕にとって何だったのか。僕は汽車から振落されそうになる。僕は電車のなかで押つぶされそうになる。僕は部屋を持たない。部屋は僕を拒む。僕は押されて振落されて、さまよっている。さまよっている。さまよっている。さまよっているのが人間なのか。人間の観念と一緒に僕はさまよっている。

人間の観念。それが僕を振落し僕を拒み僕を押つぶし僕をさまよわし僕に喰らいつく。僕が昔僕であったとき、僕がこれから僕であろうとするとき、僕は僕にピシピシと叩《たた》かれる。僕のなかにある僕の装置。人間のなかにある不可知の装置。人間の核心。人間の観念。観念の人間。洪水のように汎濫《はんらん》する言葉と人間。群衆のように雑沓《ざっとう》する言葉と人間。言葉。言葉。言葉。僕は僕のなかにある ESSAY ON MAN の言葉をふりかえる。

死について　死は僕を生長させた
愛について　愛は僕を持続させた
孤独について　孤独は僕を僕にした
狂気について　狂気は僕を苦しめた
情欲について　情欲は僕を眩惑《げんわく》させた
バランスについて　僕の聖女はバランスだ
夢について　夢は僕の一切だ
神について　神は僕を沈黙させる
役人について　役人は僕を憂鬱《ゆううつ》にした
花について　花は僕の姉妹たち
涙について　涙は僕を呼びもどす
笑について　僕はみごとな笑がもちたい
戦争について　ああ戦争は人間を破滅させる

殆ど絶え間なしに妖《あや》しげな言葉や念想が流れてゆく。僕は流されて、押し流されてへとへとになっているらしい。僕は何年間もう眠れないのかしら。僕の眼は突張って、僕の空間は揺れている。息をするのもひだるいような、このふらふらの空間に……。ふと、揺れている空間に白堊《はくあ》の大きな殿堂が見えて来る。僕はふらふらと近づいてゆく。まるで天空のなかをくぐっているように……。大きな白堊の殿堂が僕に近づく。僕は殿堂の門に近づく。天空のなかから浮き出てくるように、殿堂の門が僕に近づく。僕はオベリスクに刻《ほ》られた文字を眺める。僕は驚く。僕は呟《つぶや》く。

原子爆弾記念館

僕はふらふら階段を昇ってゆく。僕は驚く。僕は呟く。僕は訝《いぶか》る。階段は一歩一歩僕を誘い、廊下はひっそりと僕を内側へ導く。ここは、これは、ここは、これは……僕はふと空漠としたものに戸惑っている。コトコトと靴音がして案内人が現れる。彼は黙って扉を押すと、僕を一室に導く。僕は黙って彼の後についてゆく。ガラス張りの大きな函《はこ》の前に彼は立留る。函の中には何も存在していない。僕は眼鏡と聴音器の連結された奇妙なマスクを頭から被《かぶ》せられる。彼は函の側《そば》にあるスイッチを静かに捻《ひね》る。……突然、原爆直前の広島市の全景が見えて来た。

……突然、すべてが実際の現象として僕に迫って来た。これはもう函の中に存在する出来事ではなさそうだった。僕は青ざめる。飛行機はもう来ていた。見えている。雲のなかにかすかな爆音がする。僕は僕を探す。僕はいた。僕はあの家のあそこに……。あのときと同じように僕はいた。僕の眼は街の中の、屋根の下の、路の上の、あらゆる人々の、あの時の位置をことごとく走り廻る。僕は叫ぶ。(厭《いや》らしい装置だ。あらゆる空間的角度からあらゆる空間現象を透視し、あらゆる時間的速度であらゆる時間的進行を展開さす呪《のろ》うべき装置だ。恥ずべき詭計《きけい》だ。何のために、何のために、僕にあれをもう一度叩きつけようとするのだ!)

僕は叫ぶ。僕の眼に広島上空に閃《ひらめ》く光が見える。光はゆるゆると夢のように悠然《ゆうぜん》と伸び拡《ひろが》る。あッと思うと光はさッと速度を増している。が、再び瞬間が細分割されるように光はゆるゆるとためらいがちに進んでゆく。突然、光はさッと地上に飛びつく。地上の一切がさッと変形される。街は変形された。が、今、家屋の倒壊がゆるゆると再びある夢のような速度で進行を繰返している。僕は僕を探す。僕はいた。あそこに……。僕は僕に動顛《どうてん》する。僕は僕に叫ぶ。(虚妄《きよもう》だ。妄想だ。僕はここにいる。僕はあちら側にいない。僕はここにいる。僕はあちら側にはいない) 僕は苦しさにバタバタし、顔のマスクを捥《も》ぎとろうとする。

と、あのとき僕の頭上に墜ちて来た真暗な塊りのなかの藻掻《もが》きが僕の捥ぎとろうとするマスクと同じだ。僕はうめく。僕はよろよろと倒れそうになる。倒れまいとする。と、真暗な塊りのなかで、うめく僕と倒れまいとする僕と……。僕はマスクを捥ぎとろうとする。バタバタとあばれまわる。……スイッチはとめられた。やがて案内人は僕の顔からマスクをはずしてくれる。僕は打ちのめされたようにぐったりしている。案内人は僕をソファのところへ連れて行ってくれる。僕はソファの上にぐったり横わる。

〈ソファの上での思考と回想〉

僕はここにいる。僕はあちら側にはいない。ここにいる。ここにいる。ここにいるのだ。ここにいるのが僕だ。ああ、しかし、どうして、僕は僕にそれを叫ばねばならないのか。今、僕の横わっているソファは少しずつ僕を慰め、僕にとって、ふと安らかな思考のソファとなってくる。……僕はここにいる。僕は向側にはいない。僕はここにいる。ああ、しかし、どうしてまだ僕はそれを叫びたくなるのか。

……ふと、僕はK病院のソファに横わってガラス窓の向うに見える楓《かえで》の若葉を見たときのことをおもいだす。あのとき僕は病気だと云われたら無一文の僕は自殺するよりほかに方法はなかったのだが……。あのとき僕は窓ガラスの向側の美しく戦《おのの》く若葉のなかに、僕はいたのではなかったかしら。その若葉のなかには死んだお前の目《ま》なざしや嘆きがまざまざと残っているようにおもえた。……僕はもっとはっきりおもいだす。ある日、お前が眺めていた庭の若竹の陽ざしのゆらぎや、僕が眺めていたお前のかおつきを……。僕は僕の向側にもいる。僕は僕の向側にもいる。お前は生きていた。アパートの狭い一室で僕はお前の側にぼんやり坐っていた。美しい五月の静かな昼だった。鏡があった。お前の側には鏡があった。鏡に窓の外の若葉が少し映っていた。僕は鏡に映っている窓の外のほんの少しばかし見える青葉に、ふと、制し難い郷愁が湧《わ》いた。「もっともっと青葉が一ぱい一ぱい見える世界に行ってみないか。今すぐ、今すぐに」お前は僕の突飛すぎる調子に微笑した。が、もうお前もすぐキラキラした迸《ほとばし》るばかりのものに誘われていた。軽い浮々したあふるるばかりのものが湧いた。一人の人間に一つの調子が湧くとき、すぐもう一人の人間にその調子がひびいてゆくこと、僕がふと考えているのはこのことなのだろうか。

僕はもっとはっきり思い出せそうだ。僕は僕の向側にいる。鏡があった。あれは僕が僕というものに気づきだした最初のことかもしれなかった。僕は鏡のなかにいた。僕の顔は鏡のなかにあった。鏡のなかには僕の後の若葉があった。ふと僕は鏡の奥の奥のその奥にある空間に迷い込んでゆくような疼《うず》きをおぼえた。あれは迷《ま》い子《ご》の郷愁なのだろうか。僕は地上の迷い子だったのだろうか。そうだ、僕はもっとはっきり思い出せそうだ。

僕は僕の向側にいた。子供の僕ははっきりと、それに気づいたのではなかった。が、子供の僕は、しかしやはり振り墜《おと》されている人間ではなかったのだろうか。安らかな、穏やかな、殆《ほとん》ど何の脅迫の光線も届かぬ場所に安置されている僕がふとどうにもならぬ不安に駆りたてられていた。そこから奈落はすぐ足もとにあった。無限の墜落感が……。あんな子供のときから僕の核心にあったもの、……僕がしきりと考えているのはこのことだろうか。僕はもっとはっきり思い出せそうだ。

僕は僕の向側にいる。樹木があった。僕は樹木の側に立って向側を眺めていた。向側にも樹木があった。あれは僕が僕というものの向側を眺めようとしだす最初の頃かもしれなかった。少年の僕は向側にある樹木の向側に幻の人間を見た。今にも嵐《あらし》になりそうな空の下を悲痛に叩きつけられた巨人が歩いていた。その人の額には人類のすべての不幸、人間のすべての悲惨が刻みつけられていたが、その人はなお昂然《こうぜん》と歩いていた。獅《し》子《し》の鬣《たてがみ》のように怒った髪、鷲《わし》の眼のように鋭い目、その人は昂然と歩いていた。少年の僕は幻の人間を仰ぎ見ては訴えていた。僕は弱い、僕は弱い、僕は僕はこんなに弱いと。そうだ、僕はもっとはっきり思い出さなければならない。僕は弱い、僕は弱い、僕は弱いという声がするようだ。今も僕のなかで、僕のなかで、その声が……。自分のために生きるな、死んだ人たちの嘆きのためにだけ生きよ。僕のなかでまたもう一つの声がきこえてくる。

僕はソファを立上る。僕は歩きだす。案内人は何処《どこ》へ行ったのかもう姿が見えない。僕はひとりで、陳列戸棚の前を茫然《ぼうぜん》と歩いている。僕はもうこの記念館のなかの陳列戸棚を好奇心で覗《のぞ》き見る気は起らない。僕の想像を絶したものが既に発明され此処《ここ》に陳列してあるとしても、はたしてこれは僕の想像を絶したものであろうか。そのものが既に発明されて此処に陳列してあること、陳列されてあること、陳列してあるということ、そのことだけが僕の想像を絶したことなのだ。僕は憂鬱《ゆううつ》になる。僕は悲惨になる。自分で自分を処理できない狂気のように、それらは僕を苦しめる。僕はひとり暗然と歩き廻って、自分の独白にきき入る。泉。泉。泉こそは……

そうだ、泉こそはかすかに、かすかな救いだったのかもしれない。重傷者の来て呑《の》む泉。つぎつぎに火傷者の来て呑む泉。僕はあの泉あるため、あの凄惨《せいさん》な時間のなかにも、かすかな救いがあったのではないか。泉。泉。泉こそは……。その救いの幻想はやがて僕に飢餓が迫って来たとき、天上の泉に投影された。僕はくらくらと目くるめきそうなとき、空の彼方《かなた》にある、とわの泉が見えて来たようだ。それから夜……宿なしの僕はかくれたところにあって湧きやめない、とわの泉のありかをおもった。泉。泉。泉こそは……。

僕はいつのまにか記念館の外に出て、ふらふら歩き廻っている。群衆は僕の眼の前をぞろぞろと歩いているのだ。群衆はあのときから絶えず地上に汎濫しているようだ。僕は雑沓のなかをふらふら歩いて行く。僕はふらふら歩き廻っている。僕にとって、僕のまわりを通りこす人々はまるで纏《まとま》りのない僕の念想のようだ。僕の頭のなか、僕の習癖のなか、いつのまにか、纏りのない群衆が汎濫している。僕はふと群衆のなかに伊作の顔を見つけて呼びとめようとする。だが伊作は群衆のなかに消え失《う》せてしまう。ふと、僕の眼にお絹の顔が見えてくる。僕が声をかけようとしていると彼女もまた群衆のなかに紛れ失せている。僕は茫然とする。そうだ、僕はもっとはっきり思い出したい。あれは群衆なのだろうか。僕の念想なのだろうか。ふと声がする。

〈僕の頭の軟弱地帯〉僕は書物を読む。書物の言葉は群衆のように僕のなかに汎濫してゆく。僕は小説を考える。小説の人間は群衆のように僕のなかに汎濫してゆく。僕は人間と出逢《であ》う。実在の人間が小説のようにしか僕のものと連結されない。無数の人間の思考・習癖・表情それらが群衆のようにぞろぞろと歩き廻る。バラバラの地帯は崩れ墜《お》ちそうだ。

〈僕の頭の湿地帯〉僕は寝そびれて鶏の声に脅迫されている。魂の疵《きず》を掻《か》きむしり、掻きむしり、僕は僕に呻吟《しんぎん》してゆく。この仮想は僕なのだろうか。この罪ははたして僕なのだろうか。僕は空転する。僕の核心は青ざめる。めそめそとしたものが、割りきれないものが、皮膚と神経に滲《にじ》みだす。空間は張り裂けそうになる。僕はたまらなくなる。どうしても僕はこの世には生存してゆけそうにない。逃げ出したいのだ。何処かへ、何処か山の奥に隠れて、ひとりで泣き暮したいのだ。ひとりで、死ぬ日まで、死ぬ日まで。

〈僕の頭の高原地帯〉僕は突然、生存の歓喜にうち顫《ふる》える。生きること、生きていること、小鳥が毎朝、泉で水を浴びて甦《よみがえ》るように、僕のなかの単純なもの、素朴なもの、それだけが、ただ、僕を爽《さわ》やかにしてくれる。

〈僕の頭の……〉

〈僕の頭の……〉
〈僕の頭の……〉
僕には僕の歌声があるようだ。だが、僕は伊作を探しているのだ。伊作も僕を探しているのだ。それから僕はお絹を探しているのだ。お絹も僕を探そうとする。僕は伊作を知っている。僕はお絹を知っている。しかし伊作もお絹も僕の幻想、僕の乱れがちのイメージ、僕の向側にあるもの、僕のこちら側にあるもの……。ふと声がしだした。伊作の声が僕にきこえた。

〈伊作の声〉

世界は割れていた。僕は探していた。何かをいつも探していたのだ。廃墟《はいきよ》の上にはぞろぞろと人間が毎日歩き廻った。人間はぞろぞろと歩き廻って何かを探していたのだろうか。新しく截《き》りとられた宇宙の傷口のように、廃墟はギラギラ光っていた。巨《おお》きな虚無の痙攣《けいれん》は停止したまま空間に残っていた。崩壊した物質の堆積《たいせき》の下や、割れたコンクリートの窪《くぼ》みには死の異臭が罩《こも》っていた。真昼は底ぬけに明るくて悲しかった。白い大きな雲がキラキラと光って漾《ただよ》った。朝は静けさゆえに恐しくて悲しかった。夕方は迫ってくるもののため遠くからとりまく山脈や島山がぼんやりと目ざめていた。その廃墟を夜は茫々として苦悩する夢魔の姿だった。人肉を啖《くら》いはじめたに侘《わび》しく底冷えていた。

犬や、新しい狂人や、疵だらけの人間たちが夢魔に似て彷徨《ほうこう》していた。すべてが新しい夢魔に似た現象なのだろうか。廃墟の上には毎日人間がぞろぞろと歩き廻った。人間が歩き廻ることによって、そこは少しずつ人間の足あとと祈りが印されて行くのだろうか。僕も群衆のなかを歩き廻っていたのだ。復員して戻ったばかりの僕は惨劇の日をこの目で見たのではなかった。だが、惨劇の跡の人々からきく悲話や、戦慄《せんりつ》すべき現象はまだそこここに残っていた。一瞬の閃光《せんこう》で激変する人間、宇宙の深底に潜む不可知なもの……僕に迫って来るものははてしなく巨大なもののようだった。だが、僕は揺すぶられ、鞭《むち》打たれ、燃え上り、塞《せ》きとめられていた。家は焼け失せていたが、父母と弟たちは廃墟の外にある小さな町に移住していた。復員して戻ったばかりの僕は、父母の許《もと》で、何か忽《たちま》ち塞きとめられている自分を見つけた。今は人間が烈《はげ》しく喰いちがうことによって、すべてが塞きとめられている時なのだろうか。だが、僕は昔から、殆ども心ついたばかりの頃から、揺すぶられ、鞭打たれ、燃え上り、塞きとめられていたような記憶がする。僕は突抜けてゆきたくなるのだ。僕は廃墟の方をうろうろ歩く。僕の顔は何かわからぬものを嚇《かっ》と内側に叩《たた》きつけている顔になっている。人間の眼はどぎつく空間を撲《なぐ》りつける眼になっている。のぞみのない人間と人間の反射が、ますますその眼つきを荒っぽくさせているのだろうか。めらめらの火や、噴きあげる血や、捥《も》がれた腕や、死狂う脣《くちびる》や、糜爛《びらん》の死体や、それらはあった、それらはあった、人々の眼のなかにまだ消え失せてはいなかった。鉄筋の残骸《ざんがい》や崩れ墜ちた煉瓦《れんが》や無数の破片や焼け残って天を引裂こうとする樹木は僕のすぐ眼の前にあった。世界は割れていた。割れていた、恐しく割れていた。だが、僕は探していたのだ。何かはっきりしないものを探していた。どこか遠くにあって、かすかに僕を慰めていたようなもの、何だかわからないとらえどころのないもの、消えてしまって記憶の内側にしかないもの、しかし空間から再びふと浮び出しそうなもの、記憶の内側にさえないが、嘗《かつ》てたしかにあったとおもえるもの、僕はぼんやり考えていた。

世界は割れていた。恐しく割れていた。だが、まだ僕の世界は割れてはいなかったのだ。まだ僕は一瞬の閃光を見たのではなかった。僕はまだ一瞬の閃光に打たれたのではなかった。だが、とうとう僕の世界にも一瞬の大混乱がやって来た。そのときまで僕は何にも知らなかった。その時から僕の過去は転覆してしまった。その時から僕の記憶は曖昧《あいまい》になった。その時から僕の思考は錯乱して行った。知らないでもいいことを知ってしまったのだ。僕は知らなかった僕に驚き、僕は知ってしまった僕に引裂かれる。僕は知ってしまったのだ。僕は知ってしまったのだ。僕の母が僕を生んだ母とは異《ちが》っていたことを……。突然、知らされてしまったのだ。突然？……だが、その時まで僕はやはりぼんやり探していたのかもしれなかった。叔父の葬式のときだった。壁の落ち柱の歪《ゆが》んだ家にみんなは集っていた。そのなかに僕は人懐《ひとなつ》こそうな婦人をみつけた。前に一度、僕が兵隊に行くとき駅までやって来て黙ったまま見送ってくれた婦人だった。僕は何となく惹《ひ》きつけられていた。叔父の死骸が戸板に乗せられて焼場へ運ばれて行く時だった。僕はその婦人とその婦人の夫と三人で人々から遅れがちに歩いていた。その婦人も婦人の夫も僕は何となく心惹かれたが、僕は何となく遠い親戚《しんせき》だろう位に思っていた。突然、婦人の夫が僕に云った。

「君ももう知っているのだね、お母さんの異《ちが》うことを」

不思議なこととは思ったが、僕は何気なく頷《うなず》いた。何気なく頷いたが、僕は閃光に打たれてしまっていたのだ。それから僕はザワザワした。揺れうごくものがもう鎮《しず》まらなかった。それから間もなく僕の探求が始った。僕はその人たちの家をはじめてこっそり訪ねて行った。山の麓《ふもと》にその人たちの仮寓《かぐう》はあった。それから僕は全部わかった。あの婦人は僕の伯母、死んだ僕の母の姉だったのだ。僕の母は僕が三つの時死んでいる。僕の父は僕の母を死ぬる前に離婚している。事情はこみ入っていたのだが、そのため僕には全部今迄《まで》隠されていた。僕は死んだ母の写真を見せてもらった。僕には記憶がなかったが……。僕の父もその母と一緒に僕と三人で撮っている。僕には記憶はなかったが……。僕は目かくしされて、ぐるぐる廻されていたのだった。長い間あまりに長い間、僕ひとり、僕ひとり。……僕の目かくしはとれた。こんどは僕のまわりがぐるぐる廻った。僕もぐるぐる廻りだした。

僕のなかには大きな風穴が開いて何かがぐるぐると廻転して行った。何かわけのわからぬものが僕のなかで僕を廻転させて行った。僕は廃墟の上を歩きながら、これは僕ではないと思う。だが、廃墟の上を歩いている僕は、これが僕だ、これが僕だと僕に押しつけてくる。僕はここではじめて廃墟の上でたった今生れた人間のような気がしてくる。僕は吹き晒《さら》しだ。吹き晒しの裸身が僕だったのか。わかるか、わかるかと僕に押しつけてくる。それで、僕はわかるような気がする。子供のとき僕は何かのはずみですとんと真暗な底へ突落されている。何かのはずみで僕は全世界が僕の前から消え失せている。ガタガタと僕の核心は青ざめて、僕は真赤な号泣をつづける。だが、誰も救ってはくれないのだ。僕はつらかった。僕は悲しかった、死よりも堪《た》えがたい時間だった。僕は真暗な底から自分で這《は》い上らねばならない。僕は這い上った。そして、もう堕ちたくはなかった。だが、そこへ僕をまた突落そうとする何かのはずみはいつも僕のすぐ眼の前にチラついて見えた。僕はそわそわして落着がなかった。いつも誰かの顔色をうかがった。いつも誰かから突落されそうな気がした。突落されたくなかった。堕ちたくなかった。僕は人の顔を人の顔ばかりをよく眺めた。彼等は僕を受け容《い》れ、拒み、僕を隔てていた。人間の顔面に張られている一枚の精巧複雑透明な硝子《ガラス》……あれは僕には僕なりにわかっていたつもりなのだが。

おお、一枚の精巧複雑透明な硝子よ。あれは僕と僕の父の間に、僕と僕の継母の間に、それから、すべての親戚と僕との間に、すべての世間と僕との間に、張られていた人間関係だったのか。人間関係のすべての瞬間に潜んでいる怪物、僕はそれが怕《こわ》くなったのだろうか。僕はそれが口惜しくなったのだろうか。僕にはよくわからない。僕はもっともっと怕くなるのだ。すべての瞬間に破滅の装塡《そうてん》されている宇宙、すべての瞬間に戦慄が潜んでいる宇宙、ジーンとしてそれに耳を澄ませている人間の顔を僕は夢にみたような気がする。僕にとって怕いのは、もう人間関係だけではない。僕を呑もうとするもの、僕を嚙《か》もうとするもの、僕にとってあまりに巨大な不可知なものたち。不可知なものは、それは僕が歩いている廃墟のなかにもある。僕はおもいだす、はじめてこの廃墟を見たとき、あの駅の広場を通り抜けて橋のところまで来て立ちどまったとき、そこから殆《ほと》ど廃墟の全景が展望されたが、ぺちゃんこにされた廃墟の静けさのなかから、ふと向うから何かわけのわからぬものが叫びだすと、つづいてまた何かわけのわからないものが泣きわめきながら僕の頰へ押しよせて来た。あのわけのわからないものたちは僕を僕のなかでぐるぐると廻転さす。

僕は僕のなかをぐるぐる探し廻る。そうすると、いろんな時のいろんな人間の顔が見えて来る。僕にむかって微笑《ほほえ》みかけてくれる顔、僕をちょっと眺める顔、僕に無関心の顔、厚意ある顔、敵意を持つ顔、……だが、それらの顔はすべて僕のなかに日蔭《ひかげ》や日向《ひなた》のある、とにかく調和ある静かな田園風景となっている。僕はとにかく、いろんなものと、いろんな糸で結びつけられている。僕はとにかく安定した世界にいるのだ。それらはない、それらはない！　と僕は叫びつづける。それらはみんな飛散ってゆく。破片の速度だけが僕の眼の前にある。それらはない！　僕は叫びつづける。……と、僕を地上に結びつけていた糸がプツリと切れる。こんどは僕が破片になって飛散ってゆく。くらくらとする断崖《だんがい》、感動の底にある谷間、キラキラと燃える樹木、それらは飛散ってゆく僕に青い青い流れとして映る。僕はない！　僕はない！　僕は叫びつづける。……僕は夢をみているのだろうか。

僕は僕のなかをぐるぐるともっと強烈に探し廻る。突然、僕のなかに無限の青空が見えてくる。それはまるで僕の胸のようにおもえる。僕は昔から眼を見はって僕の前にある青空を眺めなかったか。昔、僕の胸はあの青空を吸収してまだ幼かった。今、僕の胸は固く非常に健やかになっているようだ。たしかに僕の胸は無限の青空のようだ。たしかに僕の胸は無限に突進んで行けそうだ。僕をとりまく世界が割れていて、僕のいる世界が悲惨で、僕を圧倒し僕を破滅に導こうとしても、僕は……。僕は生きて行きたい。僕は生きて行けそうだ。僕は……。そうだ、僕はなりたい、もっともっと違うものに、もっともっと大きなものに……。巨大に巨大に宇宙は膨れ上る。巨大に巨大に……。僕はその巨大な宇宙に飛びついてやりたい。僕の眼のなかには願望が燃え狂う。僕の眼のなかに一切が燃え狂う。

それから僕は恋をしだしたのだろうか。僕は廃墟の片方の入口から片一方の出口まで長い長い広い広いところを歩いて行く。空漠たる沙漠《さばく》を隔てて、その両側に僕はいる。僕の父母の仮りの宿と僕の伯母の仮りの家と……。伯母の家の方向へ僕が歩いてゆくと、僕の足どりは軽くなる。僕の眼には何かちらと昔みたことのある美しい着物の模様や、何でもないのにふと僕を悦《よろこ》ばしてくれた小さな品物や、そんなものがふと浮んでくる。そんなものが浮んでくると僕は僕が懐《なつか》しくなる。伯母とあうたびに、もっと懐しげなものが僕につけ加わってゆく。伯母の云ってくれることなら、伯母の言葉ならみんな僕にとって懐しいのだ。僕は伯母の顔の向側に母をみつけようとしているのかしら。だが、死んだ母の向側には何があるのか。向側よ、向側よ、……ふと何かが僕のなかで鳴りひびきだす。僕は軽くなる。僕は柔かにふくれあがる。涙もろくなる。嘆きやすくなる。嘆き？　今まで知らなかったとても美しい嘆きのようなものが僕を抱き締める。それから何も彼《か》もが美しく見えてくる。嘆き？　靄《もや》にふるえる廃墟まで美しく嘆く。あ、あれは死んだ人たちの嘆きと僕たちの嘆きがひびきあうからだろうか。嘆き？　嘆き？　僕の人生でたった一つ美しかったのは嘆きなのだろうか？　わからない、僕は若いのだ。僕の人生はまだ始ったばかりなのだ。僕はもっと探してみたい。嘆き？　人生でたった一つ美しいのは嘆きなのだろうか。

それから僕は彷徨《さまよ》って行った。僕はやっぱし何かを探しているのだ。僕が死んだ母のことを知ってしまったことは僕の父に知られてしまった。それから間もなく僕は東京へやられた。それから僕は東京を彷徨って行った。東京は僕を彷徨わせて行った。(僕のなかできこえる僕の雑音……。ライターが毀《こわ》れてしまった。石鹸《せっけん》がない。靴の踵《かかと》がとれた。時計が狂った。書物が欲しい。ノートがくしゃくしゃだ。僕はくしゃくしゃだ。僕はバラバラだ。書物は僕を理解しない。僕も書物を理解できない。僕は気にかかる。何もかも気にかかる。くだらないものが一杯充満して散乱する僕の全存在、それが一つ一つ気にかかる。教室で誰かが誰かと話をしている。人は僕のことを喋《しゃべ》っているのかしら。向側の鋪道《ほどう》を人間が歩いている。あれは僕なのかしら。音楽がきこえてくる。僕は音楽にされてしまっている。下宿の窓の下を下駄の音が走る。走っているのは僕だ。以前のことを思っては駄目だ、こちらは日毎《ひごと》に苦しくなって行く……父の手紙。父の手紙は僕を揺るがす。伊作さん立派になって下さい立派に、……伯母の声だ。その声も僕を揺るがす。みんなどうして生きて行っているのかまるで僕には見当がつかない。みんな人間は木端微塵《こっぱみじん》にされたガラスのようだ。世界は割れている。人類よ、人類よ、人類よ。僕は理解できない。僕は結びつけない。僕は揺れている。人類よ、人類よ、人類よ、僕は理解したい。僕は結びつきたい。僕は生きて行きたい。揺れているのは僕だけなのかしら。いつも僕のなかで何か爆発する音響がする。いつも何かが僕を追いかけてくる。僕は揺すぶられ、鞭打たれ、燃え上り、塞きとめられている。僕はつき抜けて行きたい。どこかへ、どこかへ。）それから僕は東京と広島の間を時々往復しているが、僕の混乱と僕の雑音は増えてゆくばかりなのだ。僕の中学時代からの親しい友人が僕に何にも言わないで、ぷつりと自殺した。僕の世界はまた割れて行った。僕のなかにはまた風穴ができたようだ。風のなかに揺らぐ破片、僕の雑音、雑音の僕。僕の人生ははじまったばかしなのだ。ああ、僕は雑音のかなたに一つの澄みきった歌ごえがききとりたいのだが……。

伊作の声がぷつりと消えた。雑音のなかに一つの澄みきったうたごえ……それをききとりたいと云って伊作の声が消えた。僕はふらふらと歩いている。僕のまわりがふらふらと歩いてくる。群衆のざわめきのなかに、低い、低い、しかし、絶えまなくきこえてくる、悲しい、やわらかい、静かな、嘆くように美しい、小さな小さな囁《ささや》き、僕もその囁きにきき入りたいのだが……。やっぱし僕のまわりはざわざわ揺れている。揺れているなかから、ふと声がしだした。お絹の声が僕にきこえた。

〈お絹の声〉

わたしはあの時から何年間夢中で走りつづけていたのかしら。あの時わたしの夫は死んだ。わたしの家は光線で歪《ゆが》んだ。火は近くまで燃えていた。わたしの夫が死んだのを知ったのは三日目のことだった。わたしの息子はわたしと一緒に壕《ごう》に隠れた。わたしは何が終ったのやら何が始ったのやらわからなかった。火は消えたらしかった。二日目に息子が外の様子を見て戻って来た。ふらふらの青い顔で蹲《うずくま》った。何か嘔吐《おうと》していた。あんまりひどいので口がきけなくなっていたのだ。翌日も息子はまた外に出て街のありさまをたしかめて来た。夫のいた場所では誰も助かっていなかった。あの時からわたしは夢中で走りださねば助からなかった。水道は壊れていた。電灯はつかなかった。雨が、風が吹きまくった。わたしはパタンと倒れそうになる。

足が、足が、足が、倒れそうになるわたしを追越してゆく。またパタンと倒れそうになる。足が、足が、足が、倒れそうになるわたしを追越してゆく。息子は父のネクタイを闇市《やみいち》に持って行って金にかえてもどる。わたしは逢《あ》う人ごとに泣ごとを云っておどおどしていた。だがわたしは泣いてはいられなかった。泣いている暇はなかった。おどおどしてはいられなかった。走りつづけなければ、走りつづけなければ……。わたしはせっせとミシンを踏んだ。ありとあらゆる生活の工夫をつづけた。わたしが着想することはわたしにさえ微笑されたが、それでもどうにか通用していた。中学生の息子はわたしを励まし、わたしの助手になってくれた。走りつづけなければ、走りつづけなければ……。わたしは夢のなかでさえそう叫びつづけた。

突然、パタンとわたしは倒れた。わたしはそれからだんだん工夫がきかなくなった。わたしはわたしに迷わされて行った。青い三日月が焼跡の新しい街の上に閃《ひらめ》いている夕方だった。わたしがミシン仕事の仕上りをデパートに届けに行く途中だった。わたしは雑沓《ざっとう》のなかでわたしの昔の愛人の後姿を見た。そんなはずはなかった。愛人は昔もう死んでいたから。だけどわたしの目に見えるその後姿はわたしの目を離れなかった。わたしはこっそり後からついて歩いた。どこまでも、どこまでも、この世の果ての果てまでも見失うまいとする熱望が突然わたしになにか囁きかけた。そんなはずはなかった。わたしは昔それほど熱狂したおぼえはなかった。わたしはわたしが怕くなりかかった。突然、その後姿がわたしの方を振向いていた。突き刺すような眼《ま》なざしで、……ハッと思う瞬間、それはわたしの夫だった。そんなはずはなかった。夫はあのとき死んでしまっていたのだから。突き刺すような眼なざしに、わたしはざくりと突き刺されてしまった。熱い熱いものが背筋を走ると足はワナワナ震え戦《おのの》いた。人ちがいだ、人ちがいだ、とパッと叫んでわたしは逃げだしたくなる。わたしはそれでも気をとりなおした。わたしを突き刺した眼なざしの男は、次の瞬間、人混みの青い闇に紛れ去っていた。後姿はまだチラついたが……。

人ちがいだ、人ちがいだった、わたしはわたしに安心させようとした。後姿はまだチラついたが……わたしはわたしの眼を信じようとした。わたしはハッキリ眼をあけていたかった。水晶のように澄みわたって見える、そんな視覚をとりもどしたかった。澄みきった水の底に泳ぐ魚の見える、そんな感覚をよびもどしたかった。だけど、わたしはがっかりしたのか、ひどく視力がゆるんでしまった。怕《おそろ》しい怕しいことに出喰わした後の、ゆるんだ視覚がわたしらしかった。わたしはまわりの人混みのゆるい流れにもたれかかるようにして歩いた。後姿はまだチラついたが……。

わたしはそれでも気をとりなおした。人混みのゆるい流れにもたれかかるようにして歩いて、何処《どこ》へ行くのか迷ってはいなかった。いつものようにデパートの裏口から階段を昇り、そこまで行ったが、ときどき何かがっかりしたものが、わたしのまわりをザラザラ流れる。品物を渡して金を受取ろうとすると、わたしは突然泣けそうになった。金を受取るという、この世間並の、あたりまえの、何でもない行為が、突然わたしを罪人のような気持にさせた。そんな気持になってはいけない、今はよほどどうかしている。わたしはわたしを支えようとした。今はよほどどうかしている、しっかりしていないと、何だか空間がパチンと張裂けてしまう。何気なく礼を云ってその金を受取ると、わたしは一つの危機を脱したような気がしたものだ。それからわたしは急いで歩いた。急がなければ、急がなければ、後から何かが追いかけてくる。わたしは急いで歩いているはずだったが、ときどきぼんやり立どまりそうになった。後姿はまだチラついた。

家に戻っても落着けなかった。わたしはよほどどうかしている。わたしはよほどどうかしている。今すぐ今すぐしっかりしないと大変なことになりそうだった。わたしはわたしを支えようとした。わたしはわたしに凭《もた》れかかった。ゆるくゆるくゆるんで行く睡《ねむ》い瞼《まぶた》のすぐまのあたりを凄《すご》い稲妻《いなずま》がサッと流れた。わたしはうとうと睡りかかるとハッとわたしは弾《はじ》きかえされた。後姿がまだチラついた。青いわたしの脊髄《せきずい》の闇に……。わたしはわたしに迷わされているらしい。わたしはわたしに脅《おび》えだしたらしい。何でもないのだ、何でもないのだ、わたしなんかありはしない。昔から昔からわたしはわたしをわたしだと思ったことなんかありはしない。お盆の上にこぼれていた水、あの水の方がわたしらしかった。水、……水、……水、……わたしは水になりたいとおもった。青い蓮《はす》の葉の上でコロコロ転んでいる水銀の玉、蜘蛛《くも》の巣をつたって走る一滴の水玉、そんな優しい小さなものに、そんな美しい小さなものに、わたしはなれないのかしら。わたしはわたしを宥《なだ》めようとおもうと、静かな水が眼の前をながれた。静かな水は苔《こけ》の上をながれる。小川の水が静かに流れる。あっちからもこっちからも川が流れる。白帆が見える。燕《つばめ》が飛んだ。川の水はうれしげに海にむかって走った。海はたっぷりふくらんでいた。たのしかった。うれしそうだった。懐しかった。鷗《かもめ》がヒラヒラ閃いていた。海はひろびろと夢をみているようだった。夢がだんだん仄暗《ほのぐら》くなったとき、突然、海の上を光線が走った。海は真暗に割れて裂けた。わたしはわたしに弾きかえされた。わたしはわたしにいらだちだした。わたしはわたしだ、どうしてもわたしだ。わたしのほかにわたしなんかありはしない。わたしはわたしに獅嚙《しが》みつこうとした。わたしは縮んで固くなっていた。小さく小さく出来るだけ小さく、もうこれ以上は小さくなれなかった。もうこれ以上は固まれそうになかった。わたしはわたしだ、どうしてもわたしだ。小さな殻の固いかたまり、わたしはわたしを大丈夫だとおもった。とおもった瞬間また光線が来た。わたしは真二つに割られていたようだ。それから後はいろいろのことが前後左右縦横に入乱れて襲って来た。わたしは苦しかった。わたしは悶《もだ》えた。

　地球の裂け目が見えて来た。それは紅海と印度洋《インドよう》の水が結び衝突し渦巻いている海底だった。ギシギシと海底が割れてゆくのに、陸地の方では何にも知らない。世界はひっそり静まっていた。ヒマラヤ山のお花畑に青い花が月光を吸っていた。そんなに地球は静かだったが、海底の渦はキリキリ舞った。大変なことになる大変なことになったとわたしは叫んだ。わたしの額のなかにギシギシと厭《いや》な音がきこえた。わたしは鋏《はさみ》だけでも持って逃げようかとおもった。わたしは予感で張裂けそうだ。それから地球は割れてしまった。濛々《もうもう》と煙が立騰《たちのぼ》るばかりで、わたしのまわりはひっそりとしていた。煙の隙間《すきま》に見えて来た空間は鏡のように静かだった。と何か遠くからザワザワと潮騒《しおさい》のようなものが押しよせてくる。騒ぎはだんだん近づいて来た。と目の前にわたしは無数の人間の渦を見た。忽《たちま》ち渦の両側に絶壁がそそり立った。すると青空は無限の彼方《かなた》にあった。

「世なおしだ！　世なおしだ！」と人間の渦は苦しげに叫びあって押合い犇《ひし》めいている。

人間の渦は藻掻《もが》きあいながら、みんな天の方へ絶壁を這《は》いのぼろうとする。わたしは絶壁の硬い底の窪《くぼ》みの方にくっついていた。そこにおれば大丈夫だとおもった。が、人間の渦の騒ぎはわたしの方へ拡《ひろが》ってしまった。わたしは押されて押し潰《つぶ》されそうになった。わたしはガクガク動いてゆくものに押されて歩いた。後から後からわたしを小衝《こづ》いてくるもの、ギシギシギシギシ動いてゆくものに押されて歩いているうち、わたしの硬かった足のうらがふわふわと柔かくなっていた。わたしはふわふわ歩いて行くうちに、ふと気がつくと沙漠のようなところに来ていた。いたるところに水溜《みずたま》りがあった。水溜りは夕方の空の血のような雲を映して燃えていた。やっぱし地球は割れてしまっているのがわかる。水溜りは焼け残った樹木の歯車のような影を映して怒っていた。大きな大きな蝙蝠《こうもり》が悲しげに鳴叫んだ。わたしもだんだん悲しくなった。わたしはだんだん透きとおって来るような気がした。透きとおってゆくような気がするのだけれど、足もとも眼の前も心細く薄暗くなってゆく。どうも、わたしはもう還《かえ》ってゆくところを失った人間らしかった。わたしは水溜りのほとりに蹲ってしまった。両方の掌《てのひら》で頬をだきしめると、やがて頭をたれて、ひとり静かに泣き耽《ふけ》った。ひっそりと、うっとりと、まるで一生《しよう》涯《がい》の涙があふれ出るように泣いていたのだ。ふと気がつくと、あっちの水溜りでも、こちらの水溜りでも、いたるところの水溜りにひとりずつ誰かが蹲っている。ひっそりと蹲って泣いている。では、あの人たちも、もう還ってゆくところを失った人間なのかしら、ああ、では、やっぱし地球は裂けて割れてしまったのだ。ふと気がつくと、わたしの水溜りのすぐ真下に階段が見えて来た。ずっと下に降りて行けるらしい階段を、わたしはふらふら歩いて行った。仄暗い廊下のようなところに突然、目がくらむような隙間があった。その隙間から薄荷《はっか》の香りのような微風が吹いてわたしの頰にあたった。見ると、向うには真青な空と赤い煉瓦《れんが》の塀があった。夾竹桃《きょうちくとう》の花が咲いている。あの塀に添ってわたしは昔わたしの愛人と歩いていたのだ。では、あの学校の建ものはまだ残っていたのかしら。……そんな筈《はず》はなかった、あそこらもあの時ちゃんと焼けてしまったのだから。わたしのそばでギザギザと鋏のような声がした。その声でわたしはびっくりして、またふらふら歩いて行った。また隙間が見えて来た。わたしの生れた家の庭さきの井戸が、山吹の花が明るい昼の光に揺れて。……そんな筈はなかった、あそこはすっかり焼けてしまったのだから。またギザギザの鋏の声でわたしはびっくりしていた。また隙間が見えて来る。仄暗い廊下のようなところははてしなくつづいた。……それからわたしはまたぞろぞろ動くものに押されて歩いていた。わたしは腰を下ろしたかった。腰を下ろして何か食べようとしていた。すると急に何かぱたんとわたしのなかで滑り墜《お》ちるものがあった。わたしは素直に立上って、ぞろぞろ動くものに随《つ》いておとなしく歩いた。そうしていれば、そうしていれば、わたしはどうにかわたしにもどって来そうだった。みんな人間はぞろぞろ動いてゆくようだった。その足音がわたしの耳には絶え間なしにきこえる。無数に交錯する足音についてわたしの耳はぼんやり歩き廻る。足音、足音、どうしてわたしは足音ばかりがそんなに懐《なつか》しいのか。人がざわざわ歩き廻って人が一ぱい群れ集っている場所の無数の足音が、わたしそのもののようにおもえてきた。わたしの眼には人間の姿は殆《ほとん》ど見えなくなった。影のようなものばかりが動いているのだ。影のようなものばかりのなかに、無数の足音が、……それだけがわたしをぞくぞくさせる。足音、足音、どうしてもわたしは足音が恋しくてならない。わたしはぞろぞろ動くものについて歩いた。そうしているうちに、わたしはわたしにもどって来そうだった。ある日わたしはぼんやりわたしにもどって来かかった。わたしの息子がスケッチを見せてくれた。息子が描いた川の上流のスケッチだった。わたしはわたしに息子がいたのを、ふと気がついた。わたしはわたしに迷わされてはいけなかったのだ。わたしにはまだ息子がいたのだ。突然わたしは不思議におもえた。ほんとに息子は生きているのかしら。あれもやっぱし影ではないのか。わたしはハッと逃げ出したくなった。わたしは跣《はだし》で歩き廻った。ぞろぞろ動くものに押されて、ザワザワ揺れるものに揺られて、影のようなものばかりが動いているなかをひとりふらふら歩き廻った。そうしていれば、そうしている方がやっぱしわたしはわたしらしかった。わたしの袖《そで》を息子がとらえた。「お母さん帰りましょう、家へ」……家へ？　まだ還るところがあったのかしら。わたしはそれでも素直になった。わたしはわたしに迷わされまい。わたしにはまだ息子がいるのだ。それだのに何かパタンとわたしのなかに滑り墜ちるものがある。と、すぐわたしはまた歩きたくなるのだ。足音、足音、……無数にきこえる足音がわたしを誘った。わたしはそのなかに何かやさしげな低い歌ごえをきく。わたしはそのなかを歩き廻っている。そうしていると足音がわたしのなかを歩き廻る。わたしはときどき立どまる。わたしにはまだ息子があるのだ。わたしにはまだわたしがあるのだ。それからまたふら歩きまわる。わたしにはもうわたしはない、歩いている、歩いている、歩いているものばっかしだ。

お絹の声がぷつりと消えた。僕はふらふら歩き廻っている。僕のまわりを通り越す群衆が僕には僕の影のようにおもえる。僕は僕を探しまわっているのか。僕は僕に迷わされているのか。僕は伊作ではない。僕はお絹ではない。僕ではない。伊作もお絹も突離された人間なのか。伊作の人生はまだこれから始ったばかりなのだ。お絹にはまだ息子があるのだ。そして僕には、僕には既に何もないのだろうか。僕は僕のなかに何を探し何を迷おうとするのか。

地球の割れ目か、夢の裂け目なのだろうか。夢の裂け目?……そうだ。僕はたしかにおもい出せる。僕のなかに浮んで来て僕を引裂きそうな、あの不思議な割れ目を。僕は惨劇の後、何度かあの夢をみている。崩れた庭に残っている青い水を湛《たた》えた池の底なしの貌《かお》つきを。それは僕のなかにあるような気がする。僕がそのなかにあるような気もする。それから突然ギョッとしてしまう、骨身に沁《し》みるばかりの冷やりとしたものに。……僕は還るところを失ってしまった人間なのだろうか。……自分のために生きるな、死んだ人たちの嘆きのために生きよ。僕は僕のなかに嘆きを生きるのか。

隣人よ、隣人よ、死んでしまった隣人たちよ。僕はあの時満潮の水に押流されてゆく人の叫声をきいた。僕は水に飛込んで一人は救いあげることができた。青ざめた唇の脅えきった少女は微《かす》かに僕に礼を云って立去った。押流されている人々の叫びはまだまだ僕の耳にきこえた。僕はしかしもうあのとき水に飛込んで行くことができなかった。……隣人よ、隣人よ。そうだ、君もまた僕にとって数時間の隣人だった。片手片足を光線で捥《も》がれ、もがきもがき土の上に横《よこた》わっていた男よ。僕が僕の指で君の唇に胡瓜《きゅうり》の一片を差あたえたとき、君の唇のわななきは、あんな悲しいわななきがこの世にあるのか。……ある。たしかにある。……隣人よ、隣人よ、黒くふくれ上り、赤くひき裂かれた隣人たちよ。そのわななきよ。死悶《しにもだ》えて行った無数の隣人たちよ。おんみたちの無数の知られざる死は、おんみたちの無限の嘆きは、天にとどいて行ったのだろうか。わからない、わからない、僕にはそれがまだはっきりとわからないのだ。僕にわかるのは僕がおんみたちの無数の死を目の前に見る前に、既に、その一年前に、一つの死をはっきり見ていたことだ。

その一つの死は天にとどいて行ったのだろうか。わからない、わからない、それも僕にはわからないのだ。僕にはっきりわかるのは、僕がその一つの嘆きにつらぬかれていたことだけだ。そして僕は生き残った。お前は僕の声をきくか。

僕をつらぬくものは僕をつらぬけ。僕をつらぬくものは僕をつらぬけ。一つの嘆きよ、僕をつらぬけ。無数の嘆きよ、僕をつらぬけ。僕はここにいる。僕はこちら側にいる。僕はここにいない。僕は向側にいる。僕は僕の嘆きを生きる。僕は突離された人間だ。僕は歩いている。僕は還るところを失った人間だ。僕のまわりを歩いている人間……あれは僕　で　は　な　い。

僕はお前と死別れたとき、これから既に僕の苦役が始ると知っていた。僕は家を畳んだ。広島へ戻った。あの惨劇がやって来た。飢餓がつづいた。東京へ出て来た。再び飢餓がつづいた。生存は拒まれつづけた。苦役ははてしなかった。何のために何のための苦役なのか。わからない、僕にはわからない、僕にはわからないのだ。だが、僕のなかで一つの声がこう叫びまわる。

僕は堪えよ、堪えてゆくことばかりに堪えよ。僕を引裂くすべてのものに、身の毛のよ立つものに、死の叫びに堪えよ。それからもっと堪えてゆけよ、フラフラの病いに、飢えのうめきに、魔のごとく忍びよる霧に、涙をそのかすすべての優しげな予感に、すべての還って来ない幻たちに……。僕は堪えよ、堪えてゆくことばかりに堪えよ、最後まで堪えよ、身と自らを引裂く錯乱に、骨身を突刺す寂寥《せきりょう》に、まさに死のごとき消滅感にも……。それからもっともっと堪えてゆけよ、一つの瞬間のなかに閃《ひらめ》く永遠のイメージにも、雲のかなたの美しき嘆きにも……。

お前の死は僕を震駭《しんがい》させた。病苦はあのとき家の棟をゆすぶった。お前の堪えていたものの巨《おお》きさが僕の胸を押潰した。

おんみたちの死は僕を戦慄《せんりつ》させた。死狂う声と声とはふるさとの夜の河原に木霊《こだま》しあった。

真夏ノ夜ノ
河原ノミズガ
血ニ染メラレテ　ミチアフレ
声ノカギリヲ
チカラノアリッタケヲ
オ母サン　オカアサン
断末魔ノカミツク声
ソノ声ガ
コチラノ堤ヲノボロウトシテ
ムコウノ岸ニ　ニゲウセテユキ

それらの声はどこへ逃げうせて行っただろうか。おんみたちの背負わされていたギリギリの苦悩は消えうせたのだろうか。僕はふらふら歩き廻っている。僕のまわりを歩き廻っている無数の群衆は……僕ではない。僕ではない。僕ではない。僕ではなかったそれらの声はほんとうに消え失せて行ったのか。それらの声は戻ってくる。僕に戻ってくる。それらの声が担《にな》っていたものの荘厳《そうごん》さが僕の胸を押潰す。戻ってくる、戻ってくる、いろんな声が僕の耳に戻ってくる。

アア　オ母サン　オ父サン　早ク夜ガアケナイノカシラ

窪地で死悶えていた女学生の祈りが僕に戻ってくる。

兵隊サン　兵隊サン　助ケテ

鳥居の下で反転している火傷娘の真赤な泣声が僕に戻ってくる。

アア　誰カ僕ヲ助ケテ下サイ　看護婦サン　先生

真黒な口をひらいて、きれぎれに弱々しく訴えている青年の声が僕に戻ってくる、戻ってくる、戻ってくる、さまざまの嘆きの声のなかから、

ああ、つらい　つらい

と、お前の最後の声が僕のなかできこえてくる。そうだ、僕は今漸《ようや》くわかりかけて来た。僕がいつ頃から眠れなくなったのか、何年間僕が眠らないでいるのか。……あの頃から僕は人間の声の何ごともない音色のなかにも、ふと断末魔の音色がきこえた。面白そうに笑いあっている人間の声の下から、ジーンと胸を潰すものがひびいて来た。何ごともない普通の人間の顔の単純な姿のなかにも、すぐ死の痙攣《けいれん》や生の割れ目が見えだして来た。いたるところに、あらゆる瞬間にそれらはあった。人間一人一人の核心のなかに灼《や》きつけられていた。人間の一人一人からいつでも無数の危機や魂の惨劇が飛出しそうになった。それらはあった。それらはあった。それらはあった。それらはあった。それらはきびしく僕に立ちむかって来た。僕はそのために圧潰《おしつぶ》されそうになっているのだ。僕は僕に訊《たず》ねる。救いはないのか、救いはないのか。だが、僕にはわからないのだ。僕は僕の眼を捩ぎとりたい。僕は僕の耳を截《き》り捨てたい。だが、それらはあった、それら

はあった、僕は錯乱しているのだろうか。僕のまわりをぞろぞろ歩き廻っている人間……あれは僕ではない。僕ではない。だが、それらはあった。それらはあった。僕の頭のなかを歩き廻っている群衆……あれは僕ではない。僕ではない。だが、それらはあった、それらはあった。

それらはあった。それらはあった。と、ふと僕のなかで、お前の声がきこえてくる。昔から昔から、それらはあった、と……。そうだ、僕はもっともっとはっきり憶《おも》い出せて来た。お前は僕のなかに、それらを視《み》つめていたのか。僕もお前のなかに、それらを視ていたのではなかったか。救いはないのか、救いはないのか、と僕たちは昔から叫びあっていたのだろうか。それだけが、僕たちの生きていた記憶ではなかったのか。だが救いは。僕にはやはりわからないのだ。お前は救われたのだろうか。僕にはわからない。僕にわかるのは救いを求める嘆きのなかに僕たちがいたということだけだ。そして僕はいる、今もいる、その嘆きのなかにつらぬかれて生き残っている。そしてお前はいる、今もいる、恐らくはその嘆きのかなたに……。

救いはない、救いはない、と、ふと僕のなかで誰かの声がする。僕はおどろく。その声は君か、友よ、友よ、遠方の友よ、その声は君なのか。忽《たちま》ち僕の眼のまえに若い日の君のイメージは甦《よみがえ》る。交響楽を、交響楽を、人類の大シンフォニーを夢みていた友よ。人間が人間とぴたりと結びつき、魂が魂と抱きあい、歓喜が歓喜を煽《あお》りかえす日を夢みていた友よ。あの人類の大劇場の昂《たか》まりゆく波のイメージは……。だが（救いはない、救いはない）と友は僕に呼びつづける。（沈んでゆく、沈んでゆく、一切は地下に沈んでゆく。それすら無感覚のわれわれに今救いはないのだ。一つの魂を救済することは一つの全生涯《しょうがい》を破滅させても今は出来ない。奈落《ならく》だ、奈落だ、今はすべてが奈落なのだ。今はこの奈落の底を見とどけることに僕は僕の眼を磨《と》ぐばかりだ）友よ、友よ、遠方の友よ、かなしい友よ、不思議な友よ。堪えて、堪えて、堪え抜いている友よ。救いはないのか、救いはないのか。……僕はふらふら歩き廻る。やっぱし歩き廻っているのか。僕のまわりを歩きまわっている群衆。僕の頭のなかの群衆。やっぱし僕は雑沓《ざっとう》のなかをふらふら歩いているのか。雑沓のなかから、また一つの声がきこえてくる。ゆるいゆるい声が僕に話しかける。

〈ゆるいゆるい声〉

……僕はあのときパッと剝《は》ぎとられたと思った。それからのこのこと外へ出て行ったが、剝ぎとられた後がザワザワ揺れていた。いろんな部分から火や血や人間の屍《しかばね》が噴き出ていて、僕をびっくりさせたが、僕は剝ぎとられたほかの部分から何か爽《さわ》やかなものや新しい芽が吹き出しそうな気がした。僕は医《い》やされそうな気がした。僕は僕のなかに開かれたものを持って生きて行けそうだった。それで僕はそこを離れると遠い他国へ出かけて行った。ところが僕を見る他国の人間の眼は僕のなかに生き残りの人間しか見てくれなかった。まるで僕は地獄から脱走した男だったのだろうか。人は僕のなかに死にわめく人間の姿をしか見てくれなかった。「生き残り、生き残り」と人々は僕のことを罵《ののし》った。まるで何かわるい病気を背負っているものを見るような眼つきで。このことにばかり興味をもって見られる男でしかないかのように。それから僕の窮乏は底をついて行った。他国の掟《おきて》はきびしすぎた。不幸な人間に爽やかな予感は許されないのだろうか……。だが、僕のなかの爽やかな予感はどうなったのか。僕はそれが無性に気にかかる。毎日毎日が重く僕にのしかかり、僕のまわりはだらだらと過ぎて行くばかりだった。僕は僕のなかから突然爽やかなものが跳ねだしそうになる。だが、だらだらと日はすぎてゆく。……僕のなかの爽やかなものは、……だが、だらだらと日はすぎてゆく。僕のなかの、だが、だらだらと、僕の背は僕の背負っているものでだんだん屈《かが》められてゆく。

〈またもう一つのゆるい声が〉

……僕はあれを悪夢にたとえていたが、時間がたつに随《したが》って、僕が実際みる夢の方は何だかひどく気の抜けたもののようになっていた。たとえば夢ではあのときの街の屋根がゆるいゆるい速度で傾いて崩れてゆくのだ。空には青い青い茫《ぼう》とした光線がある。この妖《あや》しげな夢の風景には恐怖などと云うより、もっともっとどうにもならぬ郷愁が喰らいついてしまっているようなのだ。それから、あの日あの河原にずらりと並んでいた物《もの》凄《すご》い重傷者の裸体群像にしたところで、まるで小さな洞窟《どうくつ》のなかにぎっしり詰め込められている不思議と可憐《かれん》な粘土細工か何かのように夢のなかでは現れてくる。その無気味な粘土細工は蠟人形《ろうにんぎょう》のように色彩まである。そして、時々、無感動に蠢《うご》めいている。あれはもう脅迫などではなさそうだ。もっともっとどうにもならぬ無限の距離から、こちら側へ静かにゆるやかに匍《は》い寄ってくる憂愁に似ている。それから、あの焼け失《う》せてしまった家の夢にしたところで、僕の夢のなかでは僕の坐っていた畳のところとか、僕の腰かけていた窓側とかいうものはちょっとも現れて来ず、雨に濡《ぬ》れた庭石の一つとか、縁側の曲り角の朽ちそうになっていた柱とか、もっともっとどうにもならぬ侘《わび》しげなもののばかりが、ふわふわと地霊のようにしのび寄ってくる。僕と夢とあの惨劇を結びつけているものが、こんなに茫々として気が抜けたものになっているのは、どうしたことなのだろうか。

〈更にもう一つの声がゆるやかに〉

……わたしはたった一人生き残ってアフリカの海岸にたどりついた。わたしひとりが人類の最後の生き残りかとおもうと、わたしの軀《からだ》はぶるぶると震え、わたしの吐く息の一つ一つがわたしに別れを告げているのがわかる。わたしの視ている刹那《せつな》刹那がすべてのものの終末かとおもうと、わたしは気が遠くなってゆく。なにものももうわたしで終り、なにものももうわたしから始らないのかとおもうと、わたしのなかにすべての慟哭《どうこく》がむらがってくる。わたしの視ている碧《あお》い碧い波……あんなに碧い波も、ああ、昔、昔、……人間が視ては何かを感じ何かを考え何かを描いていたのだろうに、……その碧い碧い波ももうわたしの……わたし以前のしのびなきにすぎない。死・愛・孤独・夢……そうした抽象観念ももはやわたしにとって何になろう。わたしの吐く息の一つ一つにすべての記憶はこぼれ墜ち、記号はもはや貯《たくわ》えおくべき場を喪《うしな》ってゆく。ああ、生命《いのち》……生命……これが生命あるものの最後の足掻《あがき》なのだろうか。ああ、生命、生命、……人類の最後の一人が息をひきとるときがこんなに速くこんなに速くもやってきたのかとおもうと、わたしのなかにすべての悔恨がふきあがってくる。なぜに人間は……なぜに人間は……なぜ人間は……ああ、しかし、もうなにもかもとりかえしのつかなくなってしまったことなのだ。わたしひとりではもはやどうにもならない。わたしひとりではもはやどうしようもない。わたしはわたしの吐く息の一つ一つにはっきりとわたしを刻みつけ、まだわたしの生きていることをたしかめているのだろうか。わたしはわたしの吐く息の一つ一つに吸い込まれ、わたしの無くなってゆくことをはっきりとあきらめているのだろうか。ああ、しかし、もうどちらにしても同じことのようだ。

〈更にもう一つの声が〉

……わたしはあのとき殺されかかったのだが、ふと奇蹟《きせき》的に助かって、ふとリズムを発見したような気がした。リズムはわたしのなかから湧《わ》きだすと、わたしの外にあるものがすべてリズムに化してゆくので、わたしは一秒ごとに熱狂しながら、一秒ごとに冷却してゆくような装置になった。わたしは地上に落ちていたヴァイオリンを拾いあげると、それを弾きながら歩いてみたが、わたしの霊感は緊張しながら遅緩し、痙攣しながら流動し、どこへどう伸びてゆくのかわからなくなる。わたしは詩のことも考えてみる。わたしにとって詩は、(詩はわななく指で　みだれ　みだれ　細い文字の　こころのうずき) だが、わたしにとって詩は、(詩は情緒のなかへ崩れ墜《お》ちることではない、きびしい稜角《りようかく》をよじのぼろうとする意志だ) わたしは人波のなかをはてしなくはてしなくさまよっているようだ。わたしが発見したとおもったのは衝動だったのかしら、わたしをさまよわせているのは痙攣なのだろうか。まだわたしは原始時代の無数の痕跡《こんせき》のなかで迷い歩いているようだった。

〈更にもう一つの声が〉

……わたしはあのとき死んでしまったが、ふとどうしたはずみか、また地上によびもどされているようだ。あれから長い長い年月が流れたかとおもうと、青い青い風の外套《がいとう》、白い白い雨の靴……。帽子？　帽子はわたしには似合わなかった。生き残った人間はまたぞろぞろと歩いていた。長い長い年月が流れたかとおもったのに。街の鈴懸《すずかけ》は夏らしく輝き、人の装《よそお》いはいじらしくなっていた。ある日、突然、わたしの歩いている街角でパチンと音と光が炸裂《さくれつ》した。雷鳴なのだ。忽《たちま》ち雨と風がアスファルトの上をザザと走りまわった。走り狂う白い烈《はげ》しい雨脚《あまあし》を美しいなとおもってわたしはみとれた。みとれているうちに泣きたくなるほど烈しいものを感じだした。あのなかにこそ、あのなかにこそ、とわたしはあのなかに飛込んでしまいたかった。だが、わたしは雨やどりのため、時計店のなかに這入《はい》って行った。ガラスの筒のなかに奇妙な置時計があった。時計の上にくっついている小さな鳥の玩具が一秒毎《ごと》に向を変えて動いている。わたしはその鳥をぼんやり眺めていると、ふと、望みにやぶれた青年のことがおもいうかんだ。人の世の望みに破れて、こうして、くるくると動く小鳥の玩具をひとりぼんやり眺めている青年のことが……。だが、わたしはどうしてそんなことを考えているのか。わたしも望みに破れた人間らしい。わたしには息子はない、妻もない。わたしは白髪の老教師なのだが。もしわたしに息子があるとすれば、それは沙漠に生き残っている一匹の蜥蜴《とかげ》らしい。わたしはその息子のために、あの置時計を購ってやりたかった。息子がそいつをパタンと地上に叩《たた》きつける姿が見たかったのだ。

……………………

声はつぎつぎに僕に話しかける。雑沓のなかから、群衆のなかから、頭のなかから、僕のなかから。どの声もどの声も僕のまわりを歩きまわる。どの声もどの声も救いはないのか、救いはないのかと繰返している。その声は低くゆるく群盲のように僕を押してくる。押してくる。押してくる。そうだ、僕は何年間押されとおしているのか。僕は僕をもっとはっきりたしかめたい。しかし、僕はもう僕を何度も何度もたしかめたはずだ。今の今、僕のなかには何があるのか。救いか？ 救いはないのか救いはないのかと僕は僕に回転しているのか。回転して押されているのか。それが僕の救いか。違う。絶対に違う。僕は僕にきっぱりと今云う。僕は僕に飛びついても云う。

……救いはない。

僕は突離された人間だ。還《かえ》るところを失った人間だ。突離された人間に救いはない。還るところを失った人間に救いはない。

では、僕はこれで全部終ったのか。僕のなかにはもう何もないのか。僕は回転しなくてもいいのか。僕は存在しなくてもいいのか。違う。それも違う。僕は僕に飛びついても云う。

……僕にはある。

僕にはある。僕にはある。僕にはまだ嘆きがあるのだ。僕にはある。僕にはある。僕には一つの嘆きがある。僕にはある。僕にはある。僕には無数の嘆きがある。一つの嘆きは無数の嘆きと結びつく。無数の嘆きは一つの嘆きと鳴りひびく。僕は僕に鳴りひびく。鳴りひびく。嘆きは僕と結びつく。僕は結びつく。僕は無数と結びつく。鳴りひびく。無数の嘆きは鳴りひびく。鳴りひびく。一つの嘆きは鳴りひびく。鳴りひびく。一つの嘆きは無数のように。結びつく、一つの嘆きは無数のように。一つのように、無数のように。鳴りひびく。結びつく。嘆きは嘆きに鳴りひびく。嘆きのかなた、嘆きのかなた、嘆きのかなたまで、鳴りひびき、結びつき、一つのように、無数のように……。

一つの嘆きよ、僕をつらぬけ。無数の嘆きよ、僕をつらぬけ。僕をつらぬくものは僕をつらぬけ。僕をつらぬくものは僕をつらぬけ。嘆きよ、嘆きよ、僕をつらぬけ……。戻って来た、戻って来た、僕の歌ごえが僕にまた戻って来た。これは僕の錯乱だろうか。これは僕の無限回転だろうか。だが、戻って来るようだ、戻ってくるようだ。何かが今しきりに戻って来るようだ。僕のなかに僕のすべてが。……僕はだんだん爽やかに人心地がついてくるようだ。僕が生活している場がどうやらわかってくるようだ。僕は群衆のなかをさまよい歩いてばかりいるのではないようだ。僕は頭のなかをうろつき歩いてばかりいるのでもないようだ。久しい以前から僕は踏みはずした、ふらふらの宇宙にばかりいるのでもないようだ。久しい以前から、既に久しい以前から鎮魂歌を書こうと思っているようなのだ。鎮魂歌を、鎮魂歌を、僕のなかに戻ってくる鎮魂歌を……。

僕は街角の煙草屋《たばこや》で煙草を買う。僕は突離された人間だ。だが殆《ほとん》ど毎朝のようにここで煙草を買う。僕は煙草をポケットに入れてロータリーを渡る。鋪道《ほどう》を歩いて行く。鋪道にあふれる朝の鎮魂歌……。僕がいつも行く外食食堂の前にはいつものように靴磨屋《くつみがきや》がいる。鋪道の細い空地には鶏を入れた箱、箱のなかで鶏が動いている。いつものように何もかもある。電車が、自動車が、さまざまの音響が、屋根の上を横切る燕《つばめ》が、通行人が、商店が、いつものように何もかも存在する。僕は還るところを失った人間。だが僕の嘆きは透明になっている。何も彼も存在する。僕でないものの存在が僕のなかに透明に映ってくる。それは僕のなかを突抜けて向側へ飜《ひるがえ》って行く。向側へ、向側へ、無限の彼方《かなた》へ、……流れてゆく。なにもかも流れてゆく。素直に静かに、流れてゆくことを気づかないで、いつもいつも流れてゆく。僕のまわりにある無数の雑音、無数の物象、めまぐるしく、めまぐるしく、動きまわるものたち、それらは静かに、それらは素直に、無限のかなたで、ひびきあい、結びつき、流れてゆくことを気づかないで、いつもいつも流れてゆく。書店の飾窓の新刊書、カバンを提げた男、店頭に置かれている鉢植《はちうえ》の酸漿《ほおずき》、……あらゆるものが無限のかなたで、ひびきあい、結びつき、ひそかに、ひそかに、もっとも美しい、もっとも優しい囁《ささや》きのように。僕はいつも行く喫茶店に入り椅子《いす》に腰を下ろす。いつもいる少女は、いつものように僕が黙っていても珈琲《コーヒー》を運んでくる。僕は剝ぎとられた世界の人間。だが、僕はゆっくり煙草を吸い珈琲を飲む。僕のテーブルの上の花瓶に活《い》けられている白百合《しらゆり》の花。僕のまわりの世界は剝ぎとられてはいない。僕のまわりのテーブルの見知らぬ人たちの話声、店の片隅のレコードの音、僕が腰を下ろしている椅子のすぐ後の扉を通過する往来の雑音。自転車のベルの音。剝ぎとられていない懐《なつか》しい世界が音と形に充満している。それらは僕の方へ流れてくる。僕を突抜けて向側へ移ってゆく。透明な無限の速度で向側へ向側へ無限のかなたへ。剝ぎとられていない世界は生活意欲に充満している。人間のいとなみ、日ごとのいとなみ、いとなみの存在、……それらは音と形に還元されていつも僕のなかを透明に横切る。それらは無限の速度で、静かに素直に、無限のかなたで、ひびきあい、むすびつき、流れてゆく、憧《あこが》れのようにもっとも激しい憧れのように、祈りのように、もっとも切なる祈りのように。

それから、交叉点《こうさてん》にあふれる夕の鎮魂歌……。僕はいつものように濠端《ほりばた》を散歩して、静かな、かなしい物語を夢想している。静かな、かなしい物語は靴音のように僕を散歩させてゆく。それから僕はいつものように雑沓の交叉点に出ている。いつものように無数の人間がそわそわ動き廻っている。いつものようにそこには電車を待つ群衆が溢《あふ》れている。彼等は帰って行くのだ。みんなそれぞれ帰ってゆくらしいのだ。一つの物語を持って。一つ一つ何か懐しいものを持って。僕は還るところを失った人間、剝ぎとられた世界の人間。だが僕は彼等のために祈ることだってできる。僕は祈る。(彼等の死が成長であることを。その愛が持続であることを。彼等が孤独ならぬことを。情欲が眩惑《げんわく》でなく、狂気であまり烈しからぬことを。バランスと夢に恵まれることを。神に見捨てられざることを。彼等の役人が穏かなることを。花に涙ぐむことを。彼等がよく笑いあう日を。戦争の絶滅を。) 彼等はみんな僕の眼の前を通り過ぎる。彼等はみんな僕のなかを横切ってゆく。四つ角の破れた立看板の紙が風にくるくる舞っている。それも横切ってゆく。僕のなかを。透明のなかを。無限の速度で、憧れのように、祈りのように、静かに、素直に、無限のかなたで、ひびきあうため、結びつくため……。

それから夜。僕のなかでなりひびく夜の歌。

生の深みに、……僕は死の重みを背負いながら生の深みに……。死者よ、死者よ。僕をこの生の深みに沈め導いて行ってくれるのは、おんみたちの嘆きのせいだ。日が日に積み重なり時間が時間と隔たってゆき、遥《はる》かなるものは、もう、もの音もしないが、あ あ、この生の深みより、あおぎ見る、空間の荘厳《そうごん》さ。幻たちはいる。幻たちは幻たちは嘗《かつ》て最もあざやかに僕を惹《ひ》きつけた面影となって僕の祈願にいる。父よ、あなたはいる、縁側の安楽椅子に。母よ、あなたはいる、庭さきの柘榴《ざくろ》のほとりに。姉よ、あなたはいる、葡萄棚《ぶどうだな》の下のしたたる朝露のもとに。あんなに美しかった束《つか》の間《ま》に嘗ての姿をとりもどすかのように、みんな初々《ういうい》しく。

　友よ、友よ、君たちはいる、にこやかに新しい書物を抱《かか》えながら、涼しい風の電車の吊革《つりかわ》にぶらさがりながら、たのしそうに、そんなに爽やかな姿で。

　隣人よ、隣人よ、君たちはいる、ゆきずりに僕を一瞬感動させた不動の姿でそんなに悲しく。

　そして、妻よ、お前はいる、殆ど僕の見わたすところに、最も近く最も遥かなところまで、最も切なる祈りのように。

　死者よ、死者よ、僕を生の深みに沈めてくれるのは……ああ、この生の深みより仰ぎ見るおんみたちの静けさ。

　僕は堪えよ、静けさに堪えよ。幻に堪えよ。生の深みに堪えよ。堪えて堪えて堪えてゆくことに堪えよ。一つの嘆きに堪えよ。無数の嘆きに堪えよ。嘆きよ、嘆きよ、僕をつらぬけ。還るところを失った僕をつらぬけ。突き離された世界の僕をつらぬけ。

　明日、太陽は再びのぼり花々は地に咲きあふれ、明日、小鳥たちは晴れやかに囀《さえず》るだろう。地よ、地よ、つねに美しく感動に満ちあふれよ。明日、僕は感動をもってそこを通りすぎるだろう。


（昭和二十四年八月号『群像』）

永遠のみどり

梢《こずえ》をふり仰ぐと、嫩葉《わかば》のふくらみに優しいものがチラつくようだった。樹木が、春さきの樹木の姿が、彼をかすかに慰めていた。吉祥寺《きちじょうじ》の下宿へ移ってからは、人は稀《ま》れにしか訪ねて来なかった。彼は一週間も十日も殆《ほと》ど人間と会話をする機会がなかった。外に出て、煙草を買うとき、「タバコを下さい」という。喫茶店に入って、「コーヒー」と註文《ちゅうもん》する。日に言語を発するのは、二ことか三ことであった。だが、そのかわり、声にならない無数の言葉は、絶えず彼のまわりを渦巻いていた。

水道道路のガード近くの叢《くさむら》に、白い小犬の死骸《しがい》がころがっていた。春さきの陽を受けて安らかにのびのびと睡《ねむ》っているような恰好《かっこう》だった。誰にも知られず誰にも顧みられず、あのように静かに死ねるものなら……彼は散歩の途中、いつまでも野晒《のざら》しになっている小さな死骸を、しみじみと眺めるのだった。これは、彼の記憶に灼《や》きつけられている人間の惨死図とは、まるで違う表情なのだ。

「これからさき、これからさき、あの男はどうして生きて行くのだろう」——彼は年少の友人達にそんな噂《うわさ》をされていた。それは彼が神田の出版屋の一室を立退《たちの》くことになっていて、行先がまだ決まらず、一切が宙に迷っている頃のことだった。雑誌がつぶれ、出版社が倒れ、微力な作家が葬《ほうむ》られてゆく情勢に、みんな暗澹《あんたん》とした気分だった。一そのこと靴磨《くつみがき》になろうかしら、と、彼は雑沓《ざっとう》のなかで腰を据えて働いている靴磨の姿を注意して眺めたりした。

「こないだの晩も電車のなかで、FとNと三人で噂したのは、あなたのことです。これからさき、これからさき、どうして一たい生きて行くのでしょうか」近くフランスへ留学することに決定しているEは、彼を顧みて云った。その詠嘆的な心細い口調は、黙って聞いている彼の腸《はらわた》をよじるようであった。彼はとにかく身を置ける一つの部屋が欲しかった。

荻窪《おぎくぼ》の知人の世話で借りれる約束になっていた部屋を、ある日、彼が確かめに行くと、話は全く喰いちがっていた。茫然《ぼうぜん》として夕ぐれの路《みち》を歩いていると、ふと、その知人と出逢《であ》った。その足で、彼は一緒に吉祥寺の方の別の心あたりを探してもらった。そこの部屋を借りることに決めたのは、その晩だった。

騒々しい神田の一角から、吉祥寺の下宿の二階に移ると、彼は久し振りに自分の書斎へ戻ったような気持がした。静かだった。二階の窓からは竹藪《たけやぶ》や木立や家屋が、ゆったりと空間を占めて展望された。ぼんやり机の前に坐っていると、彼はそこが妻と死別した家のつづきのような気持さえした。五日市《いつかいち》街道を歩けば、樹木がしきりに彼の眼についた。楢《なら》、欅《けやき》、木蘭《もくらん》、……あ、これだったのかしら、久しく恋していたものに、めぐりあったように心がふくらむ。……だが、微力な作家の暗澹たる予想は、ここへ移っても少しも変ってはいなかった。二年前、彼が広島の土地を売って得た金が、まだほんの少し手許《てもと》に残っていた。それはこのさき三、四カ月生きてゆける計算だった。彼はこの頃また、あの「怪物」の比喩《ひゆ》を頻《しき》りに想い出すのだった。

非力な戦災者を絶えず窮死に追いつめ、何もかも奪いとってしまおうとする怪物にむかって、彼は広島の焼跡の地所を叩《たた》きつけて逃げたつもりだった。これだけ怪物の口へ与えておけば、あと一年位は生きのびることができる。彼は地所を売って得た金を手にして、その頃、昂然《こうぜん》とこう考えた。すると、怪物はふと、おもむろに追求の手を変えたのだ。彼の原稿が少しずつ売れたり、原子爆弾の体験を書いた作品が、一部の人に認められて、単行本になったりした。彼はどうやら二年間無事に生きのびることができた。だが、怪物は決して追求の手をゆるめたのではなかった。再びその貌《かお》が間近に現れたとき、彼はもう相手に叩き与える何ものも無く、今は逃亡手段も殆ど見出《みいだ》せない破目に陥っていた。

「君はもう死んだっていいじゃないか。何をおずおずするのだ」

特殊潜水艦の搭乗員だった若い友人は酔っぱらうと彼にむかって、こんなことを云っいた。虚《むな》しく屠《ほふ》られてしまった無数の哀《かな》しい生命にくらべれば、窮地に追詰められてはいても、とにかく彼の方が幸《しあわせ》かもしれなかった。天が彼を無用の人間として葬るなら、止《や》むを得ないだろう。ガード近くの叢で見た犬の死骸はときどき彼の脳裏に閃《ひらめ》いた。死ぬ前にもう一度、という言葉が、どうかするとすぐ浮んだ。が、それを否定するように激しく頭を振っていた。しかし、もう一度、彼は郷里に行ってみたかったのだ。かねて彼は作家のMから、こんど行われる、日本ペンクラブの「広島の会」に同行しないかと誘われていた。広島の兄からは、間近に迫った甥《おい》の結婚式に戻って来ないかと問合せの手紙が来ていた。倉敷の妹からも、その途中彼に立寄ってくれと云って来た。だが、旅費のことで彼はまだ何ともはっきり決心がつかなかった。

ある日、彼はすぐ近くにある、井《い》ノ頭《かしら》公園の中へはじめて足を踏込んでみた。ずっと前に妻と一度ここへ遊んだことがあったが、その時の甘い記憶があまりに鮮明だったので、何かここを再び訪ねるのが躊躇《ちゅうちょ》されていたのだった。薄暗い並木の下の路を這入《はい》って行くと、すぐ眼の前に糠《ぬか》のように小さな虫の群が渦巻いていた。彼は池のほとりに出ると、水を眺めながら、ぐるぐる歩いた。水のなかの浮草は新しい蔓《つる》を張り、そのなかをおたまじゃくしが泳ぎ廻っている。なみなみと満ち溢《あふ》れる明るいものが頻りに感じられるのだった。

彼が日に一度はそこを通る樹木の多い路は、日毎《ひごと》に春らしく移りかわっていた。枝についた新芽にそそぐ陽の光を見ただけでも、それは酒のように彼を酔わせた。最も微妙な音楽がそこから溢れでるような気持がした。

とおうい　とおうい　あまぎりいいす
朝がふたたび　みどり色にそまり
ふくらんでゆく蕾《つぼみ》のぐらすに
やさしげな予感がうつってはいないか
少年の胸には　朝ごとに窓　窓がひらかれた
その窓からのぞいている　遠い私よ

これは二年前、彼が広島に行ったとき、何気なくノートに書きしるしておいたものである。郷愁が彼の心を嚙《か》んだ。甥の結婚式には間にあわなかったが、こんどの姉のペンクラブ「広島の会」には、どうしても出掛けようと思った。……彼は舟入川口町の姉の家にある一枚の写真を忘れなかった。それは彼が少年の頃、死別れた一人の姉の写真だったが、葡萄棚《ぶどうだな》の下に佇《たたず》んでいる、もの柔かい少女の姿が、今もしきりに懐《なつ》かしかった。そうだ、こんど広島へ行ったら、あの写真を借りてもどろう──そういう突飛なおもいつきが、更に彼の郷愁を煽《あお》るのだった。

　ある日、彼は友人から、少年向の単行本の相談をうけた。それは確実な出版社の企画で、その仕事をなしとげれば彼にとっては六カ月位の生活が保証される見込だった。急に目さきが明るくなって来たおもいだった。その仕事で金が貰《もら》えるのは、六カ月位あとのことだから、それまでの食いつなぎのために、彼は広島の兄に借金を申込むつもりにした。……倉敷の姪《めい》たちへの土産ものを買いながら、彼は何となく心が弾んだ。少女の好みそうなものを撰《えら》んでいると、やさしい交流が遠くに感じられた。

　……それは恋というのではなかったが、彼は昨年の夏以来、ある優しいものによって揺すぶられていた。ふとしたことから知りあいになった、Uという二十二になるお嬢さんは、彼にとって不思議な存在になった。最初の頃、その顔は眩《まぶ》しいように彼を戦《おの》かせ、一緒にいるのが何か呼吸《いき》苦《ぐる》しかった。が、馴《な》れるに随《したが》って、彼のなかの苦しいものは除かれて行ったが、何度逢っても、繊細で清楚《せいそ》な鋭い感じは変らなかった。彼はそのことを口に出して讃《ほ》めた。すると、タイピストのお嬢さんは云うのだった。

「女の心をそんな風に美しくばかり考えるのは間違いでしょう。それに、美はすぐうつろいますわ」

　彼は側《そば》にいる、この優雅な少女が、戦時中、十文字に襷《たすき》をかけて挺身隊《ていしんたい》にいたということを、きいただけでも何か痛々しい感じがした。一緒にお茶を飲んだり、散歩している時、声や表情にパッと新鮮な閃きがあった。二十二歳といえば、彼が結婚した時の妻の年齢であった。

「とにかく、あなたは懐しいひとだ。懐しいひととして憶《おぼ》えておきたい」

神田を引あげる前の晩、彼が部屋中を荷物で散らかしていると、Uは窓の外から声をかけた。彼はすぐ外に出て一緒に散歩した。吉祥寺に移ってからは、逢う機会もなかった。が、広島へ持って行くカバンのなかに、彼はお嬢さんの写真をそっと入れておいた。

……ペンクラブの一行とは広島で落合うことにして、彼は一足さきに東京を出発した。

倉敷駅の改札口を出ると、小さな犬を抱《かか》えている女の児《こ》が目についた。と、その女の児は黙って彼にお辞儀した。暫《しばら》く見なかった間に小さな姪はどこか子供の頃の妹の顔つきと似てきた。

「お母さんは今ちょっと出かけていますから」と、小さな姪は勝手口から上って、玄関の戸を内から開けてくれた。その座敷の机の上には黄色い箱の外国煙草《たばこ》が置いてあった。

「どうぞ、お吸いなさい」と姪はマッチを持ってくると、これで役目をはたしたように外に出て行った。彼は壁際《かべぎわ》によって、そこの窓を開けてみた。窓のすぐ下に花畑があって、スミレ、雛菊《ひなぎく》、チューリップなどが咲き揃《そろ》っていた。色彩の渦にしばらく見とれていると、表から妹が戻って来た。すると小さな姪は母親の側にやって来て、ぺったり坐っていた。大きい方の姪はまだ戻って来なかったが、彼が土産の品を取出すと、「まあ、こんなものを買うとき、やっぱし、あなたも娯《たの》しいのでしょう」と妹は手にとって笑った。

「とてもいいところから貰えて、みんな満足のようでした」

先日の甥の結婚式の模様を妹はこまごまと話しだした。

「式のとき、あなたの噂も出ましたよ。あれはもう東京で、ちゃんといいひとがあるらしい、とみんなそう云っていました」

急に彼はおかしくなった。妻と死別してもう七年になるので、知人の間でとかく揶揄《やゆ》や嘲笑《ちょうしょう》が絶えないのを彼は知っていた。……妹が夕飯の仕度にとりかかると、彼は応接室の方へ行ってピアノの前に腰を下ろした。そのピアノは昔、妹が女学生の頃、広島の家の座敷に据えてあったものだ。彼はピアノの蓋《ふた》をあけて、ふとキイに触ってみた。暫く無意味な音を叩いていると、そこへ中学生の姪が姿を現した。すっかり少女らしくなった姿が彼の眼にひどく珍しかった。「何か弾いてきかせて下さい」と彼が頼むと、姪はピアノの上の楽譜をあれこれ捜し廻っていた。

「この『エリーゼのために』にしましょうか」と云いながら、また別の楽譜をとりだして彼に示しては、「これはまだ弾けません」とわざわざ断ったりする。その忙しげな動作は躊躇に充《み》ちて危うげだったが、やがて、エリーゼの楽譜に眼を据えると、指はたしかな音を弾いていた。

翌朝、彼が眼をさますと、枕頭《ちんとう》に小さな熊や家鴨《あひる》の玩具が並べてあった。姪たちのいたずらかと思って、そのことを云うと、「あなたが淋《さび》しいだろうとおもって、慰めてあげたのです」と妹は笑いだした。

その日の午後、彼は姪に見送られて汽車に乗った。各駅停車のその列車は地方色に染まり、窓の外の眺めものんびりしていたが、尾道《おのみち》の海が見えて来ると、久し振りに見る明るい緑の色にふと彼は惹《ひ》きつけられた。それから、彼の眼は何かをむさぼるように、だんだん窓の外の景色に集中していた。彼は妻と死別れてから、これまで何度も妻の郷里を訪ねていた。それは妻の出生にまで溯《さかのぼ》って、失われた時間を、心のなかに、もう一度とりかえしたいような、漠とした気持からだったが、その妻の生れた土地ももう間近にあった。……本郷駅で下車すると、亡妻の家に立寄った。その日の夕方、その家のタイル張りの湯にひたると、その風呂にはじめて妻に案内されて入った時のことがすぐ甦《よみがえ》った。あれから、どれだけの時間が流れたのだろう、と、いつも思うことが繰返された。

翌日の夕方、彼は広島駅で下車すると、まっすぐに幟町《のぼりちょう》の方へ歩いて行った。道路に面したガラス窓から何気なく内側を覗《のぞ》くと、ぼんやりと兄の顔が見え、兄は手真似《てまね》で向うへ廻れと合図した。ふと彼はそこは新しく建った工場で、家の玄関の入口はその横手にあるのに気づいた。

「よお、だいぶ景気がよさそうですね」

甥がニコニコしながら声をかけた。その甥の背後にくっつくようにして、はじめて見る、快活そうな細君がいた。彼は明日こちらへ到着するペンクラブのことが、新聞にかなり大きく扱われていて、彼のことまで郷土出身の作家として紹介してあるのを、この家に来て知った。

「原子爆弾を食う男だな」と兄は食卓で軽口を云いだした。が、少し飲んだビールで忽《たちま》ち兄は皮膚に痒《かゆ》みを発していた。

「こちらは喰われる方で……こないだも腹の皮をメスで剝《は》がれた」

原子爆弾症かどうかは不明だったが、近頃になって、兄は皮膚がやたらに痒くて困っていた。A・B・C・C（原子爆弾影響研究所）で診察して貰うと、皮膚の一部を切って、研究のため、本国へ送られたというのである。この前見た時にくらべると、兄の顔色は憔悴《しょうすい》していた。すぐ側に若夫婦がいるためか、嫂《あによめ》の顔も年寄めいていた。夜遅く彼は下駄をつっかけて裏の物置部屋を訪ねてみた。ここにはシベリアから還《かえ》った弟夫婦が住居しているのだった。

翌朝、彼が縁側でぼんやり佇んでいると、畑のなかを、朝餉《あさげ》前の一働きに、肥桶《こえおけ》を担《かつ》いでゆく兄の姿が見かけられた。今、彼のすぐ眼の前の地面に金盞花《きんせんか》や矢車草の花が咲き、それから向うの麦畑のなかに一本の梨《なし》の木が真白に花をつけていた。二年前彼がこの家に立寄った時には麦畑の向うの道路がまる見えだったが、今は黒い木塀《きべい》がめぐらされている。表通りに小さな縫工場が建ったので、この家も少し奥まった感じになった。が、焼ける前の昔の面影を偲《しの》ばすものは、嘗《かつ》て庭だったところに残っている築山《つきやま》の岩と、麦畑のなかに見える井戸ぐらいのものだ。彼はあの惨劇の朝の一瞬のことも、自分がいた場の状況も、記憶のなかではひどくはっきりしていた。火の手が見えだして、そこから逃げだすとき、庭の隅に根元から、ぽっくり折れ曲って青い枝を手洗鉢に突込んでいた楓《かえで》の生々しい姿は、あの家の最後のイメージとして彼の目に残っている。それから壊滅後一カ月あまりして、はじめてこの辺にやって来てみると、一めんの燃えがらのなかに、赤く錆《さ》びた金庫が突立っていて、その脇《わき》に木の立札が立っていた。これもまだ克明に目に残っている。それから、彼が東京からはじめてこの新築の家へ訪ねた時も、その頃はまだ人家も疎《まば》らで残骸《ざんがい》はあちこちに眺められた。その頃からくらべると、今この辺は見違えるほど街らしくなっているのだった。

午後、ペンクラブの到着を迎えるため広島駅に行くと、降車口には街の出迎えらしい人々が大勢集っていた。が、やがて汽車が着くと、人々はみんな駅長室の方へ行きだした。彼も人々について、そちら側へ廻った。大勢の人々のなかからMの顔はすぐ目についた。そこには、彼の顔見知りの作家も二三いた。やがて、この一行に加わって彼も市内見物のバスに乗ったのである。……バスは比治山《ひじやま》の上で停り、そこから市内は一目に見渡せた。すぐ叢《くさむら》のなかを雑嚢《ざつのう》をかけた浮浪児がごそごそしている。それが彼の眼には異様におもえた。それからバスは瓦斯《ガス》会社の前で停った。大きなガスタンクの黝《くろず》んだ面に、原爆の光線の跡が一つの白い梯子《はしご》の影となって残っている。このガスタンクも彼には子供の頃から見馴れていたものなのだ。……バスは御幸橋を渡り、日赤病院に到着した。原爆患者第一号の姿は、脊の火傷《やけど》の跡の光沢や、左手の爪《つめ》が赤く凝結しているのが標本か何かのようであった。……市役所・国泰寺・大阪銀行・広島城跡を見物して、バスは産業奨励館の側に停った。子供の時、この洋式の建物がはじめて街に現れた時、彼は父に連れられて、その階段を上ったのだが、あの円い屋根は彼の家の二階からも眺めることが出来、子供心に何かふくらみを与えてくれたものだ。今、鉄筋の残骸を見上げ、その円屋根のあたりに目を注ぐと、春のやわらかい夕ぐれの陽ざしが虚《むな》しく流れている。雀《すずめ》がしきりに飛びまわっているのは、あのなかに巣を作っているのだろう。……時は流れた。今はもう、この街もいきなり見る人の眼に戦慄《せんりつ》を呼ぶものはなくなった。そして、和やかな微風や、街をめぐる遠くの山脈が、静かに何かを祈りつづけているようだ。バスが橋を渡って、己斐《こい》の国道の方に出ると、静かな日没前のアスファルトの上を、よたよたと虚脱の足どりで歩いて行く、ふわふわに脹《ふく》れ上った黒い幻の群が、ふと眼に見えてくるようだった。

翌朝、彼は瓦斯ビルで行われる「広島の会」に出かけて行った。そこの二階で、広島ペンクラブと日本ペンクラブのテーブルスピーチは三時間あまり続いた。会が終った頃、サインブックが彼の前にも廻されて来た。〈水ヲ下サイ〉と彼は何気なく咄嗟《とっさ》にペンをとって書いた。それから彼はMと一緒に中央公民館の方へ、ぶらぶら歩いて行った。Mは以前から広島のことに関心をもっているらしかったが、今度ここで何を感受するのだろうか、と彼はふと想像してみた。よく晴れた麗《うるわ》しい日和《ひより》で、空気のなかには何か細かいものが無数に和みあっているようだった。中央公民館へ来ると、会場は既に聴衆で一杯だった。彼も今ここで行われる講演会に出て喋《しゃべ》ることにされていた。彼は自分の名や作品が、まだ広島の人々にもよく知られているとは思わなかった。だが、やはり遭難者の一人として、この土地とは切り離せないものがあるのではないかとおもえた。……喋ろうとすることがらは前から漠然と考えつづけていた。子供の時、見なれた土手町の桜並木、少年のくらくらするような気持で仰ぎ見た国泰寺の樟の大樹の青葉若葉、……そんなことを考え耽《ふけ》っていると、いま頭のなかは疼《うず》くように緑のかがやきで一杯になってゆくようだった。すると、講演の順番が彼にめぐって来た。彼はステージに出て、渦巻く聴衆の顔と対《む》きあっていたが、緑色の幻は眼の前にチラついた。顔の渦のなかには、あの日の体験者らしい顔もいるようにおもえた。

その講演会が終ると、バスはペンクラブの一行を乗せて夕方の観光道路を走っていた。

眼の前に見える瀬戸内海の静かなみどりは、ざわめきに疲れた心をうっとりさせるようだった。汽船が桟橋に着くと、灯のついた島がやさしく見えて来た。旅館に落着いて間もなく、彼はある雑誌社の原爆体験者の座談会の片隅に坐っていた。

翌日、ペンクラブは解散になったので、彼は一行と別れ、ひとり電車に乗った。幟町の家に帰ってみると、裏の弟と平田屋町の次兄が来ていた。こうして兄弟四人が顔をあわすのも十数年振りのことであった。が、誰もそれを口にして云うものもなかった。三畳の食堂は食器と人でぎっしりと一杯だった。「広島の夜も少し見よう。その前に平田屋町へ寄ってみよう」と、彼は次兄と弟を誘って外に出た。次兄の店に立寄ると、カーテンが張られ灯は消えていた。

「みんなが揃っているところを一寸《ちよつと》だけ見せて下さい」

奥から出て来た嫂に彼はそう頼んだ。寝巻姿や洋服の子供がぞろぞろと現れた。みんな、嘗て八幡村で侘《わび》しい起居をともにした戦災児だった。それぞれ違う顔のなかで、彼に一番懐《なつ》いていた長女のズキズキした表情が目だっていた。彼はまたすぐ往来に出た。それから三人はぶらぶらと広島駅の方まで歩いて行った。夜はもう大分遅かったが、猿《えん》猴橋《こうばし》を渡ると、橋の下に満潮の水があった。それは昔ながらの夜の川の感触だった。京橋まで戻って来ると、人通りの絶えた路《みち》の眼の前を、何か素速いものが横切った。

「いたち」と次兄は珍しげに声を発した。

　彼はまだ見ておきたい場所や訪ねたい家が、少し残っていた。罹災《りさい》後、半年あまり、そこで悲惨な生活をつづけた八幡村へも、久し振りで行ってみたかった。今では街からバスが出ていて、それで行けば簡単なのだが、五年前とぼとぼと歩いた一里あまりの、あの路を、もう一度足で歩いてみたかった。それで翌日、彼はまず高須の妹の家に立寄った。この新築の家にあがるのも、再婚後産れた子供を見るのも、これがはじめてだった。

「もう年寄になってしまいました。今ではあなたの方が弟のように見える」と妹は笑った。側では這《は》い歩きのできる子供が、拗《す》ねた顔で母親を視凝《みつ》めていた。

「あなたは別に異状ないのですか。眼がこの頃、どうしたわけか、涙が出てしようがないの。A・B・C・Cで診て貰おうかしらと思ってるのですが」

　妹と彼とは同じ屋内で原爆に遭ったのだが、五年後になって異状が現れるということがあるのだろうか。……だが、妹は義兄の例を不安げに話しだした。その義兄はあの当時、原爆症で毛髪まで無くなっていたが、すぐ元気になり、その後長らく異状なかったのに、最近になって頬の筋肉がひきつけたり、衰弱が目だって来たというのだ。そんな話をきいていると、彼はあの直後、広島の地面のところどころから、突き刺すように感覚を脅《おびや》かしていた異臭をまた想《おも》い出すのだった。

　妹のところで昼飼をすますと、彼は電車で楽楽園《らくらくえん》駅まで行き、そこから八幡村の方へ向って、小川に沿うた路を歩いて行った。遥《はる》か向うに、彼の眼によく見憶《みおぼ》えのある山脈があった。その山を眺めて歩いていると、嘗ての、ひだるい、悲しい怒りに似た感情がかえりみられた。……飢餓のなかで、よく彼はとぼとぼとこの路を歩いていたものだ。冷却した宇宙にひとりとり残されたように、彼はこの路で、茫然《ぼうぜん》として夜の星を仰いだものだ。だが、生存の脅威なら、その後もずっと引続いているはずだった。今も、生活の破局に晒《さら》されながら、こうして、この路をひとり歩いている。だが、とにかく、あれから五年は生きて来たのだ。……いつの間にか風が出て空気にしめりがあった。山脈の方の空に薄靄《うすもや》が立ちこめ、空は曇って来た。すぐ近くで、雲雀《ひばり》の囀《さえず》りがきこえた。見ると、薄く曇った中空に、一羽の雲雀は静かに翼を顫《ふる》わせていた。

彼はその翌朝、白島の方へ歩いて行った。寺の近くの花屋で金盞花の花を買うと、亡妻の墓を訪ね、それから常盤橋《ときわばし》の上に佇《たたず》んで、泉邸の川岸の方を暫《しばら》く眺めた。曇った緑色の岸で、何か作業をしている人の姿が小さく見える。あの岸も、この橋の上も、彼には死と焔《ほのお》の記憶があった。

午後は基町の方へ出掛けて行った。そこは昔の西練兵場跡なのだが、今は引揚者、戦災者などの家が建ならび、一つの部落を形づくっている。野砲聯隊《やほうれんたい》の跡に彼の探す新生学園はあった。彼は園主に案内されて孤児たちの部屋を見て歩いた。広い勉強部屋にくると、城跡の石垣と青い堀が、明暗を混じえてガラス張りの向うにあった。

そこを出ると、彼は電車で舟入川口町の姉の家へ行った。

「あんたの食器をあずかってあるのは、あれはどうしたらいいのですか」

彼が居間へ上ると、姉はすぐこんなことを云いだした。

「あ、あれですか。もう要らないから勝手に使って下さい」

食器というのは、彼が地下に埋めておき、家の焼跡から掘出したものだが、以前、旅先の家で妻が使用していた品だった。姉のところへ、あずけ放しにしてから五年になっていた。……彼はアルバムが見せてもらいたかったので、そのことを云った。どの写真が見たいのかと、姉は三冊のアルバムを奥から持って来た。昔の家の裏にあった葡萄棚《ぶどうだな》の下にたたずんでいる少女の写真は、すぐに見つかった。これが、広島へ来るまで彼の念頭にあった、死んだ姉の面影だった。彼はそれを暫く借りることにして、アルバムから剝ぎ取ろうとした。が、変色しかかった薄い写真は、ぺったりと台紙に密着していた。破れて駄目になりそうなので、彼は断念した。

「あんた、一昨年こちらへ戻ったとき土地を売ったとかいうが、そのお金はどうしていますか」

「大かた無くなってしまった」

「あ、金に替えるものではないのね。金に替えればすぐ消える。あ、あ、そうですか」

姉はこんど改造した家のなかを見せてくれた。恰度《ちょうど》、下宿人はみな不在だったので、彼は応接室から二階の方まで見て歩いた。畳を置いた板の間が薄い板壁のしきりで二分され、二つの部屋として使用されている。どの部屋も学生の止宿人らしく、佗しく殺風景だった。内職のミシン仕事も思わしくないので、下宿屋を始めたのだが、「この私を御覧なさい。十万円貯《た》めていましたよ。そのうち六万円で今度、大工を雇ったのです」と姉は云うのだった。ここは爆心地より離れていたので、家も焼けなかったのだが、終戦直後、姉は夫と死別し、二人の息子を抱《かか》えながら奮闘しているのだ。だが、その割には、ＰＬ信者の姉は暢気《のんき》そうだった。「しっかりして下さい。しっかり」と姉は別際《わかれぎわ》まで繰返した。

明日は出発の予定だったが、彼はまだ兄に借金を申込む機会がなかった。いろんな人々に遇い、さまざまの風景を眺めた彼には、何か消え失《う》せたものや忘却したものが、地下から頻《しき》りに湧《わ》き上ってくるような気持だった。きのう八幡村に行く路で雲雀を聴いたことを、ふと彼は嫂に話してみた。

「雲雀なら広島でも囀っていますよ。ここの裏の方で啼《な》いていました」

先夜瞥見《べっけん》した鼬《いたち》といい、雲雀といい、そんな風な動物が今はこの街に親しんできたのであろうか。

「井ノ頭公園は下宿のすぐ近くでしょう。ずっと前に上京したとき、一度あの公園には案内してもらいました」……死んだ妻が、嫂をそこへわざわざ案内したということも、彼には初耳のようにおもわれた。

彼はその晩、床のなかで容易に睡《ねむ》れなかった。〈水ヲ下サイ〉という言葉がしきりと頭に浮んだ。それはペンクラブの会のサインブックに何気なく書いたのだが、その言葉からは無数のおもいが湧きあがってくるようだった。火傷で死んだ次兄の家の女中も、あの時しきりに水を欲しがっていた。水ヲ下サイ……水ヲ下サイ……水ヲ下サイ……水ヲ下サイ……それは夢魔のように彼を呻吟《しんぎん》させた。彼は帰京してから、それを次のように書いた。

水ヲ下サイ
アア　水ヲ下サイ
ノマシテ下サイ
死ンダホウガ　マシデ
死ンダホウガ
アア
タスケテ　タスケテ
水ヲ
水ヲ

ドウカ
ドナタカ
オーオーオーオー
オーオーオーオー
天ガ裂ケ
街ガナクナリ
川ガ
ナガレテイル
オーオーオーオー
オーオーオーオー
夜ガクル
夜ガクル
ヒカラビタ眼ニ
タダレタ唇ニ
ヒリヒリ灼ケテ
フラフラノ
コノ　メチャクチャノ

顔ノ
ニンゲンノウメキ
ニンゲンノ

出発の日の朝、彼は漸《ようや》く兄に借金のことを話しかけてみた。

「あの本の収入はどれ位あったのか」

彼はありのままを云うより他はなかった。原爆のことを書いたその本は、彼の生活を四五カ月支えてくれたのである。

「それ位のものだったのか」と兄は意外らしい顔つきだった。だが、兄の商売もひどく不況らしかった。それは若夫婦の生活を蔭《かげ》で批評する嫂の口振りからも、ほぼ察せられた。

「会社の欠損をこちらへ押しつけられて、どうにもならないんだ」と兄は屈託げな顔で暫《しばら》く考え込んでいた。

「何なら、あの株券を売ってやろうか」

それは死んだ父親が彼の名義にしていたもので、その後、長らく兄の手許《てもと》に保管されていたものだった。それが売れれば、一万五千円の金になるのだった。母の遺産の土地を二年前に手離し、こんどは父の遺産とも別れることになった。

十日振りに帰ってみると、東京は雨だった。フランスへ留学するEの送別会の案内状が彼の許にも届いていた。ある雨ぐもりの夕方、神田へ出たついでに、彼は久し振りでU嬢の家を訪ねてみた。玄関先に現れた、お嬢さんは濃い緑色のドレスを着ていたので、彼をハッとさせた。だが、緑色の季節は吉祥寺のそこここにも訪れていた。彼はしきりに少年時代の広島の五月をおもいふけっていた。

（昭和二十六年七月号『三田文学』）

心願の国

〈一九五一年　武蔵野市《むさしの》〉

夜あけ近く、僕は寝床のなかで小鳥の啼声《なきごえ》をきいている。あれは今、この部屋の屋根の上で、僕にむかって啼いているのだ。含み声の優しい鋭い抑揚は美しい予感にふるえているのだ。小鳥たちは時間のなかでも最も微妙な時間を感じとり、それを無邪気に合図しあっているのだろうか。僕は寝床のなかで、くすりと笑う。今にも僕はあの小鳥たちの言葉がわかりそうなのだ。そうだ、もう少しで、もう少しで僕にはあれがわかるかもしれない。……僕がこんど小鳥に生れかわって、小鳥たちの国へ訪ねて行ったとしたら、僕は小鳥たちから、どんな風に迎えられるのだろうか。その時も、僕は幼稚園にはじめて連れて行かれた内気な子供のように、隅っこで指を噛《か》んでいるのだろうか。それとも、世に拗《す》ねた詩人の憂鬱《ゆううつ》な眼《まな》ざしで、あたりをじっと見まわそうとするのだろうか。だが、駄目なんだ。そんなことをしようたって、僕はもう小鳥に生れかわっている。ふと僕は湖水のほとりの森の径《みち》で、今は小鳥になっている僕の親しかった者たちと大勢出あう。

「おや、あなたも……」

「あ、君もいたのだね」

僕はこの世ならぬものを考え耽《ふけ》っている。僕に親しかったものは、僕から亡《ほろ》び去ることはあるまい。死が僕を攫《さら》って行く瞬間まで、僕は小鳥のように素直に生きていたいのだが……。

今でも、僕の存在はこなごなに粉砕され、はてしらぬところへ押流されているのだろうか。僕がこの下宿へ移ってからもう一年になるのだが、人間の孤絶感も僕にとっては殆《ほとん》ど底をついてしまったのではないか。僕にはもうこの世で、とりすがれる一つかみの藁屑《わらくず》もない。だから、僕には僕の上にさりげなく覆《おお》いかぶさる夜空の星々や、僕とはなれて地上に立っている樹木の姿が、だんだん僕の位置と接近して、やがて僕と入替ってしまいそうなのだ。どんなに僕が今、零落した男であろうと、どんなに僕の核心が冷えきっていようと、あの星々や樹木たちは、もっと、はてしらぬものを湛《たた》えて、毅然《きぜん》としているのではないか。……僕は自分の星を見つけてしまった。ある夜、吉祥寺《きちじようじ》駅から下宿までの暗い路上で、ふと頭上の星空を振仰いだとたん、無数の星のなかから、たった一つだけ僕の眼に沁《し》み、僕にむかって頷《うなず》いていてくれる星があったのだ。それはどういう意味なのだろうか。だが、僕には意味を考える前に大きな感動が僕の眼を熱くしてしまったのだ。

孤絶は空気のなかに溶け込んでしまっているようだ。眼のなかに塵《ちり》が入って睫毛《まつげ》に涙がたまっていたお前……。指にたった、ささくれを針のさきで、ほぐしてくれた母。……些細《ささい》な、あまりにも些細な出来事が、誰もいない時期になって、ぽっかりと僕のなかに浮上ってくる。……僕はある朝、歯の夢をみていた。夢のなかで死んだお前が現れて来た。

「どこが痛いの」

と、お前は指さきで無造作に僕の歯をくるりと撫《な》でた。その指の感触で目がさめ、僕の歯の痛みはとれていたのだ。

うとうとと睡《ねむ》りかかった僕の頭が、一瞬電撃を受けて、ジーンと爆発する。がくんと全身が痙攣《けいれん》した後、後は何ごともない静けさなのだ。僕は眼をみひらいて自分の感覚をしらべてみる。どこにも異状はなさそうなのだ。それだのに、さっき、さきほどはどうして、僕の意志を無視して僕を爆発させたのだろうか。あれはどこから来る。あれはどこから来るのだ？　だが、僕にはよくわからない。……僕のこの世でなしとげなかった無数のものが、僕のなかに鬱積《うっせき》して爆発するのだろうか。それとも、あの原爆の朝の一瞬の記憶が、今になって僕に飛びかかってくるのだろうか。僕にはよくわからない。僕は広島の惨劇のなかでは、精神に何の異状もなかったとおもう。だが、あの時の衝撃が、僕や僕と同じ被害者たちを、いつかは発狂さそうと、つねにどこかから覗《ねら》っているのであろうか。

ふと僕はねむれない寝床で、地球を想像する。夜の冷たさはぞくぞくと僕の寝床に侵入してくる。僕の身躰《からだ》、僕の存在、僕の核心、どうして僕は今こんなに冷えきっているのか。僕は僕を生存させている地球に呼びかけてみる。すると地球の姿がぼんやりと僕のなかに浮ぶ。哀れな地球、冷えきった大地よ。だが、それは僕のまだ知らない何億万年後の地球らしい。僕の眼の前には再び仄暗《ほのぐら》い一塊《ひとかたま》りの別の地球が浮んでくる。その円球の内側の中核には真赤な火の塊りがとろとろと渦巻いている。あの鎔鉱炉《ようこうろ》のなかには何が存在するのだろうか。まだ発見されない物質、まだ発想されたことのない神秘、そんなものが混っているのかもしれない。そして、それらが一斉に地表に噴きだすとき、この世は一たいどうなるのだろうか。人々はみな地下の宝庫を夢みているのだろう、破滅か、救済か、何とも知れない未来にむかって……。

だが、人々の一人一人の心の底に静かな泉が鳴りひびいて、人間の存在の一つ一つが何ものによっても粉砕されない時が、そんな調和がいつかは地上に訪れてくるのを、僕は随分昔から夢みていたような気がする。

ここは僕のよく通る踏切なのだが、僕はよくここで遮断機《しゃだんき》が下りて、しばらく待たされるのだ。電車は西荻窪《にしおぎくぼ》の方から現れたり、吉祥寺の駅の方からやって来る。電車が近づいて来るにしたがって、ここの軌道は上下にはっきりと揺れ動いているのだ。しかし、電車はガーッと全速力でここを通り越す。僕はあの速度に何か胸のすくような気持がするのだ。全速力でこの人生を横切ってゆける人を僕は羨《うらや》んでいるのかもしれない。だが、僕の眼には、もっと悄然《しょうぜん》とこの線路に眼をとめている人たちの姿が浮んでくる。人の世の生活に破れて、あがいてももがいても、もうどうにもならない場に突落されている人の影が、いつもこの線路のほとりを彷徨《さまよ》っているようにおもえるのだ。だが、そういうことを思い耽りながら、この踏切で立ちどまっている僕は、……僕の影もいつとはなしにこの線路のまわりを彷徨っているのではないか。

僕は日没前の街道をゆっくり歩いていたことがある。ふと青空がふしぎに澄み亘《わた》って、一ところ貝殻のような青い光を放っている部分があった。僕の眼がわざと、そこを撰《えら》んでつかみとったのだろうか。しかし、僕の眼は、その青い光がすっきりと立ならぶ落葉樹の上にふりそそいでいるのを知った。木々はすらりとした姿勢で、今しずかに何ごとかが行われているらしかった。僕の眼が一本のすっきりした木の梢《こずえ》にとまったとき、大きな褐色《かっしょく》の枯葉が枝を離れた。枝を離れた朽葉は幹に添ってまっすぐ滑り墜《お》ちて行った。

そして根元の地面の朽葉の上に重なりあった。それは殆ど何ものにも喩《たと》えようのない微妙な速度だった。梢から地面までの距離のなかで、あの一枚の枯葉は恐らくこの地上のすべてを見さだめていたにちがいない。……いつごろから僕は、地上の眺めの見おさめを考えているのだろう。ある日も僕は一年前僕が住んでいた神田の方へ出掛けて行く。すると見憶《みおぼ》えのある書店街の雑沓《ざっとう》が僕の前に展《ひろ》がる。僕はそのなかをくぐり抜けて、何か自分の影を探しているのではないか。とあるコンクリートの塀に枯木と枯木の影が淡く溶けあっているのが、僕の眼に映る。あんな淡い、ひっそりとした、おどろきばかりが、僕の眼をおどろかしているのだろうか。

部屋にじっとしていると凍《い》てついてしまいそうなので、外に出かけて行った。昨日降った雪がまだそのまま残っていて、あたりはすっかり見違えるようなのだ。雪の上を歩いているうちに、僕はだんだん心に弾みがついて、身裡《みうち》が温まってくる。冷んやりとした空気が快く肺に沁みる。(そうだ、あの広島の廃墟《はいきょ》の上にはじめて雪が降った日も、僕はこんな風な空気を胸一杯すって心がわくわくしていたものだ。)僕は雪の讃歌《さんか》をまだ書いていないのに気づいた。スイスの高原の雪のなかを心呆《ほう》けて、どこまでもどこまでも行けたら、どんなにいいだろう。凍死の美しい幻想が僕をしめつける。僕は喫茶店に入って、煙草《たばこ》を吸いながら、ぼんやりしている。バッハの音楽が隅から流れ、ガラス戸棚のなかにデコレーションケーキが瞬《また》いている。僕がこの世にいなくなっても、僕のような気質の青年がやはり、こんな風にこんな時刻に、ぼんやりと、この世の片隅に坐っていることだろう。僕は喫茶店を出て、また雪の路を歩いて行く。あまり人通りのない路だ。向うから跛《びっこ》の青年がとぼとぼと歩いてくる。僕はどうして彼がわざわざこんな雪の日に出歩いているのか、それがじかにわかるようだ。（しっかりやって下さい）すれちがいざま僕は心のなかで相手にむかって呼びかけている。

我々の心を痛め、我々の咽喉《のど》を締めつける一切の悲惨を見せつけられているにもかかわらず、我々は、自らを高めようとする抑圧することのできない本能を持っている。（パスカル）

まだ僕が六つばかりの子供だった、夏の午後のことだ。家の土蔵の石段のところで、僕はひとり遊んでいた。石段の左手には、濃く繁《しげ》った桜の樹にギラギラと陽の光がもつれていた。陽の光は石段のすぐ側《そば》にある山吹の葉にも洩《も》れていた。が、僕の屈《かが》んでいる石段の上には、爽《さわ》やかな空気が流れているのだった。何か僕はうっとりとした気分で、花崗石《みかげいし》の上の砂をいじくっていた。ふと僕の掌《て》の近くに一匹の蟻《あり》が忙しそうに這《は》って来た。僕は何気なく、それを指で圧《おさ》えつけた。と、蟻はもう動かなくなっていた。暫《しばら》くすると、また一匹、蟻がやって来た。僕はまたそれを指で捻《ひね》り潰《つぶ》していた。蟻はつぎつぎに僕のところへやって来るし、僕はつぎつぎにそれを潰した。だんだん僕の頭の芯《しん》は火照《ほて》り、無我夢中の時間が過ぎて行った。僕は自分が何をしているのか、その時はまるで分らなかった。が、日が暮れて、あたりが薄暗くなってから、急に僕は不思議な幻覚のなかに突落されていた。僕は家のうちにいた。が、僕は自分がどこにいるのか、わからなくなった。ぐるぐると真赤な炎の河が流れ去った。すると、僕のまだ見たこともない奇怪な生きものたちが、薄闇《うすやみ》のなかで僕の方を眺め、ひそひそと静かに怨《えん》じていた。(あの朧気《おぼろげ》な地獄絵は、僕がその後、もう一度はっきりと肉眼で見せつけられた広島の地獄の前触れだったのだろうか。)

僕は一人の薄弱で敏感すぎる比類のない子供を書いてみたかった。一ふきの風でへし折られてしまう細い神経のなかには、かえって、みごとな宇宙が潜んでいそうにおもえる。

心のなかで、ほんとうに微笑《ほほえ》めることが、一つぐらいはあるのだろうか。やはり、あの少女に対する、ささやかな抒情詩だけが僕を慰めてくれるのかもしれない。U……とはじめて知りあった一昨年の真夏、僕はこの世ならぬ心のわななきをおぼえたのだ。それはもう僕にとって、地上の別離が近づいていること、急に晩年が頭上にすべり落ちてくる予感だった。いつも僕は全く清らかな気持で、その美しい少女を懐《なつか》しむことができた。いつも僕はその少女と別れぎわに、雨の中の美しい虹《にじ》を感じた。それから心のなかで指を組み、ひそかに彼女の幸福を祈ったものだ。

また、暖かいものや、冷たいものの交錯がしきりに感じられて、近づいて来る「春」のきざしが僕を茫然《ぼうぜん》とさせてしまう。この弾みのある、軽い、やさしい、たくみな、天使たちの誘惑には手もなく僕は負けてしまいそうなのだ。花々が一せいに咲き、鳥が歌いだす、眩《まぶ》しい祭典の予感は、一すじの陽の光のなかにも溢《あふ》れている。すると、なにかそわそわして、じっとしていられないものが、心のなかでゆらぎだす。滅んだふるさとの街の花祭が僕の眼に見えてくる。死んだ母や姉たちの晴着姿がふと僕のなかに浮ぶ。それが今ではまるで娘たちか何かのように可憐《かれん》な姿におもえてくるのだ。詩や絵や音楽で讃《たた》えられている「春」の姿が僕に囁《ささや》きかけ、僕をくらくらさす。だが、僕はやはり冷んやりしていて、少し悲しいのだ。

あの頃、お前は病床で訪れてくる「春」の予感にうちふるえていたのにちがいない。死の近づいて来たお前には、すべてが透視され、天の灝気《こうき》はすぐ身近にあったのではないか。あの頃お前が病床で夢みていたものは何なのだろうか。

僕は今しきりに夢みる、真昼の麦畑から飛びたって、青く焦《こ》げる大空に舞いのぼる雲雀《ひばり》の姿を……。(あれは死んだお前だろうか、それとも僕のイメージだろうか) 雲雀は高く高く一直線に全速力で無限に高く高く進んでゆく。そして今はもう昇ってゆくのでも墜ちてゆくのでもない。ただ生命の燃焼がパッと光を放ち、既に生物の限界を脱して、雲雀は一つの流星となっているのだ。(あれは僕ではない。だが、僕の心願の姿にちがいない。一つの生涯《しょうがい》がみごとに燃焼し、すべての刹那《せつな》が美しく充実していたなら……。)

佐々木基一への手紙

ながい間、いろいろ親切にして頂いたことを嬉《うれ》しく思います。僕はいま誰とも、さりげなく別れてゆきたいのです。妻と死別れてから後の僕の作品は、その殆どすべてが、それぞれ遺書だったような気がします。

岸を離れて行く船の甲板から眺めると、陸地は次第に点のようになって行きます。僕の文学も、僕の眼には点となり、やがて消えるでしょう。

去年、遠藤周作がフランスへ旅立った時の情景を僕は憶《おも》い出します。マルセイユ号の甲板から彼はこちらを見下ろしていました。桟橋の方で僕と鈴木重雄とは冗談を云いながら、出帆前のざわめく甲板を見上げていたのです。と、僕にはどうも遠藤がこちら側にいて、やはり僕たちと同じように甲板を見上げているような気がしたものです。

では御元気で……。

U……におくる悲歌

濠端《ほりばた》の柳にはや緑さしぐみ
雨靄《あめもや》につつまれて頬笑《ほほえ》む空の下

水ははっきりと　たたずまい
私のなかに悲歌をもとめる

すべての別離がさりげなく　とりかわされ
すべての悲痛がさりげなく　ぬぐわれ
祝福がまだ　ほのぼのと向うに見えているように

私は歩み去ろう　今こそ消え去って行きたいのだ
透明のなかに　永遠のかなたに

（昭和二十六年五月号『群像』）

解　説

——原民喜と若い人々との橋のために

大江健三郎

生前の原民喜の思い出を、その文学への敬愛の心にかさねている人々は数多い。しかもなお、戦後世代の一読者にすぎぬ僕が本書を編集するについては、とくに若い読者にむけて語りかけたい、二つの理由があった。

そのひとつは、若い読者がめぐりあうべき、現代日本文学の、もっとも美しい散文家のひとりが原民喜であると僕が信じていることである。原民喜は、文体についてこう考えていた。また人生についてこう考えていた。

《明るく静かに澄んで懐《なつか》しい文体、少しは甘えているようでありながら、きびしく深いものを湛《たた》えている文体、夢のように美しいが現実のようにたしかな文体……私はこんな文体に憧《あこが》れている。だが結局、文体はそれをつくりだす心の反映でしかないのだろう。

………………………

昔から、逞《たくま》しい作家や偉い作家なら、ありあまるほどいるようだ。だが、私にとって、心惹《ひ》かれる懐しい作家はだんだん少くなって行くようだ。私が流転《るてん》のなかで持ち歩いている「マルテの手記」の余白に、近頃こう書き込んでおいた。昭和二十四年秋、私の途《みち》は既に決定されているのではあるまいか。荒涼に耐えて、一すじ懐しいものを滲《に》じますことができれば何も望むところはなさそうだ。》

ここに収録された作品群によって、原民喜の文体についての考えが、まことにそのまま実現されていることを、驚きとともに認める人々は多いであろう。原民喜は、自己批評の力においてもすぐれた作家であった。

また、原民喜の生涯《しょうがい》は、まことにここに予感されたままに進んだ。対人関係において、臆《おく》する幼児のようであったという原民喜は、しかしその生涯の全体の軌跡として、したたかなほどに確実なかたちをえがいている。原民喜は内部において強い人間であった。

さて第二の理由は、原民喜が原子爆弾の経験を描いて、現代日本文学のもっとも秀《すぐ》れた作家であることである。僕は原民喜の戦前の作品を、すなわち原爆以前の作品をすべてはぶいて、本書を編集した。その点についての批判はあるだろう。しかしなぜそのようにしたか、という僕の考えをのべてあらかじめその批判への僕の態度を示したい。

とくに若い人々は、作家にとってその文学の主題が、いくつでもありうると考えるかもしれない。しかし真の作家にとっては、かれの生涯が唯一《ゆいいつ》であるように、生涯をかける文学の主題もかぎられたものなのである。深いか浅いか、それのみが問題だ。より深めるために、勇気を持った作家は、あえてかれ自身の主題を選びぬき、自分を豊かにするかもしれぬ他の可能性を切り棄てすらするだろう。

原民喜は、一九四五年八月六日広島で原爆を被災した。それ以後かれは文学の主題の根本に、原爆被災をおいた。それは、かれがその後生きぬいてゆくべき生涯の根本に、原爆被災をおいたということでもあった。かれが生涯の作家生活に書いたすべての文章のうち、もっとも激しく決意をあらわすと思われる文体によって、原民喜は次のように書いている。

《原子爆弾の惨劇のなかに生き残った私は、その時から私も、私の文学も、何ものかに激しく弾《はじ》き出された。この眼で視《み》た生々しい光景こそは死んでも描きとめておきたかった。……

たしかに私は死の叫喚と混乱のなかから、新しい人間への祈願に燃えた。薄弱なこの私が物凄《ものすご》い飢餓と窮乏に堪《た》え得たのも、一つにはこのためであっただろう。だが、戦後の狂瀾怒濤《きょうらんどとう》は轟々《ごうごう》とこの身に打寄せ、今にも私を粉砕しようとする。……

まさに私にとって、この地上に生きてゆくことは、各瞬間が底知れぬ戦慄《せんりつ》に満ち満ちているようだ。それから、日毎《ごと》人間の心のなかで行われる惨劇、人間の一人一人に課せられているぎりぎりの苦悩――そういったものが、今は烈《はげ》しく私のなかで疼《うず》く。それらによく耐え、それらを描いてゆくことが私にできるであろうか。》

原民喜は確かによくそれらに耐え、それらを描いて、戦後日本文学に記念すべき作品群を残した。本書におさめられている作品をつづけて読みとおすならば、そこに有機的な長篇小説の構造と呼んでもいいものが、強くひとすじ流れていることに気づくだろう。わが国に伝統的な私小説に似かよったかたちをとっているところの、一篇、一篇の短い小説が、ほとんど重複するところなくつながって、次つぎに大きい全体をあきらかにしてゆくことに、いわば西欧の小説世界を思わせる性格に気づくだろう。原民喜は、かれが書かねばならぬものの、すべてをよく見きわめていた。そして、書かねばならぬものの、すくなくとも大かたを書き終えるまでは、決して死ななかったのである。原民喜が書かねばならなかったものの全体の根元に、原爆被災の経験があったことはいうまでもないが、根元にあるそのありようは、じつに独自なものであった。原爆被災の経験は、かれの生涯および文学の中核に、非常に強烈な磁気をおびて突き刺さった。それ以後かれが書いた文章は、すべてその磁気との、全身をあげての力関係を根幹のダイナミズムとし、しかもその硬い岩盤から清冽《せいれつ》な水が穏やかに湧《わ》きおこるように、美しい散文がつむぎだされたのである。

この根本の磁気の力が働くと、一九四五年八月六日以前の原民喜の生涯もまた、原爆被災への予感をくっきりと浮びあがらせた。被爆の前年、作家がうしなった妻、その生涯のもっとも大切な人間であった妻の思い出も、この大きく凶々《マガマガ》しい予感を色濃く浮べてのみ語られるのである。

原爆被災のまえに死んだ妻は、天上の星のことごとく墜《お》ちる夢におびえた。原爆被災のあと、ひとり生き延びつづける作家は、かえってその夢と妻の思い出こそを支えのようにしてはじめて、かれの体験した現実の天変地異を、見さだめてゆくことができた。あたかもかれとその妻は、時をこえてつねにひとつの経験のもとにむすばれつづけるようだ……妻への美しく哀切な鎮魂歌のように書かれたひとつづきの作品群が、われわれにあたえる深く現実的な感銘は、そこに由来するだろう。原民喜は、この現実世界でもっとも恐しく酷《むご》たらしいものを描いたが、この世界でもっとも良く愛すべきものをもまた、それにかさねるようにして描いたのである。それも強大な原爆被災の経験の磁気につねに生身《なまみ》の自分をさらしつつ……

そのような過去のみならず、未来を描くにあたっても、この磁気が働いたのはいうまでもなかった。かつて妻の見た夢とおなじく、新しく作家がひとり見る夢も、天変地異の爆発の、一瞬に凝縮したような恐しい夢である。夢に眼ざめて眠れぬ床でかれが考えてみるのは、冷えきった地球と、火の塊りをたたえた地球である。その火の塊りはまた原子力の火でもあるだろう。人間は、この世界はどうなるのか、人々は破滅か救済か、なんとも知れぬ未来に息せききってむかっているのだが、と原民喜は遺書のように書いて、人間一般につらなる、かなえられなかった個人の希求を語ったあと、自殺して行った……

核兵器が人間にもたらした脅威、悲惨は、そのおおもとの核兵器が全廃されるまで、つぐなわれぬぐいさられることはない。われわれは、原民喜がわれわれを置きざりにして出発した地球に、核兵器についてなにひとつその脅威、悲惨を乗り超える契機をもたぬまま、赤裸で立っているのである。破滅か、救済か、なんとも知れぬ未来を遠望しつつ。僕がなぜ原民喜の作品群を若い人々へ橋わたしすることに、やはり人間一般につらなるような個人的希求をいだいているか、それを僕がこれ以上語る必要があるであろうか？

つけくわえたいことはただひとつ、原民喜の自殺についてである。やはり特に若い人々へむけて僕の考えをのべておきたい。編集者として仕事をした原民喜のために、仏文学者渡辺一夫は「狂気について」という文章を書いた。あらためてそれを標題とするエッセイ集が刊行された時、原民喜は喜びをあらわした。

《もっと嬉《うれ》しいのは、この書があの再び聞えてくるかもしれない世紀の暗い不吉な足音に対し、知識人の深い憂悩と祈願を含んでいることだ。僕は自分のうちに存在する狂気に気づき、それをどう扱うべきか常に悩んでいるものだが、(「狂気」なしでは偉大な事業はなしとげられないと申す人も居られます。それはうそであります。「狂気」によってなされた事業は、必ず荒廃と犠牲を伴います。ヒューマニストは「狂気」を避けねばなりません。冷静が、その行動の準則とならねばならぬわけです）と語る著者の言葉はしっくり僕の頭脳に沁《し》みてくる。……戦争と暴力の否定が現代ぐらい真剣に考えられねばならぬ時期はないだろう。血みどろな理想は決して理想ではないし、強い人々だけが生き残るための戦争ならなお更回避されねばならない。なぜなら、（生存競争弱肉強食の法則を是正し、人類文化遺産の継承を行うのが、人間の根本倫理）だからと語る、これらの言葉は、一切が無であろうかと時に目まいがするほど絶望しがちな僕たちに、静かに一つの方角を教えてくれるようだ。》

原民喜は狂気しそうになりながら、その勢いを押し戻し、絶望しそうになりながら、なおその勢いを乗り超えつづける人間であったのである。そのように人間的な闘いをよく闘ったうえで、なおかつ自殺しなければならなかったこのような死者は、むしろわれわれを、狂気と絶望に対して闘うべく、全身をあげて励ますところの自殺者である。原民喜が、スウィフトとともに、人類の暗愚への強い怒りを内包して生きた人間であったことと共に、ほかならぬそのことをも若い人々に銘記していただくことをねがって、僕は本書を編んだ。

（昭和四十八年四月、作家）

年　譜

明治三十八年（一九〇五年）　十一月十五日、広島県広島市幟町一六二番地に、父原信吉、母ムメの五男として生れる。家業は陸海軍・官庁用達。

明治四十五年（一九一二年）七歳　四月、県立広島師範学校付属小学校に入学。

大正七年（一九一八年）十三歳　三月、付属小学校尋常科を卒業。広島高等師範学校付属中学校の受験に失敗。四月、付属小学校高等科に入学。

大正八年（一九一九年）十四歳　四月、広島高等師範学校付属中学校に入学。

大正十二年（一九二三年）十八歳　三月、付属中学校四年を修了し、大学予科の受験資格が与えられたため、この年一年間登校せず、十九世紀ロシア文学を愛読し、宇野浩二に傾倒。また、この頃より詩作を始め、室生犀星、ヴェルレーヌなどの詩を耽読。

大正十三年（一九二四年）十九歳　この年初頭、広島で級友熊平武二らと同人雑誌「少年詩人」を発行。四月、慶応義塾大学文学部予科に入学。この頃、蕪村を出発点として俳句を始める。

大正十四年（一九二五年）二十歳　辻潤、スティルネル等にひかれ、糸川旅夫の筆名で広島の「芸備日々新聞」紙上にダダイズム風の雑文をたびたび寄稿。

大正十五年（一九二六年）二十一歳　一月、予科の級友石橋貞吉（山本健吉）らと詩の同人雑誌「春鶯囀」を発行（四号で廃刊）。十月、熊平武二、長光太、山本健吉、銭村五郎と共に回覧雑誌「四五人会雑誌」を作る（昭和三年までに十三冊を出す）。この頃から短編小説を書き始め、学校にはほとんど登校せず。次第に左翼運動への関心を深める。

昭和四年（一九二九年）二十四歳　四月、慶応義塾大学文学部英文科に進む。この年から翌年にかけてR・S（読書会組織）や日本赤色救援会に参加したが、昭和六年には自然消滅の形で左翼運動から離れる。以後、酒と女に傾き、一時はダンスにこる。
昭和七年（一九三二年）二十七歳　三月、慶応義塾大学卒業。卒業論文「Wordsworth論」。相当の身代金を出して、本牧の女を自由にしてやり、一カ月ほど同棲するが、やがて女に裏切られる。初夏、長光太宅の二階でカルモチン自殺をはかったが未遂に終る。人間に絶望し、警戒心と猜疑心がつのる。
昭和八年（一九三三年）二十八歳　三月、永井貞恵と結婚、池袋のアパートに移る。しばらくして淀橋区柏木町に移り、近所の山本健吉と親交を結ぶ。同人雑誌「ヘリコーン」に参加、短編小説を掲載。
昭和九年（一九三四年）二十九歳　五月、昼寝て夜起きるという生活を続けていたことから、特高警察の嫌疑を受け夫婦で検挙されたが、嫌疑がはれ一晩で帰される。初夏、千葉市登戸町二ノ一〇七に転居。
昭和十年（一九三五年）三十歳　三月、コント集『焔』を白水社より自費出版。「読売新聞」に中島健蔵の批評が載る。秋より、宇田零雨主宰の俳句雑誌「草くき」に俳句の発表を始め、以後数年間続ける。
十二月、『蝦獲り』（メッカ）
昭和十一年（一九三六年）三十一歳　四月頃より、「三田文学」にたびたび寄稿するようになり、昭和十四年にかけてもっとも旺盛な創作力を示す。
四月、『狼狽』（作品）八月、『貂』（三田文学）九月、『行列』（同）
昭和十二年（一九三七年）三十二歳
五月、『幻灯』（三田文学）十一月、『鳳仙花』（同）

昭和十三年（一九三八年）三十三歳
一月、『不思議』（日本浪曼派）三月、『玻璃』（三田文学）四月、『迷路』（同）『動物園』（慶応倶楽部）六月、『暗室』（三田文学）九月、『招魂祭』（同）十月、『魔女』（文芸汎論）十一月、『夢の器』（三田文学）

昭和十四年（一九三九年）三十四歳　九月、妻貞恵発病し、これ以後作品の発表次第に減る。
二月、『曠野』（三田文学）三月、『湖水めぐり』（文芸汎論）四月、『夜景』（三田文学）五月、『華燭』（同）六月、『沈丁花』（同）九月、『溺没』（同）『潮干狩』（文芸汎論）

昭和十五年（一九四〇年）三十五歳
一月、『旅空』（文芸汎論）四月、『鶯』（同）五月、『小地獄』（三田文学）六月、『青写真』（文芸汎論）十月、『眩暈』（同）十一月、『冬草』（三田文学）

昭和十六年（一九四一年）三十六歳
六月、『雲雀病院』（文芸汎論）九月、『白い鯉』（同）十一月、『夢時計』（三田文学）

昭和十七年（一九四二年）三十七歳　一月、千葉県立船橋中学校に英語教師として、週三回勤務。
二月、『面影』（三田文学）五月、『淡章』（同）十月、『独白』（同）

昭和十八年（一九四三年）三十八歳
五月、『望郷』（三田文学）

昭和十九年（一九四四年）三十九歳　三月、船橋中学校退職。夏頃より朝日映画社嘱託となる。九月二十八日、妻貞恵糖尿病と肺結核のため死去。この年、リルケの『マルテの手記』を知る。
二月、『弟へ』（三田文学）八月、『手紙』（同）

昭和二十年（一九四五年）四十歳　一月末、千葉の家をたたみ、郷里広島市幟町に住む兄信嗣のもとに疎開。八月六日、原爆被災。市内北部東照宮にて二日をすごした後、次兄守夫らと共に広島郊外八幡村に移る。以後、原爆症とはいえぬが健康はすぐれないときが多くなる。この年のうちに『夏の花』を書きあげる。「近代文学」の創刊号に発表する予定だったが、GHQの検閲を考慮してひかえる。

昭和二十一年（一九四六年）四十一歳　四月、上京、大森区馬込東の長光太宅に寄寓。まもなく慶応義塾商業学校・工業学校の夜間部で教鞭をとる。十月より、二月復刊された「三田文学」の編集にたずさわる。

三月、『忘れがたみ』（三田文学）四月、『雑音帳』（近代文学）六月、『小さな庭』（三田文学）九月、『冬日記』（文明）十一月、『ある時刻』（三田文学）十二月、『猿』（近代文学）

昭和二十二年（一九四七年）四十二歳　春、中野区打越町の甥の下宿に移る。六月、『夏の花』を「三田文学」に発表、世評高し。秋、中野のアパートに一室を借りて住む。十二月、慶応義塾商業学校・工業学校を退職。

三月、『吾亦紅』（高原）四月、『秋日記』（四季）八月、『小さな村』（文壇）十一月、『廃墟から』（三田文学）十二月、『雲の裂け目』（高原）『氷花』（文学会議）

昭和二十三年（一九四八年）四十三歳　一月、神田神保町の丸岡明宅に移る。六月、「近代文学」同人となる。十二月、『夏の花』で第一回水上滝太郎賞を受賞。

二月、『二つの手紙―佐々木基一との往復書簡』（月刊中国）五月、『はつ夏、気鬱、祈り』（晩夏）六月、『星のわななき』（饗宴）七月、『画集』（高原）『愛について』（三田文学）八月、『朝の礫』（饗宴）九月、『戦争について』（三田文学）十月、

『火の踵』(近代文学) 十一月、『翳』(明日) 十二月、『災厄の日』(個性)

昭和二十四年(一九四九年) 四十四歳　二月、能楽書林より小説集『夏の花』を刊行。
一月、『壊滅の序曲』(近代文学)『魔のひとき』(群像) 四月、『死と愛と孤独』(同) 五月、『夜、死について、冬』(高原) 六月、『火の唇』(個性)『苦しく美しき夏』(近代文学) 七月、『渡辺一夫著「狂気について」など』(三田文学)『母親について』(教育と社会) 八月、『鎮魂歌』(群像)『夢と人生』(表現) 十月、『外食券食堂のうた』『長崎の鐘』(近代文学) 十二月、『「冬の旅」と「印度リンゴ」』(同)『抵抗から生まれる作品世界―石川淳「最後の晩餐」評』(読書倶楽部)

昭和二十五年(一九五〇年) 四十五歳　一月、武蔵野市吉祥寺二四〇六川崎方に移転。四月、日本ペンクラブ広島の会主催の平和講演会に参加のため帰郷。
二月、『惨めな文学的環境―山本健吉におくる手紙』(都新聞) 四月、『美しき死の岸に』(群像) 八月、『讃歌』(近代文学)『原爆小景』(同特別号) 十一月、『火の子供』(群像)『燃エガラ』(歴程)

昭和二十六年(一九五一年) 四十六歳　三月十三日午後十一時三十分、中央線吉祥寺・西荻窪間の鉄路に身を横たえ自殺を遂げる。三月十六日、阿佐ヶ谷の義弟佐々木基一宅で自由式により告別式。
二月、『遥かな旅』(女性改造)『うぐいす』(愛媛新聞)『碑銘』(歴程) 三月、『風景』(同) 四月、『悲歌』(同)『ガリヴァ旅行記』『ラーゲルレーヴの魅力』(近代文学) 五月、『死のなかの風景』(女性改造)『心願の国』(群像)『死について』(日本評論) 七月、『永遠のみどり』(三田文学) 八月、『屋根の上、ペンギン鳥の歌、蟻、海』(近

代文学）十月、『杞憂句抄』（俳句研究）
『原民喜詩集』（七月、細川書店刊）
昭和二十八年（一九五三年）
六月、『誕生日』『もぐらとコスモス』『屋根の上』（近代文学）
『原民喜作品集』全二巻（三月、角川書店刊）
昭和四十年（一九六五年）
『原民喜全集』全二巻（八月、芳賀書店刊）
（本年譜は、芳賀書店版『原民喜全集』所収の年譜を参照して編集部で作成した。）

夏《なつ》の花《はな》・心願《しんがん》の国《くに》

新潮文庫　は - 4 - 1

昭和四十八年七月三十日　発行
平成十二年四月二十五日　三十九刷改版
令和七年二月十五日　四十九刷

著者　原《はら》民《たみ》喜《き》
発行者　佐藤隆信
発行所　株式会社新潮社
郵便番号　一六二―八七一一
東京都新宿区矢来町七一
電話　編集部(〇三)三二六六―五四四〇
　　　読者係(〇三)三二六六―五一一一
https://www.shinchosha.co.jp

価格はカバーに表示してあります。
乱丁・落丁本は、ご面倒ですが小社読者係宛ご送付ください。送料小社負担にてお取替えいたします。

印刷・株式会社三秀舎　製本・加藤製本株式会社
Printed in Japan

ISBN978-4-10-116301-7 C0193